東北モノローグ

いとうせいこう

TOHOKU
MONOLOGUE
*
SEIKO ITO

河出書房新社

東北モノローグ　目次

東北モノローグ

まえがき

『福島モノローグ』という聞き書き集を上梓したのが二〇二一年二月。それまで何年か、福島のあちこちを回って人の話に耳を傾けてはそれを一人語りの文に直し、河出書房新社の『文藝』という文芸誌に連載していた。

連続取材をいったん終えた時、それで済むわけがないと当たり前のように思っている自分がいて、すぐに今度は出かける範囲を東日本大震災のいわゆる被災三県に広げ、しかも『文藝』と同時に東北を代表する新聞である河北新報でも「東北モノローグ」という名の連載を始めさせてもらうことにした。

引き続いての福島はもちろん、岩手、宮城と行くべき場所は増え、さらに避難先である山形にも私は話をうかがいに行きたかったし、さらにその連載がまた終わってもなお、「では東京の新聞は何をしていたのだろう」と足元を確かめるような成り行きにもなった。

この本はその記録であり、計十七人の声が再現されている。

けれど取材対象の方々それぞれの、そのひとつひとつの記憶の引き出しの中に、もっと多くの人々の声がわんわんと鳴っているのは、読んでいただけばすぐにわかるだろう。

あの災害の夜に取材対象に直接話しかけてきた人々、遠くで誰かに何か叫んでいた人、実際に聞こえはしなかったけれどきっとそう言いたかったに違いないと思われる声、災害が起こるずっと以前に共通して語られていたこと、厳しかったり優しかったりそれこそ無数の種類の声はあり、その分だけモノローグがあるはずなのだけれど、聞き手の私はたった一人しかいないので残念ながらすべてを再現することが出来ない。

だからそれは読み手の白日夢に出てくるといいのではないか。そもそも生きている時間は（生き残っている時間は、と踏み込んだ表現をしようか）、そのような見知らぬ人の声を知らぬ間に聞いてしまうことで複雑に成り立つように思うから。

ここにあるモノローグはすべて、そのような多数の声の交じり合いの中で響いています。

宮城

a speaker

2021年

津田穂乃果です。

私は震災の語り部として活動してまして、それも関係あって、畜産大に通ってはいるんですけども、今は卒業研究で語り部の研究をしていて、自分の今までの語りだとか経験というのを振り返る作業もしています。

私自身は津波を見ていません。家は流されたんですけど、当事者のなかでも当事者性は低いと自分では思ってて。つまり自分よりつらい思いをした人もいるなかで、なぜ自分が伝えてるのかというところに葛藤も感じていて。そんななか、語り部にはなれないけど、語り手になれるという考えが今出てきてて。

語り部は経験をした人ですね。だけど語り手は、わかりやすく言うと、戦争を経験してない高校生とかも今語り始めているんです。そういう人たちは語り手、そういう分類になるのかなと思うんですけど。

自分たちが永遠にこうして語っていられるわけでもないですし、声なき声というのを届けることとか、それをする人っていうのが重要になってくると思うし、特に自分たちが死んだあとが重要だと思うんですよね。

はい、伝える人がいないとやっぱり風化はしていくし、東京とかそれこそまったく別の県とかの人の方が逆に意識高い場合があると思うんです。被災地はむしろ、つらい経験を思い出したくなくて語らないことがあるので。

今生まれてきた子どもたちとか、まだ小さい世代というのがこうやって津波や災害がやって来る場所で生きていくのに、そういう、経験してない人に伝えておくということが私は重要なことなんじゃないかとも思うんですね。語りづらさはあるんですけど、語っておくことは重要だし、やってかなきゃいけないことかなと。

この活動でお世話になってる斎藤幸男先生という方がいらっしゃって、私が語り部をやってくかで出会った石巻西高校の元校長先生で、今は東北大学の非常勤講師をされてる方なんですけど、その斎藤先生も「俺は語り部じゃない、語り手なんだ」って言ってるんですね。でも先生も震災で叔父さんを亡くされてて、震災当時は指定避難所じゃなかった勤務校で避難所運営をしてた方なんで、決して当事者じゃないとは言えないんですが、自分は語り手だとおっしゃってるんです。ええ、当事者の思いもあって語り部と語り手の区別は決して単純ではないんです。

ただこれは戦争の語り部、公害の語り部とも同じで、実体験のある人と語り手をつなぐこと自体が、すごく大事なことなんじゃないかなと思うんです。語り部は時間が経つと必ず絶えてしまうから。

例えばアウシュビッツでも日本人のガイドさんがいるんですよね。つまりその地で生まれてもない方がその地で伝えていく活動をしている。日本だったらちょっと考えられないことですけど、そういう例が世界にはあるそうです。

私はひいおばあさん、曾祖母と暮らしていたんですけど、その曾祖母が一九六〇年のチリ地震津波などを経験していて、「地震が来たら津波」と私も小さい頃から教わってたので、だからこそ地震が起きた時もすぐ逃げろという形で私の家は行動していました。そういうことからも、経験を後世に伝えていくのは重要だなと。

ずっと核家族が増え続けてて、友人とかも曾祖父母と暮らしてなかったりして、親子の間でも会話の時間とかが減ってるからこそ、自分たちは第三者ではありますけど、起きたことの語り手たちが今、逆に求められてるんじゃないかなとも思います。

あの当日ですか？　大まかに地理的な面から話させてもらうと、私はすごく海に近いところに育って、それこそ二百メートルくらいなんですね。松林が広がってたので海は直接見えないんですけど。はい、東松島市です。ブルーインパルスが飛ぶ松島基地の近くで、おじいちゃんも船とか持ってたりして、お父さんはサーフィンやったりとか、家族みんなで海と一緒に育ってきたんです。

あの二〇一一年の三月、私は小学五年生で、小三と小一に弟がいて、私と小一の弟は学校にいました。小三の弟は下校途中だったみたいです。

地震が来たのが午後二時四十六分。私は学活、学級活動の時間で、おたのしみ会という学期末にある、みんなで遊ぼうみたいな会でやる出し物をするという名目で「音楽室で練習します」って言って、音楽室でさぼってました。クラスメートのたぶん三分の一くらいはそこにいたと思います。

そしたら最初はゴォーと音がして、さっきも言ったように基地が近いので、練習で飛ぶんですよね、飛行機が。最初、その音だと思ったんです。でもそのあとですごく低い音がして、そこからドンって下から突き上げるようなものが来て、「地震だ！」って。

そのまま横揺れになって、クラスメートのほとんどは走って音楽室から教室に逃げました。で、逆に揺れてるなかで出ていくのは危ないって思った自分たちは、六人か七人残ったんです。うちの小学校の音楽室は机がなかったので、何も落ちてこないような音楽室の真ん中、絨毯だけのところにいたら、そこにオルガンが迫ってきたんですよね。教室の端から動いてきて「これやばい！　やばい！」ってなって、私たちはグランドピアノの下に隠れました。

そしたらグランドピアノはキャスターがついてるので、あれすごく動くんですよね。それを友だちとみんなで押さえて。その上に太鼓とかタンバリンとかがんがん落ちてきて「うおお」ってなってる時も、覚えてる会話が、私はガンプラ、つまりガンダムのプラモデル作りが趣味で、シャア専用ズゴックというのを前日に作ってたんで「やばい！　ガンプラ、絶対倒れてる！」って。友だちは、その時PSPの時代だったので、「やばっ！　PSP充電しっぱだったんだけど！　燃えたらどうしよう！」って言い合って。たぶん友だちも私も変な高揚状態になってたんですね。

こんなこと言ったらあれなんですけど、正直その時は変なワクワク感みたいなのがあって。なんか中二臭いんですけど、それまですごく平凡な日常が続いてて、急に非日常に入れ替わるパターンのやつだって気がして。

そうこうしてる間に先生が走ってきて、とりあえず無事を確認したかったんだと思うんですけど、入口から「お前ら、揺れが収まるまでそこにいろ」って声かけてくれて、私たちはそれに返事をして。揺れが収まってからは校庭に避難ということになりました。私、その時もすごく謎に余裕があって、靴もちゃんと履き替えてるんですよね、あとから考えれば。

うちの小学校は親が来た人から先生に報告して一緒に帰るっていう方式をとってて、うちの母が、いつもは絶対ないんですけど、その日たまたま雪が降ってたから小学一年生の弟を迎えに行こうという気持ちになったみたいで、もう来てたんですよね。だから母は学校で地震に遭ったんです。

それで母は学校の駐車場にいたので、すぐに小一の弟と私を乗せました。そしたら先に帰ってた真ん中の弟が戻ってきたんです。というのもさっきお話しした通り、うちは地震が来たら津波が来るっていうのをずっと教わってきたので、「大きい地震が来たあと、自分がどこまで行ってたらどこに避難する」っていうのを最初から決めてあって、小三の弟はその地点より前だったから学校へ戻ったんです。おかげで、姉弟そろって避難出来ました。

その間、何分くらいでしたかね。自分としてはすごく長い時間に感じたんですけど。それでも津波が来る前ですからすごく迅速に避難したんじゃないかな。その時にはもう電気もたぶん止まってました。あの頃、スマホもなくて情報が取れなくて、お母さんの車のラジオで知ったのが、女川《おながわ》という地域に六メートルの津波が来たという情報で、女川に六メートルだったらうちのところも来るってなったので、そのまま内陸の母方のおばあさんの家に避難しました。つまり海からより「遠く」に行ったんですよね。

適切な判断はたぶん「高く」なんですけど、渋滞にもなっていたので、裏道通って内陸側を目指すことになって。その間、けっこう道路とかも盛り上がってるところとかあって、母の車はヴォクシーなんですけど、道路の隆起に沿って車が跳ね上がったりするなか、おばあさんの家まで逃げました。

そっちの家は無事だったので、子ども三人降ろされて、今度はひいおばあさんが私たちの家にいたので、母は「ぴーちゃん（曾祖母）を連れてくるから」ってすぐそっちに向かって行きました。

より海に近い方の家にです。

一番下の弟は何が起きてるかわからなくてずっと泣いてました。「大丈夫、大丈夫」ってなぐさめながら、三人で何も落ちてこない廊下のところで並んで待ってたら、今度はお父さんが来て「お母さん、どこ行った」って。「浜に帰った。ぴーちゃんたち連れに行った」って言ったら、お父さんはすぐにお母さんを追いかけました。

まず、ひいおばあさんは結果的には、最初にお父さんが避難させてたので無事で。だいぶ話がごちゃごちゃして申し訳ないですけど、家に帰ったお母さんはそこで追いかけてきたお父さんと会って……お父さんは「ひいおばあちゃんは逃がしたから早く逃げろ」って言ってお母さんを逃がして、父は父でそこから祖父母に避難を呼びかけに、家よりも海側にあって自営業している会社へ向かいました。

一方、船を持ってるおじいちゃんは最初沖に船を出しに漁港へ向かおうとしたんですけど、その途中で大きい余震が来て、ひいおばあさんの避難の状況を知りたくて会社に自転車で向かったそうです。

そこにお父さんが着いたんで「早く逃げろ」っておじいちゃんとおばあちゃんに言って、それでお父さんは私たちのところに帰ってきてくれたんですよ。

ただその途中で、お父さんの軽トラは津波に後ろから追いかけられたらしいです。だからそのあと、父はおじいちゃんとおばあちゃんは死んだと思ってたらしいんですね。

祖父母二人は会社のなかで逃げれなくて、鉄骨の建物の二階……一階はほとんど空洞みたくなっちゃうなかで、二階の机の上にいて生き延びました。ばあちゃん足悪かったし、逃げるために会社を出た時、じいちゃんが松林を越えてくる黒い波を見たので会社に引き返したらしいです。とはいえ、そういう話も語り部を始めてから、初めて本人たちに聞いて知ったんですけど。

そもそも聞きにくいことではあるんです。例えばこないだになっておばあちゃんが話してくれたのが、「今も後ろの家の子どもが『助けて』って言ってる声が忘れられない」って。その子がどうなったかもわからないし、でも自分らもどうしてあげることも出来なかったって。話を聞くと、話す人のなかにそういう思い出が出てきちゃうんです。

で、祖父母は波が引いてから、ナイロンの紐だかを、じいちゃんは船乗りだったので縄とかを扱うのがうまいんです。それを強固にしてドアノブに縛って垂らして、波が引いてからばあちゃんと一階に下りたみたいです。二日目のことでした。じいちゃんは靴もなかったんで軍手を足に履いて、それで歩いて内陸の方のおばあさんの家まで来たんですね。

はい、震災当日は机の上で寝たそうです。眠れはしなかったと思いますけど。「近くにあったアパートが流されてきて会社にぶつかってきたら死ぬと思った」って本人たちは言ってましたね。生き延びたのは奇跡でした。

そういう苦難を私とか弟は知らずに、母方のおばあさんの家で、電気がないなかで家族で固まって過ごしてて。避難所と違うので毛布とかもある状態で、ただ寝てたっていうだけなんですよね、実際は。だからこそ、語りづらさっていうのがあるんです。果たして自分は当事者なんだろうか、非当事者なんだろうか、と。

次の日、一応情報を集めないといけないということで、市役所に行って支援物資もらったり並んだりとかしました。炊き出しやってて、そこで、たぶん十一日の夜は何も食べてなかったんで、紙コップに……こんなこと言うのもなんですけど、今食べたらたぶん不味いんだろうなって思うネコマンマみたいなのがもらえて、でもそれを食べたらすごく美味しくて。そこでたまたま、本当にたまたま、音楽室で一緒だった友だちと会って、「ああ、生きてたんだ！」ってなって、別れて家に戻りました。

そんな感じで私は避難所生活というのをせずにいたんです。親はその日から祖父と祖母を見つけに行くのに避難所をまわったりとか、そろそろ遺体安置所を見に行かないといけないかって話はしてたらしいんですけど、そういうのも私たちは知らなくて。っていう時におじいちゃんとおばあちゃんが玄関からやって来て、「あ、おじいちゃん、おばあちゃん」って私や弟はいつもの感じだったんですけど、父と母がやがて帰ってきてじいちゃんとばあちゃんを見て「ああ、生きてた！」って感激してるのを見て、「何のこと？」って感じになりました。自分たちは「おじいちゃんとおばあちゃんは避難したから大丈夫」と言われてたので。

お父さんたちは言わずにいたんです。あとで聞くと、「言えなかった」って言ってました。そういうことで内陸の家自体は無事で、避難所にも入ることもなく、電気も一週間で来ました。この間たまたま母方のおばあちゃんが私の日記を見つけてくれて、そこに「今日、電気が来た」というのを三月十九日だか十八日だかに書いてたので、一週間くらいですね。それが私自身の被災体験です。

家族はそれぞれにいろんな経験をしてるけど、みんな黙ってるし、実際当時何の会話をしたかも覚えてなかったりするのが現実なんです。両親はそうやってじいちゃんばあちゃんを捜しに行ったりしてたし、自分たちも「家出るな」って言われてましたし。っていうのも、線路挟んでこっち側が避難先のおばあちゃんの家で向こう側が私の家で海の方だとしたら、線路までしか波が来なくて、自分たちは水さえ見てないんです。

　一方、線路側よりあっちにはいつまでも瓦礫とかあるし、瓦礫のなかにご遺体とかもあるという時だったので、親も私たちに見せたくないし。だから「出るな」って言ったんだと思います。お父さんはもとの実家がなくなってるのも見ているし、他にも私たちが見ないで済んだものを見てるんだと思います。でもそれを私たちには話さない。

　学校が再開したのが、四月二十一日。一カ月ちょっとですね。うちの学校は避難所にもなってたので、避難してきた人が外に出なくちゃいけなかった。後から噂で聞いた話によると、教育現場を最初に復旧させないといけないという指針があったみたいです。

　その時も、避難所から通ってくる子もいたし、私たちの家のように電気も来ている家の子、普通に通えてる子もいるというなかでの学校再開で、なんでこんなに早くするんだって子もいれば、私はどっちかっていうと家に閉じ込められてるよりは学校で友だちに会えてる方がいいと思いました。

　全校再開するなか、クラスには空いた机がそのまま置いてありました。亡くなった子がいましたし、そのまま別の県に移った子もいたんです。私が市役所で再会した友だちも、富山のおばあちゃん家だかに逃げたらしくて、そこからは会えなかったんですよ。さよならも言えずに転校しちゃって、っていうのを誰もいない机で知って。

　転校してる場合と事故に遭ってる場合と私たちにはわからないんです。人に聞いてようやく……。うちのクラスは四人いなくなって全員転校でした。隣のクラスは欠けがなくて、学年の三クラスで一人亡くなっていました。その子のことは新聞で知って。

　学校が始まる前にテレビもついてましたから、そこで「誰々を探してます」みたいなのが流れるんですよ。一回、私たちが通ってる学校に避難してた子がその子の名前を出して「探してます」って言ってて、どこかの避難所にいるのかなと思ったら、新聞の欄で死亡って書いてあるところにその子の名前が書いてあって、それ見ても実感は湧きませんでした。

私自身は死亡欄を見られないでいたので、父が「この子、お前の同級生だよね」ってなって、それで知ったんです。なんか当時、行方不明っていうのがテレビのテロップで出されていたらしいんですけど、そこの「行方不明」に出たら死んでると思われてて、私の家も出ていたらしいんですよね。親戚が出したらしくて、「連絡とれません」って。だから友だちに始業式で会った時に「お前、生きてんの⁉」って。こっちとしては「何？　何のこと？」っていう感じで。だから始業式でそういう喜びもあれば、「本校では何人の生徒が亡くなって」みたいなことも言われて黙禱してっていうのもあって、すごく複雑な気持ちになったのを覚えてます。

震災から十年ともなると、あの時に小一だった弟が今、高校三年生です。私が語り部をしてるんで、弟にも聞いてみたんですよ。若い世代にとって震災が風化してるってよく聞くし、実際に体験を言葉に出来るのはたぶん被災時に小学五年生か六年生だった人間が最後の世代だって言われてきてたので、本当にそうなのかって思って。それで弟に「覚えてんの？」って。

そしたら弟いわく、「最初は友だちが地震でパニくって机の角に足ぶつけて、足の爪が割れるだか何だかで血だらだらになって、そこで女子が泣き喚いて、よくわかんないうちに避難させられて、俺もよくわかんないから泣いて、避難して、夜、お父さんの膝で寝たことだけ覚えてる」って。やっぱり半径一メートルくらいのことを穴あき状態でしか覚えていない。やっぱり全体像はわからないんだなって思いました。つまり私たちの年代が分岐点なのかなって。当時小三で今大学二年の弟にはまだ聞いてないのでわかんないんですけど。

少なくとも私の年代の、具体的には私のクラスはあの震災のあとしばらく、いわゆる世間的に見て荒れました。別の組のことはわからないけど、授業が再開した時は支援物資を配るとかお礼の手紙を書きましょうとかだったんですけど、そういうのをきちんとやらないというか。特にクラスの男子はそうですね。それよりどうしても自分の身を守りたいというか、緊張状態にあったんです。

当時、瓦礫になった家に空き巣が入ったり、うちも父の車が盗まれたりとか、私が読書感想文で賞をとった時におじいさんとおばあさんにもらったお金を額に入れてたのが盗まれたりとか、むしろ周囲の世の中が荒れていたんだと思います。

うちはまだしも、瓦礫が積まれてるところとか、一階に水が入って二階の家から通ってる子とかもいたので、ずっとどこかでピリピリしていました。「自分の身は自分で守る」って男子が言っていたりして。小学生がそう思うって、普通の状態じゃありませんよね。

いわゆる学級崩壊っていうか、授業中に教室からいなくなっちゃうとか、勝手にしゃべり出すとか。もちろんずっとそうなわけじゃないんですけど、少なくとも地震の前とはクラスの雰囲気が違っていました。

先生はちゃんと怒ってくれてたんです。それが私はすごく助かったっていうか、自分たちは見捨てられてないんだなっていう気持ちにはなっていました。今思えば本当にがんばってくれたと思います。大変だったと思う。

私の担任は女の先生だったんですけど、卒業式の二週間前だかに、あまりにも手がつけられないからってもう一人教師が増やされて、先生二人がかりで学級見ることになって。先生もたぶんどうしていいかわかんなかったんだと思います。あとから聞いた話によると、「震災に関する話はしないでほしい」と先生が言ったクラスもあったみたいで。

というのは、「緊急地震速報」とかいろいろ、その言葉を聞くだけで生徒がパニくっちゃう単語があったんです。津波と聞いただけで収拾つかなくなっちゃう子とか。だからたぶんそういう話をしないようにって言ったんだと思うんですよね。そのクラスは学級の子が亡くなってたクラスです。「震災に関する話」は私たちのクラスでも口に出せませんでした。相手がどういう被災をしているかわかんないわけだし、すごいへらへらしてるけどもしかしたらお父さんが死んでるかもしれないし、お母さんが死んでるかもしれないし、何もわからないから、自分がどうだったとかの話も出来ないんです。

反対にこの家は絶対大丈夫だったみたいな人でもそれを言えば自慢に見えるし、逆に自分たちが被害の話をしたら同情してほしいみたいな感じとか不幸自慢みたいな感じになるんじゃないかとかって思うと、必然的にそういう話は出来ませんでした。

つまり私たちは心の問題を話せなかったんですね、その大事な時に。それこそさっき話した斎藤先生が教えてくれたんですけど、震災後すぐ外国から医師が来たらしいんですよね。そのお医者さんが「これから大事になってくるのは、心のケアだ」と言ってたらしくて。「よく聞くのはＰＴＳＤだけど、子どもたちにはこれからＰＴＧがくる」って。ポスト・トラウマティック・グロース、トラウマのあとでむしろ成長することがあることを示しています。先生は「紛争地域は研究が進んでる」って言ってて。

もちろん、生徒たちだけじゃなくて、その混乱を抑えられなかった先生も日々傷ついてたと思うんです。しゃべりながら泣いてる姿を思い出します。うちの先生は他のクラスの先生と違って泣かないタイプだったんですけど……特に後半がそうでしたね。卒業式が近くなってきてから何回か、泣いてた記憶があります。

すごく覚えてるのが、他のクラスが合同でバスケットボール大会みたいなのをしている時に、うちのクラスだけそもそも混ぜてもらえなくて、しかも途中から体育じゃなくて道徳になったんですよね。まあ、道徳という名の説教なんですけど。その時うちの小学校は一階まで浸水してたので、ヘドロで校庭使えなくて、屋上で体育だったんです。その頃屋上なんて入れる機会はなかったんで、私たち児童はすごくはしゃいでドッジボールとかやってるうちに、人の家の屋根に誰がボールをぶつけるかっていう遊びになっちゃって。で、当然怒られたんです。「教室に戻れ」って言われて、戻って「なんでそういうことするの？」から始まって、「人の家なんだから」って怒られて。後半、それで先生が泣いたんだったと思うんですけど……どうしようもない気持ちだったんだと思います。

ただこういうふうに学級の話とかを、語り部として話す時によくあるのが、「こうやって子どもたちは荒れてました。それに大人は気づけていなかった」っていう流れが記事になることです。そうすると、先生たちのがんばりだとか思いというのを反映しない形になっちゃう。それをその時の先生が読んでまた傷ついてしまう。

先生には私はすごく感謝してるんです。「気づいてあげられなくてごめん」って言葉を言わせてしまったりとかして、申し訳なくて。先生だって目の前で傷ついて荒れてる子どもを見てわかってるし、どうしてあげたらいいんだろうってずっと思ってたに決まってるし。

子どもたちも、あの頃は親がかまってくれなかったと思うんです。うちの家は特に自営業をやってたので、会社の再建、家の再建、家の片付け……うちの家は流されたので片付けとかはなかったんですけど、これからどう行政が動くのかとか、親も大変で、たぶん子どもにかまってられなくて。自分らも、その時は小学六年生だったので一番上の学年で、それなりに少しは相手の気持ちとかもわかるようになってきたくらいで、それぞれみんな思うところもあったんじゃないかなって、それでもどうすることも出来なかったんじゃないかなって、今となっては……。

だから語り部になってよかったのかもしれません。気づけなかったことに、あとから気づけたというか。

私はその後、中学に入って、中学校は私の上の学年が荒れてたんですけど、のちに一緒に震災の語り部をやることになる雁部那由多、一緒に記憶を語って『16歳の語り部』って本にもなった雁部が放課後にクラスへ来て「俺と一緒に生徒会やらないか」って急に言い出して。「俺は今、過ごしづらい。荒れてる学校をもうちょっと自分が過ごしやすい学校にしたいんだよね」って。すごいんすよ、あいつ。「それに協力してくんない?」って言われて、私も「それは私もすげえ思うところはある」って返して。

もう一人、雁部と一緒に『16歳の語り部』で体験を話すことになる三人のなかに、相澤朱音って私の友だちがいて、彼女は荒れてたっていうより、逆にふさぎ込んでしまっていた方です。

相澤とはもともと登校班が一緒で、それまではあんま仲よくなかったんですけど、五年生でクラスが一緒になって。一緒に帰るようになってちょいちょい仲よくなってた頃に地震が来て、避難してたところも近かったので一緒に帰ったりしてて。

それが何のタイミングかもう完璧に忘れたんですけど、もとからあんまり明るい奴じゃないのに、すごくネガティブになっちゃって。っていうのは、あの小学校で自分たちの学年で唯一亡くなった子が実は相澤の親友で、相澤は自分が生きてる意味があるのかっていうのをすごく思ったみたいで。

クラスの男子とかも相澤がそんな感じだったので「お前、うぜえわ」とか言って、そういう言葉でも「ああ、自分はうざいんだ。死んだ方がいいのかなあ」ってずっと私は聞かされて。愚痴っていうよりは吐露かな。「死んだ方がいいのかな」って言ってて、「でも死ぬ勇気はない」と。

私も「いや、お前、そんなうじうじしてっからあれこれ言われんだべ」って言い返した時もあるんです。自分じゃちょっとどうしようもないなと思って、スクールカウンセラーにも連れていったんですよね。そこは私がサボりに使っていた場所なので、カウンセラーに「こういう奴がいるんですよね、友だちに」って言ったら、「君が来るんじゃなくて、その子を連れてきな」って言われて。

それで連れていって私も一緒にしゃべりました。帰り道に「どうだった？」って聞いたら、「知らない人だし、自分が話したことが親に言われるかもしんないし、話せないよね」みたいに言われて、そうなんだろうなって思って。確かに自分も学校でやってること、親に言われるとすごい嫌だったんで、だからすごくその気持ちはわかったし、親に心配かけたくないって思ってたんで。

だから彼女に「大人よりも穂乃果の方が言いやすい」って言われて、「じゃあ聞くわ」って答えました。考えてみれば、それが語り手になる前の、「聞き手」の始まりかもしれませんね。それで中学に入ってから彼女もだいぶましになったんですけど、なんかいいきっかけになればと思って「私、生徒会に入るから、お前もやんない？」って誘ったんです。奴は流されやすいんで、「じゃあやる」ってすぐに答えて。

それで一年目は私たちも先輩の指示に従って動いてるだけだったんですけど、二年目は雁部が生徒会長になりました。その頃に、彼はさっきから話に出てる斎藤先生と、長野県諏訪市と東松島市の小中高生の防災交流会で出会ってから「語る」という行為を知り始めて、その後、私もいろんなところに連れて行ってもらうようになって、そのなかで防災というのに興味を持ち始めて……。

うちの中学は被災地の中学校なので、シンポジウムとか防災交流会とかいろいろ話が来るんですよね。で、そういう機会がだいたい生徒会執行部に来るので、雁部が「積極的に参加していこう」って言って。そういう催しに生徒会役員を派遣し始めたんです。ただ私はその時部活でソフトボールをわりとガチめにやっていて。

ポジションですか？　キャッチャーです。性格悪い配球ばっか指示してたんですけど……。なので私自身はそんなにイベントに参加出来てはいなかったんですが、相澤の方は三重県との交流会に参加したことから、変わり始めました。

相澤の話を聞くと、三重の子と一緒に海辺だかを歩くことがあったらしくて、「海怖くないの？」って聞かれたらしいんですね。相澤は何も考えずに、ずっと一緒に育ってきてるから怖くないし、今も好きだって話をしたらしいんです。地震来てないところとか、津波来てないところでもそうやって自然を怖いと思っちゃう子はいる。そうやって自然な気持ちを話したことで、その子の恐怖というのがちょっとでも和らいだかもしれないというので、自分は誰かの役に立てたのかもしれないって相澤は思ったらしくて。

まあ……そうは言っても他に、彼女が立ち直ったのは『家庭教師ヒットマンREBORN!』っていうマンガの影響らしいんですけどね。そのマンガのなかで主人公の子が友だちの自殺を止めるシーンがあって、それ読んで……今、相澤が語り部でそう言ってるだけだから本当にそうだったか知りませんけど、とにかくそれで自分にも死のうって思った時に止めてくれる友だちがいるし、生きてると何かいいことがあるかもしれないって思えるようになったらしいんです。

　そうですね、どちらにせよ出逢いです。三重県での出逢い、マンガとの出逢い。それでもうひとつの出逢いなんですけど、中学三年の時に新しく赴任してきたのが、防災担当で国語の佐藤先生です。その先生が、言っちゃ失礼なんですけど、すごい適当なおじさんなんですよね。例えば弁論大会とかも「穂乃果、やってみない？」って簡単に言ってきて、「お前はふたつ返事で返事するから、なんか頼んじゃうんだよね」なんて言うような先生なんですけど。

　その先生が防災担当になったんで、雁部とかとも何かあれこれやってたぽくて、あれは中学三年の三月のことでした。

　雁部が急に教室の扉を開けて入ってきて「お前、三月十一日、ヒマ？」って言うんです。その時は中三の春休みなので受験も終わって、私はその結果待ちだったから「ヒマだよ」って答えたら、「斎藤先生が校長として勤務していた石巻西高校で『みやぎ鎮魂の日』のシンポジウムが開催されるらしいんだけど、中学校の代表として行くから、空けといて」っていうんです。「ああ、わかった」って答えたら「相澤も誘ったから」って言われて、じゃあ三人で行くんだなって。

　それまでもシンポジウムは防災関係のものに行ってたので、そういう関係だろうなと思って行ったら、佐藤先生も引率で来てくれてて、講堂にわりと人がいっぱいいる前で、他の中学校二つから来た子と高校生と、たぶん大学生もいたんですけど、みんなで前に並べられた机に座って、それぞれが発表したんですよね。

　で、そのうちに「震災の話を質問していくので、答えられる範囲で答えてください」みたいなコーナーが始まったんです。聞かれることは事前に通知されてたみたいで、先日当時の実施要項が出てきてそこにも書かれたんですが、それが深掘りされる形で「答えられる範囲で答えてください」みたいに言われたんで、そこで初めて震災体験というか被災体験を人前で話しました。ふと、流れで話すことになってしまったんです。だから私は、最初は語りたくて語り始めたわけじゃないんですよ。

私はそこで初めて雁部と相澤の被災体験を知ることになりました。ちなみに雁部は一回家に避難して、で、もう一回学校に戻ってきて、みんなとはぐれて昇降口に靴を替えに行って、その目の前に津波が来て、その津波に人が流されるところを見て、自分はその人に手を伸ばせば届く距離だったけど、届いてたら自分も流されてただろう、と。

でも、その人を見殺しにしたということを自分は人に言えないまま、ずっと心のなかに抱えていたって言うんです。そして、その人のご遺体を発見したのも雁部なんですね。大丈夫だったかなって見に行って、行ったら見ちゃって……。私はびっくりしました。聞いたの初めてで。相澤がずっと死にたいと思ってきた理由の話も、飼っていた犬が死んだというのも私は知らなかったんです、たくさん話聞いてきたのに。聞かないし、言わないし、で。「そういう思いだったんだ」というのをそこで知って。で、終わったあとに佐藤先生も「君らのそんな話、知らなかった」って。

私も小学校から一緒だけど全然知らなかったし、先生知らないのは当たり前なんですけど、先生が「俺は知らなかったし、君らの言葉というのに……」何て言ってたんだっけな、感動じゃないけど心動かされたみたいに言って。そして「君らの経験の話は、人の役に立つと俺は思う」って話を佐藤先生はしました。

先生は私たちの中学校に赴任してきて一年いたんだけど、その年に辞めてNPO法人に入って災害関係の仕事をやろうとしていたそうです、たまたま。たまたまっていうか、その佐藤先生も娘さんを石巻の大川小で亡くしていて、それもあとから知ったんですけど、いろいろ思うところがあってNPOに入るって決めてた時に私たちのそれぞれの話を聞いて、これはもう一緒に何とかしなきゃって、たぶんなったんです。

で、「東京で講演があるから、そこで今みたいな話をしてみないか」って先生は言い出して。自分たちとしては個人の話が人の役に立つなんて思ってもみなかったことで、しかもあのシンポジウムに出席していた高校生が「自分の体験はただ持ってるだけじゃ、ただの経験談だ。それを人に話して意味をもつ、人の役に立つ」という話をして、そうか、そういう言葉の使い方というか、役に立ち方があるんだなと知って、私なんかでも役に立つならやってみたいなと思って、それで気づいたら語り部になっていました。

ただ、先生は皮肉なのかわからないですけど、「君らの語りは、あの最初が最高にパワーあった」って言ってて。それはしょうがないよって思います。でも、先生が言ってくれたことは確かで、伝えたいことは変わってないけど伝え方が変わったというか、どこか形式化されてしまったような感覚が自分にもあります。

ちょっと話が脱線して申し訳ないんですけど、例えば雁部はそうやって流された人を見たりとか、相澤は親友が亡くなったりしてるところで、私は私がしゃべっていいのかと感じてる部分がすごいあって。

はい、そう思うところがあって、今考えがまとまってない時に話して申し訳ないんですけど、自分の言葉で傷つく人もいるし、それで助かる人もいるっていうのは語り部をしていてわかったことです。ただ、「地震来たら逃げろ」とかは防災教育でどうせやる話で、私たちもそれを「波に追われて逃げました」とかいう話で印象づけられるというのは、まああるとは思うんです。けど、すごく久しぶりに食べたごはんが美味しかったとか、電気がついただけでも感動するとか、停電のなかの星がきれいだとか、直接の人との関わりだとか、当たり前が……当たり前が当たり前じゃないことを、私は震災で失ってから気づいたんです。

その当たり前って、自分がもっと大切に出来たものだし、大切にしてなかったなって、すごく後悔してて。そういう後悔っていうのを他の人に味わってもらいたくないなって。そのことにちょっとでも気づくきっかけになればなって、私はそれで語り部をしてきたんですね。これが変わらない伝えたいことです。

これは自分が当事者じゃなくても、ちょっとの当事者性しかなくても伝えられることなんじゃないかって思ってて。語り部をしてると形式的な話に……「だいたいこの話がきたらこの話だよね」ってなってきちゃうところがあって、十六歳の私と二十二歳の私がしゃべってたら、確かに十六歳の時の方が人に訴えかけられる話が出来たと思うんですね。それはそうなんだけど、たとえ当事者性が薄くなっても話せることがあるんじゃないかって。

だからこそ『16歳の語り部』という本を残せたのはすごくよかったなと思っています。十六歳のその時の気持ちをちゃんとそのままの形で、本に落とし込んで、そのまま残してくれてるので。だから当時の話はもう自分のなかでいいかなって思ってる。

小学生とかにも最近話をしに行くんですけど、「自分が今日聞いて思った話を、帰って大切な人とか友だちとかに話してみて」ってよく言ってて。自分が話したことをその子がくみ取って、その子がその思ったことを誰かに話してくれればいいと思ってて。そうやって考えるきっかけを与えるのが、私にとっての語り部なのかなっていうのを最近思ってるんです。

語り部をしてきていろいろな葛藤だとか悩みもありましたが、語り部をしたことで成長させてもらったし、語り部で得たいろんなものが自分の今の根底をつくってくれています。だから佐藤先生や斎藤先生、雁部や相澤との出逢いには感謝しきれないです。

これからですか？　大学は畜産大に行ったんですよね。というのは、語り部をしていろんな人に会っていろんな人と話をして、視野がすごく広がって、震災のなかで食べられることが当たり前じゃないんだなって知って、家畜の命とかにも向きあってみたいなと思ったからなんです。

うちの大学は自分たちで育てた豚を屠畜する実習があるんですね。ソーセージにして食べるんですけど、そうやって命を考えることをやってみたいなと思って大学に行って、いろいろ授業だとか、部活だとかで友だちとしゃべったりして、そこでまた違う価値観とか考え方とかに触れて。

就職は最終的には岩手の養豚場にしました。そこも命と食というのをとても大切にしてるところで。そういう場所で、なんだろう、震災の語り部とはまた違う……違うっていうか、本質は一緒なんですけど、当たり前が当たり前じゃないっていうのをどういう形であっても伝えていけたらなってすごく思ってて。

命が当たり前じゃないってこと。

それを、私自身忘れないように語っていければと今は思っています。

宮 城

an undertaker

2021年

ここに写真パネルにしてあるんですけど、こっちが閖上《ゆりあげ》の町全体の俯瞰。今私たちがいる火葬場はこの辺です。

閖上はもともと住宅地ですけど、当時はそこに八メートルから十メートルの津波が来てすっかり水没しました。これがその時の火葬場の玄関ですね。それから、これが正面玄関まっすぐ入ってきたところ。全部水に押し潰されたんです。これが事務室。で、これが火葬する炉そのもの。

この火葬場の炉を私たちは二週間で復旧したんです。四つあるうちの二つを。私はその時の、この場長でした。

はい、この写真、水圧で扉が壊れて開いちゃってますけど、それよりも、炉のなかに水と砂が入ってしまっていて、それが大変だったんです。

ともかくまず炉のある部屋までブルドーザーで入っていって、瓦礫を全部奥に寄せて、炉の内部を洗うところから始めました。業者見積もりは半年から一年。それを市長が来て何とかしろって命令で、二週間です。

そもそも閖上のある名取市は土葬の計画だったんですよ。でも市長が火葬出来るようにしてくれと。ですから、神奈川県の藤沢市から簡易式のバーナーで火を送るやつを二基借りて来て、稼働させる間に残り二つも復旧した。

ええ。そんなことは無理だって話したんですが、市長は何とかしろって。足りなければヘリコプターでも何でもチャーターしてやれって。先ほども言いましたように、名取市としては土葬って決まってたんです。現に宮城県内の自治体では土葬しましたから。ただ私も、それはつらいなと思ってました。

土葬っていうのは二度悲しむんですよ。一度土葬して、掘り起こして、また改葬っていうのは、何度も遺族が悲しむので。出来れば一回だけで済ませたい。

火が使えるようになったのは、ええと三月十一、十二、十三……、二週間目だから二十五日です。そこで火葬が再開しました。

はい、この奥が葬儀場の待合室なんですが、そこで続きをお話ししますね。ほら、窓からあっちに見えますよね、松。あちらが閖上の浜で、つまり海です。ちょうど火葬場の裏にあたるところですね。あの日、そこから波が来ました。

ああ私ですか。私ね、前は消防署に勤めてたんですよ、名取市の。定年になったあと、この火葬場の嘱託として働いてたんですが、嘱託というのが三年なんです。あの震災の年、三月五日か六日頃、総務課から電話きて「針生さん、ご苦労さんでした」って。つまり引き継ぎを用意して、辞めるつもりでいたんですよ。そこに震災が来たもので、また総務課から電話きて「針生さん、何とかやってくれ」と。

たまたま辞めてなかったんです。あと二十日ばかり、三月三十一日で退職だったんで。ええ、もうすっかり辞めるつもりでおりました。

それまでまず、私は消防署に四十年間務めましてね。家もここから五百メートルの、すぐそこなんですよ。もちろん私も被災して、家は流されました。

ただ私の場合は家族全員が助かっています。近所はずいぶん亡くなってるんですが、うちではいつも家族の会議で「何かあったら四郎丸という土地のスーパーまで必ず逃げろよ」って話はしてたんです。

けっこう遠いんで水が行かないだろうということ、それからスーパーに行けば何日間か食料か何かもらえるんじゃないかと思ってね。だから、あの日はやっぱり揺れが終わって十五分くらいの間に、うちの娘たち、孫たち、みんなスーパーに逃げたんです。ですからそれは私、町内会の人間としてもずっと心に思ってるんですよ。もうちょっと、もうちょっと普段からみんなにも逃げろって言ってればよかったって。なんでうちだけそういうふうにしちゃったかなと。

うち、孫が三人いますが、あの時、うち以外にうちの娘と娘の旦那と孫と三人、二階にいたんです。やっぱり十五分くらいで逃げました。その時に近所の、いろんな知ってるおじさんたちが立ち話してたって言うんです。その時に娘が、無理くり車に乗せて逃げればよかった、といまだに言います。閖上で七百五十人くらい亡くなってますから、こんな小っちゃい町でそれだけの人数がです。

はあ、なんでそんなふうに決めていたんだか。ただ、ちょこちょこっと炬燵にいる時とかごはん食べる時にそういう話をしてました。

そもそも私、六人きょうだいでしてね、小さい時にきょうだいみんなで寝る時に、その日に着た服を枕元にきちんと畳まないと、ばあちゃんが寝せてくれないんですよ、怒って。きちんと畳んで。寝巻き着て。それが小っちゃい時からのうちの躾なの。それである日ね、うちの母親に聞いたんです。「なんであんなうるさいんだ？　空襲の経験からなの？」って。ばあちゃんは空襲を経験してっから。

でも津波だったんです。昭和八年に来てますから、この閖上に。昭和三陸津波です。その記憶があって、もうとにかく着たものを枕元に置いて寝ろってしつこく言ってたんです。すぐに逃げられるように。

ああ、私のあの日ね。たまたま火葬場が友引で休日だったんで、妻と仙台市内に出掛けていたんです。その帰り、宮城野区というところがあるんですが、そこの苦竹《にがたけ》という地区を車で走っていた時に、時計の針で二時か三時の方向に変な雲が見えたんですよ。黒と紫と赤の雲がカーテンのようにだらぁっと下がってたんです。うちのやつに「ほら見ろ、変な雲だ。雷さん来るぞ。変な雲だな」って。ちょうどその雲を見てるうちに揺れが始まった。

私ね、つい家が心配になって戻ってしまったんです。そう名取市閖上に。そして、もうすぐ家に着くって時に、五百メートルから一キロ先に見えたんです、津波が。それですぐに引き返して逃げました。ただ、その時もバックミラーで冷静に後ろを見て大丈夫だと思ってたんです。ばあちゃんの頃からずっと心の準備をしてたからってわけじゃないんですけどね。不思議と落ち着いてて。

うちの妻は隣の席にいたんですけど、もう「どこ通ったかわからない」って言ってました。逃げた道路が渋滞だったので、反対車線はさすがに車来ないなと思って、私は右側に出て逆走しました。そしたら後ろから他の車も追いかけてきた。渋滞でそのまま並んでいたら車は津波に流されてしまったと思います。逆走しながら私は、もし両側の道がふさがっても、歩道が広いんでそこに乗り上げて走ればいいと思ってました。

バックミラーに映ったものですか？　真っ黒い波の上にほこりがいっぱい出てましたね、ほこりが。あとで聞いたら、家が潰れた時に屋根から出たほこりらしいです。あの時、八ないし十メートルくらいあったかな、波の高さね。みな見えましたから。Uターンして、逆走してる間も。しばらく行って、そのまま他人の家の庭に車を駐めて、仙台東部道路という自動車専用道路の土手の斜面まで走りました、妻を連れて。そしたらそこにどこかのばあちゃんとお嫁さんとお孫さん二人か三人いたんですよ。登れないんです。だって、コンクリート壁の高さが腰くらいありますから。

たまたまそこにね、東部道路の上にお兄ちゃんたちが二、三人いたんです。だから「来てくれ」って呼んでね。ほんで私が何人かのお尻を押して上げて。その間に後ろには波が来てたんですよ。妻は騒いでました。「もう上がれ、上がれ！」って。見えてたんです、津波が。でもまさかそこにいる人たちを置いて逃げるわけにいかないしね。何とか、とにかく土手の斜面まで上げれば大丈夫かなと思って。そして私自身は草むしりながら、上まで登っていった。

その直後に津波が来ました。間一髪でした。黒い波でした。

一難去ってまた一難です。今度は、その道路のところまで妻をいっぱい走らせたせいで、胸苦しいって心臓発作を起こしてしまった。しかもそばでは八十歳くらいのおじいちゃんが寝てたんですよ。名前も知らないおじいちゃんです。まったく意識なくて、これ困ったなと。救急車は絶対来ないな、どうしようどうしようと思ってたら、たまたまです。本当にたまたま、東日本高速道路のパトロールカーが来たんですよ。

それでパトロールカーのお兄ちゃんに「何とか病院まで搬送してくれないか」と言ったら、「本部からの指示ないと動けない」って。「あのね、今、本部なんかしっちゃかめっちゃかで絶対に何の指示もないから、何とか機転利かせて連れて行ってくれ」って頼んだんだけど、だめなんだな。

そこにたまたま、ほんとになんでそこにいたんだかわからないけど、前の職場の職員が来合わせたんですよ、一人、下半身がずぶ濡れの消防職員です。「この消防職員を付き添いで乗せていくから、何とか連れて行ってくれ」と言ったら、ようやく妻とおじいちゃんと二人とも運んでくれたんですね。パトロールカーに積んであったコーン標識とか荷物を降ろしてね。ちなみに、そのおじいちゃんは骨盤骨折の内出血して、ものすごく重篤な状態だったそうです。でも助かったって聞きましたね。うちの妻はその後、何週間後かな、開胸手術して無事でした。

ええ、すっかりあたりは暗くなってましたね。火葬場の方も黒い水に沈んでいて。そのあとに今度、閖上の町が燃え出したんです。

燃えた家が流れてあっちこっちにぶつかるんですね。ぶつかって互いにまた燃えて。でもどうしようもない。燃えるに任せるしかないんです。それを消防の人間としてただ見ていました。見ていると、例の高速道のお兄さんが来たんですよ、また。雪降ってすごく寒くてね。子どもたちが震えていました。それでお兄さんに言って、五人か六人詰め込んで、子どもたちを車で暖とらせて。車一台しかないですから順番に温まった。

そのうち、どこで手配したんだか、マイクロバスが来たんですね。それで仙台市内の愛子小学校に連れて行かれた。それがあの一日です。

はい、火葬場の職員は当日三人いたんです。これが心配だった。休日でも残ってたからね。みな、助かったんです。そっちも間一髪で。ええ、電話も何もないですからね。なんていうの、建物より職員が心配でしたね。「助かった」とあとで連絡来たんで、よかったと思って。

それから私は姉の家にお世話になったんです、三日間くらい。飯野坂といって、名取市からすると南の方なんですが、そこでお世話になって、その後、今度は知り合いのマンションというかアパートというかをお借りして。ただ移ったものの、布団も何もないですからね。ただ名取市の配給で毛布をちょっと余計にもらってね。でも最初は本当に寝る布団もない、ストーブも何もなくてね。なんとかかんとかがんばって過ごしたんです。

そうこうしているうち、火葬場に集まれと市役所から伝達が来ました。長靴も何もないので、まず長靴買いに行って、ジャンパー買って、帽子買って。本当に何もないですから。それらを買って行ったんです、火葬場に。

最初に見ていただいた、あの写真の時点ですから。あちこち瓦礫だらけだし、壊れているし、炉は砂と水びたしだし。これ出来ないなあと思ってね。ただ、建物の駆体は残りました。それで市長から火葬出来るようにしてくれと言われて何とかね、さっきも話した簡易式のバーナー炉を二基借りてきた。簡易式の炉というのは、普段は予備で置いておくものです。

なにしろ炉が砂と泥と塩水でやられていたんで、四つの炉の扉を外して、なかをすっかりきれいに掃除しました。業者がやってくれたんです。ここの火葬場は宮本工業っていう会社と委託契約しています。そこは実は北海道の奥尻島とも契約してたんです。奥尻の津波で被災した一九九三年の北海道南西沖地震を経験してるから、災害対策というのをきちっと作ってあった。

それで被災したあと、何日くらいかな、なんと全国から集まって来たんです。鹿児島、松山、岐阜、あと埼玉、福岡かな。何人も来たんですよ。みんな自分で車にガソリンを積んで来た。

瓦礫を撤去して、なかを洗って簡単な扉をつけてくれました。そして、二日間くらい空運転です。徐々に徐々に、徐々に徐々に……。塩分含んでいるんで、急にやっちゃうと爆発するんですって。水蒸気爆発です。それで時間かけて。さっき言ったように震災から二週間後の三月二十五日に火葬したんですが、その前の二十二日あたりから着火はしましたね、確か。それでなかをすっかり乾燥させたんです。

バーナーに使うのは灯油です。そもそも人間を一人火葬するのに六十リットル使うんですよ。簡易タンクにその六十リットルを入れながら火葬したんです。あの震災で火葬場が直接被害を受けたのは全国でここだけです。まして復活させて火葬というのは初めてのことでした。

だけど、そもそも遺族が休む場所もない。トイレは簡易式。本当にね、火葬……こんなんで火葬していいのかなっていう気持ちでしたね。花をあげる台も全然なくて、田んぼから拾ってきたものを使ってました。ビール瓶の箱とか、そんなものの上にお骨を置いたりしていましたから。壊れたスイッチは炬燵のスイッチで代用しました。

最初に火葬した方を今でも覚えています。二十代のお兄ちゃんと十八歳くらいの高校生の兄弟でした。ばあちゃん寄り添って来ていてね。あれは強烈でした。たまたまね、BBCかCNNかどこか海外の取材が来てました。ばあちゃん、いつまでも二人に寄り添ってね。

ご遺体がどう運ばれてきたか、ちょっと記憶がありません。ただ棺に入っていました。炉が二つ復旧したでしょう。そこに同時に入った。入る前にばあちゃんが両方を抱いて。切なかったですね。

それから残りの炉も復旧して、四つに戻りました。あの、だいたい火葬っていうのは一日で、ここは炉が四つあるので、午前中一体、午後から一体で八人。それが通常なんですね。

それが市長がまた来て、ひとつの炉で一日四人やってくれとなったんですよ。ひとつの炉につき一日で四人だから計十六人。そうしないと、とても間に合わない状況だったんです。ところが問題は、普通火葬が終わるとその炉を冷やすんですね。でも冷やす機械が壊れてるんですよ。冷やす暇がないんです。

五徳ってわかりますよね？　棺を持ち上げておく台としての、あの五徳が真っ赤っかになって出てくる。とても熱くて触れないんです。普通は終わると小さな箒で端まで掃くんですけど、それが燃えちゃうんです。だからバケツに入れては水で濡らしながら掃いて。そういうこともあって、炉のある部屋への入場者は五人としました。家族五人まで。やけどしちゃいけませんから。

ご遺体は半分以上、東京の江戸川区と姉妹都市の山形県上山《かみのやま》市に行きました。保冷車で運んだんですよ。だけど、遺族としてはどんな形でもいいから、閖上でやってもらってありがたかったって。火葬が出来るような状態じゃないけれど、遺族にしてみると「最後に顔見てお別れ出来たのはよかった。閖上でやってもらってありがとうございました」って。そうね、本当にね、言われました。みんなに言われましたよ。「閖上でやってもらってありがとう」って。

私はずっと閖上で暮らしてきた人間です。だから火葬場に運ばれてくる遺体が誰か、知ってるんですよ。前もって連絡だって来ますから、親戚、友人らほとんど全部が知り合い。帽子を深くかぶってね、涙は絶対見せないようにしました。マスクもしてね。みんな知ってる人間なんだから。本当、つらかったですね。

あと子どもさんね、可哀想だったのは。遺族は子どもさんのおもちゃ、いっぱい持ってくるんですよ。でもね、ダイオキシンの関係でなかに入れられないですから。お話しして「最低限だけ入れてください」って。そして遺族の方から「お願いします」って言われるまで待って、それで炉に入れたんですよ。家族が離れないですから、ご遺体が子どもさんの場合は。

はい。毎日毎日そういう繰り返しでした。本当はそんなスケジュールじゃだめなんです。組んだのは大手葬儀会社ですよ。遺体安置所に行って、全部日程を組んだ。ただ市役所も助かったんじゃないですか。もめることなく順番で、ご遺体をここに連れて来てくれたんですから。

ただあとで落ち着いて考えたら、名取市のこの火葬場が緊急事態でやってる時に、おそらく宮城県内の別の火葬場では通常通り、のんびりとやってた火葬場もあるんじゃないかなって。それが頭から離れないんです。消防の場合、応援態勢、緊急消防援助隊っていうのがあるんですよ。でも、火葬場にはないんですね、そういう応援協力というのが。それは今後必要じゃないのかなあ、と。

そんな状態で火葬を続けたのが四週間くらいかな。だんだん、ご遺体が少なくなってきたんです。

そのうち国の査定が入りましてね。いわゆる復旧に向けての予算、復興交付金、それをいただいて簡易ヒーターは外しました。四つの炉が何とかなったんですよ、修理してね。炉のスイッチだって、最初はマックスバリューか何かでスイッチを買ってきて、それでやったんだもん、全部。それを一からきちんと修理して。例えばモーターですが、これは油を吸うわけですよ、地下タンクから。吸い上げてそれをバーに送るんですが、海水に浸かったところを一本一本掃除して、巻いて、直したんです。

時間かけてあちこち直して、例えば前の煉瓦の炉をそのまま使っていたのを、その煉瓦をみな外して、耐熱煉瓦に貼り替えながらね、扉も頑丈な扉にと、徐々に徐々に。それは時間がかかりましたけどね。

あの時は火葬場だけじゃありません。閖上の墓地も全部流されてしまった。だからみなさん、ここから骨を家に持って行ったんじゃないのかな。墓地に納めることがかなわなかった。あるいは別のお寺に檀家替えしたか。ただね、閖上自体の墓地も、ようやくここ数年ぐらい前に出来ました。

私個人はですね、その年度の一年間、翌年三月三十一日までここに勤めました。とにかくがんばらなくちゃいけないなと思ってね。

はあ、家は流されたまんまです。私らは強制買上げなんですよ。伊達政宗公が造った貞山《ていざん》運河っていうのがあるんですが、運河から東側の私らはそうです。

今はJR名取駅の近くに住んでいますが、冬は何とも思わないんですよね、冬は。でも夏になると、松林、花火大会、地引き網の思い出が詰まっている閖上に戻りたいなって思いますね。海のそばにね。

はい。ただ、ああいう経験をして、あんな大きな災害が発生したにもかかわらず、いまだに日本全国で、災害によって犠牲が出るっていうのは悲しいですね。あの「3・11」は何だったんだ、と思います。

私はいつも言うんですが、人間生きてるうちに三回くらい危ない目に遭うんですね。その時に危機管理っていうのかな、人間の。例えば十時間または一晩でもいいから、車中泊でもいいからね、安全な場所で過ごせねえのかなと思うんですよ。あの震災で犠牲になった方々のことを思うとね。

ね、もし避難指示が出たらあなたならどうしますか？　安全な場所に避難しますか、それとも……どうですか？

福島

a farmer

2021年

今野義人です。義理の人と書きます。七十七歳になりました。昭和十九年六月生まれです。六月十一日。

その日に生まれてから十年前、福島第一原発が爆発するまでずっとあそこにいました。ええ、さっき一緒に入った福島県浪江町《なみえまち》の赤宇木《あこうぎ》、すなわち帰還困難区域に。

農家の長男として生まれましてね。あの爆発の前まで三期、行政区長をやって、六年経つので辞めようと段取りしてたの。三月下旬に辞めようと思ってた。でも総会を開かないうちに事故が起きちゃったんだね。

私の住む白追《しらおい》という地域ではうちが一番古い家です。あそこの二十数件のうちではね。家も明治時代からあったんです。その頃、なにしろうちの一軒しかなかったから。そこに戦後、入植して人が増えた。そういう「開拓さん」がおのおの約三町歩くらいの国有地を払い下げてもらって、白追一帯に入って来たわけです。

さっき墓地も見てもらいましたけど、ええ、この間またあった地震でいくつか墓がずれてしまった、あの墓を持つ人たちのいる区域の区長でした。赤宇木という行政区には、戸数が八十軒あります。浪江町の津島地区全体から言えばほんの一部です。

大きく分けるとね、ここは津島になるんです。赤宇木を含めて八つの行政区があるんですね。赤宇木、大昼《おおひる》、手七郎《てしちろう》、下津島、上津島、羽附《はつけ》。それから南津島の上下《かみしも》。南津島上と南津島下。その全体を、昔は津島村と言いました。それが昭和三十一年に浪江町と合併したんです。町村合併。

車で近くを通った時にお話ししましたけど、舘と呼ばれている地域の山の上には実際に「舘」があってね。相馬藩がそこで赤宇木を支配してたんでしょう。そういう古い拠点があった。

みなさんは福島県の川俣の方から車で来たんだよね？　それで津島に入って、だいたい中心地らしいなと思ったところ、あったでしょう？　広場、拠点整備の除染やっていたところ。あの周辺。あそこが津島村全体の中心地になるの。そいで、あの辺にも舘が二つ、西舘、東舘とあってね。

ええ、相馬藩、津島村です。阿武隈《あぶくま》高地の真ん中ですから天気も変わりやすくてね、標高が三五〇メートル、中心部は四二〇メートルくらい。三五〇から六〇〇メートル近く標高がある村なんですね。

そんな地形だから、江戸時代には松を幕府に納めた記録があるんだよね。津島松っていうのはね、まっすぐに成長して工作しやすい。工作したあとでも曲がりがないって。あとヤニが少ないらしいね。

だから山も豊かでマツタケも出てね。そうそう、キノコの在りかは人には教えない。ところがね、マツタケ採りに行くとわかっててね、こっそりと木の陰に隠れて見てるんだ（笑）。

川にはヤマメとかイワナとかウグイとかいてね。川幅が狭いから手づかみして。子どもの頃、そうやって捕って遊んだね。いい炭も取れた。ナラ、クヌギの炭。だから、椚平《くぬぎだいら》という地名があるんですよね。そこはクヌギ林がいっぱいあったからでしょうね。それに川俣に近いところ、大椚《おおくぬぎ》っていう地があるの。そこもやっぱりね、クヌギの炭を焼いていた場所かなって思いますね。

そんな地域に昭和二十年を初めとして二十四、二十五年まで三百五十戸ほどの入植があったの。戦争から帰ってきても次男坊や三男坊は家にいられず、入植して土地を開拓し、大豆や麦を作った。次第に重機が発達するにつれ、つまり昭和三十年代後半頃からブルドーザーが発達したから、今度はみなさん開田に力を入れたのね。田んぼを作った。

おのおので三町歩の土地を持ってるから、前からいた農家と同じくらいの規模の水田を作る人も多く出てきてね。で、最近の酪農も同じなんだけれども、つまり五、六頭の酪農では生活出来ない。田んぼも同じで、お互いに協力しあって米を作る。そういう結《ゆい》作業をみんなでやっていくようになった。

でも、そのうち農業だけでは生活出来なくなり、出稼ぎしたり、勤めたりしたんだね。それは昭和四十年から五十年にかけて。そして平成になると、原発の施設に勤める人が多くなった。現金収入があるからね、何と言っても月に一回の給料でしょう。やっぱりその魅力を感じてね、農業は少しずつ規模が縮小してね。それまで家庭のことをやっていた奥さん、子どもが、農業を手伝うようになったといいます。

それは日本全体のことですよね。副業をしながら百姓をやるようになった。浪江町の中心部でも、何町歩も作ってる人たちでも、やっぱり朝仕事とか夕方で農業を済ませて、あとは勤め先に行く。農業が大型機械化して、田んぼだけだったらね、朝仕事で田植えが出来る。夕方でもコンバインで稲刈りが出来る。日曜などの休みに出来る。そんな形に変わってきちゃったのね。

うん、私はね、野菜で十二分に収入を得ることが出来たからね。水田は三町歩くらいかな。畑は二町歩ほど。それを一人でやってたんだけれど、忙しい時は人頼みしてね。野菜はいろんなもの作ったんですよ。大根、トマト、キャベツとかね、あとウドとか。一番よかったのがキュウリだったね。いいのが出来て、数も取れた。だからキュウリは一番収入が上がった。

とはいえ、けっこう重労働で長い時間やらなくちゃいけなかったね。ひどい時は朝晩収穫しなきゃいけないから、夜中の一時、二時頃までキュウリの選別して、朝四時か五時に起きなくちゃいけない。

ははは、働き過ぎ。だからね、いつまでもこんな仕事やってたら体が参っちゃうと思って、花卉《かき》栽培をやった。福島県飯舘村《いいたてむら》などではトルコキキョウなんかやっていたからね。私はクレマチスにしようと思って、ハウスを作って、挿し木をして増やして、一万本くらい。

挿し木は一人でやって、あとは隣近所の人たちに仮植をお願いして。仮植ってのは、挿し木で出来た苗を小分けにしてポットに植え替えることです。そのあと三年くらいで販売出来るんですよ。花作りは年取ってからの仕事にいいと思ってたのにね。楽しいし、重労働じゃないからね。それが軌道に乗って、さあ花の販売だ、というところであの原発の爆発です。

はい、地震が起きて揺れた時は津島の中心部にいましたね。企業組合が組織した「ほのぼの市」っていう直売所があるんですよ。そこで役員会をやろうと集まってたんです。まだ全員集まらず、四人くらい集まってたのかな。その時揺れがきたの。直売所だから商品がいっぱいあったんだね。それが揺れて落っこちた。押さえようと思ったんだけど、押さえきれない。

あの頃は寒かったのでストーブたいていたのね、薪ストーブ。それが揺れるし、危ないと思って水をかけて消して。みんなで、ここは危ないからって外に出た。

木造だったんだよね。だから柱の、梁《はり》のつなぎ目にね、割れ目が見えて。これは危険だなと、庭に出たら、揺れで立っていられなかったね。隣の公民館の人たちも出てきて「すごい揺れたね」なんて話してたの。それが何回も、余震四、五回繰り返したのかな。

その時は、まさか原発が爆発するとは思ってなくて。ただ、集落はどうなってるのかな、と思って、その足でね、集落を一回りしたんだよね。さっき皆さんと帰還困難区域の入口から入ったみたいに、集落を上から下までね、見てまわった。

屋根瓦の一番高いところがあるよね、グシって言うんだけれども、その瓦がほとんど落っこってたね。それから蔵の壁が落ちていたところが一カ所くらいかな。

集落ではあとはさほど被害なかったんですよ。ああ、大したことないな、とほっとして家に帰ってね。そいで次の日、ガソリンないからって津島中心部のガソリンスタンドに行って満タンに入れて帰ってきたらば、集会所にたくさんの人が出入りしてるんだよね。「あれ、今日は何の行事もなかったはずだよな」と思って、「どうしたの?」と聞いたら、「浪江から避難してきた」って言うわけだよ。みんなで津島に逃げてきたんだって。ほいで初めて、原発が爆発したことがわかったんだね。

人は出たり入ったりしていたから、まとまった人数はわからないけれど、そこに泊めてくれってことになった。夜には百人くらいいたと思う。浪江の町の人たち。

俺らの集会所は小さいから、百人くらいが限度。その隣にへき地集会所があるんですよ。体育館なんだけどね。そこにも人が来たんだね。だから全部で百五十人くらいは出入りしていました。

しかもね、みんな着の身着のままで来たって言うからね、じゃあ我々、炊き出ししなきゃいけないなって。集落の役員にすぐ電話して「協力お願いします」って言って。みんなそれに応じてくれて、おにぎりやら漬物やら、「取りに来てください」ってことで、役員の人たちが一軒一軒取りに行って、集会所の人たちに食べてもらったの。

それが三月十二日、十三日、十四日の朝くらいまでかな。そしたらね、避難している人たちが申し訳なく思ったんでしょうね。「私たち、自分たちでやるから、材料だけお願いします」ってことになったのね。集落の人たちが米を持って行ったり、他からも野菜や漬物を持ってきてくれたりして、避難者たちが自分で煮炊きを始めたわけ。大きい釜がないちゅうことで、今度は釜を準備して、みそ汁はそれで作って食べてもらってね。

やっぱりあの時、人の力を感じたね。自分たちでやるって。相手に少しでも迷惑をかけたくないって気持ちがあったんだよね。

でもその山間部には、実は放射能が降っていたことになるんです。あの時、子どもたちも普通にね、犬の散歩したりキャッチボールしたり遊んでたんだよね。マスクもしないで。「津島は大丈夫だから、そこに避難しなさい」ってことだから、安全な場所に来たと思ったんでしょうね。ところが、そこが線量の高い場所だった。

うん。俺自身は三月十六日に避難したんだけど、集落のみんなには十五日に集落を出てくださいという指示が出たんです。指示書を集落の皆さんのポストに入れてきたんですね。

でも「俺は避難しないよ」って家が数軒あった。「牛がいるから」「犬がいるから」とか、「動物が心配だから」「猫もいるから心配だ」っていう人たちもいてね。だけど「必ず出なさい！」って引っ張って行くわけにもいかないしね。そのままにしておいた。

集会所にもね、「しばらく置かしてください」って十数人の方が残ってたの。「じゃあ野菜や米は置いときます。これ食べてください」と、我々は置いていったんです。その十数人の方は三月三十日に、「ここ出ますから」と言って鍵を浪江役場の支所に預けて出て行ったみたいだけどね。だから二週間余りかな、逃げてきた人がそのままそこにいたんですよね。

行く場所がなかったんだか、行きたくなかったんだか。ただ、三月十五日には放射能があそこは高いってわかったはずだからね。そこから逃げないんだから、何か切実な思いがあったんでしょうかね。車が二台、何年もそのまま集会所に放置されていました。その人たちの車なのかどうか、今となってはわかりません。

で、俺自身は集落の皆さんを避難させたあと、三月十六日に福島県二本松市の戸沢体育館に行ってね。十七日には戸沢の住民センターに移ったんです。寒かったからみんな段ボールで隙間を埋めたりしていたね。それから福島県会津の裏磐梯《うらばんだい》に避難した。五月の初めだったと思う。

その一カ月後くらいに、臨時の役場職員だと思うけれど、俺のところに紙切れを持ってきたんだよね。ちょっとあちこち破けたような紙切れでね。「今野さん、これ赤宇木の線量だよ」って。三月十六日から十七日の線量測定値だっていう紙を持ってきたの。その数字を見た時にね、「80～160msv／h（ミリシーベルト毎時）」って書いてあったんだよね。それが集会所あたりの測定値だって言うの。今から思えばとんでもなく高い。

ただその時は放射能の数字の意味なんてわかんなかったのね。どれが高くてどれが低くて、何が悪いかなんて。だから数字を見て、ただ、何だろうこれは？って思った。ほんで職員がそのまま紙切れを置いてったから、しばらく見て考えたの。これは自分で測ってみなくちゃいけないなって。うん。で、七月から測定を始めた。赤宇木のあちこちの線量をね。

線量計は、町から借りていた測定器があったから、そいつを持ってってね。ところが、最初に見た高い数字は出てこないんだよね。七月になってからの測定だったからかもしれないけれど、自分で測っても何となくまばらだしね。この機械じゃ正確な数字が出てこないのかなと思ってね。

それで、シンチレーションっていう測定器ね、浪江町で何台かを環境省から借りたやつなのかな、本格的な四角の大きなやつ。先がマイクみたいになってるの。それを町から借りてきて、十月頃かな、自分でまた測り始めた。

現地の人間が測るって、他にはやってなかったね。大学生が入ってやってはいたけれど。でも、やっぱりどうしても自分の住んでる場所の数値は自分で知りたいからね。それに最初に見た「80〜160」の数字がどうしても気になって。

ただ、そのシンチレーションというのは30ミリシーベルト毎時以上は測れなかったのね。だから仕方なく「30」と書いておいたんだけど、計り切れない場所が十カ所はあったかな、その当時でね。

道筋の数値が高かったね。赤宇木には三つの川があって、その流れが請戸川《うけど》につながっている。一番高かったのが真ん中の川だったかな。葛久保《くつくぼ》あたりの道筋。あと下に来たら大昼の境、小倉沢という所。あそこが赤宇木と大昼の境だよね。あと、小倉沢から椚平。そこらから飯舘村にみんな流れ出たのかなと、俺は思います。窪が飯舘に向かってるからね

最初、自分で持ってた測量機で測っていたのは二十五カ所だったのね。自分でこの辺はどんなもんかなって測っていった。それが、どうせやるのだったら個人の家の入口を全部測ろうって思うよ

うになって、十月からは個人の家八十カ所測って、その他に集会所とかも測って九十五カ所になったんだけど。

それからずっと毎月、毎月ですね。まだ計り続けています。一度始めたら、この記録、残した方がいいって思い始めてね、測り続けている。冬も測ろうと、最初は雪降ったなかをシンチレーション持っていったりもした。でも雪の上では正確な数字が出ないのね。雪のある所は半分しか数字が出ない。これじゃだめだと思って、雪のある時は測らないことにしたんです。

最初の二年で、放射能の数値、けっこう減ったね。なぜかと思ったらば、セシウム134というのが半減期二年なんだね。その分が少なくなったのかなと思う。そうは言ってもまだ高いところは高いわけですけど。

あのね、放射線量って動く時期があってね、秋口が少し動くの。数字が少し高くなる。俺の仮説だけど、恐らく放射能がまず根から吸い上げられ葉にたまるでしょう。それが土に落ちるのが秋で、だから放射能が高くなるのかなと。本当かどうかわからないよ。ただずっと調べている実感としてそうだね。

ああ、さっきの家？　トミオ君のところ。農業やってたんだけれども、一人だったからだんだん縮小してね。まあ百姓より勤めた方がいいんじゃないかって、舗装工事屋になったんだね。それが地域外に避難して、仕事にも呼ばれなくなってね。会社に行きたいなあって、妹さんには漏らしてたみたいだけれど。

原発事故からしばらくして、ここの集落の人の通夜があった。その日からトミオ君の行方がわからなくなってね。妹さんが俺に電話して「通夜に行ってないか？」と。「出掛けた兄貴が帰ってこない」と言うんだね。

それで妹さんがすぐに駆けつけたんだけれども、帰還困難区域だと住民じゃない人はゲート通れなくて。それでお巡りさんに話をして、一緒に家まで行ったみたいなの。

そしたら、家のなかで包丁でお腹を切ってるのを見つけてね。もう亡くなっていたって。ためらい傷っていうのかな、それがいっぱいあったそうです。怒りっていうか、無言の抗議だったのかな。原発事故さえなければ本当にね、そんなことにならずに済んだと思うんだけどね。

ええ、さっき見たら窓ガラスが下半分、割れてましたよね。きっとイノシシです。ここはイノシシが多いから。すぐのところに丸テーブルがあったでしょ？　生前はトミオ君、あそこにいつも座っていてね。当時のままです。ただ、割れた窓からツタと泥がずいぶん入り込んじゃってたね。

はい。そんなことがありながら十年。俺も俺で腰を痛めて倒れてしまって、手術したりしながら、休まずにずっと放射線量を調べ続けてきました。一つ言えるのは、やっぱり居住空間を除染してほしいんだよね。そうすれば、人はもしかしたら帰って来るのかなと思います。俺も帰りたいから、みんなも帰りたい気持ちがあるのかなと。うん。

たとえ十年過ぎて自分の新しい家を別の場所で持ったにしても、もともとの土地を除染してもらえば、どっちかを別荘代わりにするとか、でなかったら、例えば親子世代で親がこっちに帰って住むとか、そんな形がつくれる気がします。

さっき赤宇木のあちこちで除染作業をする人がいましたよね？　でもやってるのはすべて「キワ除染」なんです。復興拠点を造るための、そのアクセスのための道の除染です。もとの住民が住む場所は除染していないんですよね。

そもそも田畑を除染すると表土をみんな持っていかれちゃうの。農業やって、何十年もかけて作ってきた土なんだよ。自然のなかの厚みのある黒土なんかは、木の葉が腐って腐葉土になって、それが長い時間積み重なって出来たんだけど、それを削ってしまう。

いつも言うんだけどね、「本当に私らを帰したいんだったら、居住空間だけでもすぐに除染してください」って。本当に帰したいのかな、って思っちゃうよね。何度か新聞に載ったけれども「二〇二〇年代には、帰りたい人の意向を聞いて除染する」ってなっているんです。

でも、家ではない所を除染するだけだとね。だから「拠点整備という事業が始まる。どうですか？」と聞かされた際、我々は区長会で反対したんですよ。拠点というのは我々にとっては一戸一戸、自分の家だろうって。復興拠点だけ除染されても……って。

自分の家から勤めに行ったり、そこで農作業をしたり、遊びに行ったりさ、そこが生きる拠点なんだから。集落のどこか一部を拠点にするというのは考えられない。だから反対したんだけれど通らなかったね。

そもそもまあ、津島地区の復興拠点は面積でいえば一五六ヘクタール。わずか一・六％なんだよね。それに今となっては、放射能が土の深くに入っちゃってるから、五センチや十センチでは取り切れないだろうね。せめてもっと早かったら。

俺ですか？　はい、裏磐梯に避難したあとは仮設住宅に移ったんです。二本松市の大平地区。運動場に仮設住宅を建てたんですね。

そこにいる間、今の福島県白河市の中古物件を探してね。移ったのが二〇一七年。その時にはもうね、仮設住宅から出なさいという、もう限界だった。ぎりぎり。俺が最後までいたの。

ええ、今だって赤宇木に骨を埋めようと思っていますけどね。除染してきれいになるんだったら、戻ってあそこで老後を過ごしたいなって。

うん。体の動くうちにやっぱりね。長く住んでた所は目をつぶってでも歩けるような土地だから。もう何十年も生活してきたんだからね。

宮 城

a publisher

2021年

あ、この眼帯？　そうですよね。長いおつきあいでこんな状態は初めてですもんね。これ、糖尿病網膜症の眼底出血で、左目がまったく見えないんですよ。医師が言うには、今は出血で眼球が濁ってるけど、一カ月くらいで治ると。ただ片目だと乗り物酔いみたいになって頭痛がしてくるし、もう、最初っからこう眼帯をつけちゃった方がましで。

で、それだけじゃなくてね、心臓手術まで控えてるんですよ、僕（笑）。心房細動。心臓の痙攣。昔、心臓の手術してるので不整脈がずっとあったんだけど、それが年とともにひどくなったので、痙攣するところをレーザーでピッと切らなきゃいけない。本当はその手術がもう終わってるはずだったんだけど、目の出血が出ちゃったんで、そっちを治してからやりましょうと。

で！　さらに！　心臓手術のための検査でＣＴスキャンを撮ったら甲状腺に腫瘍が見つかった！　悪性じゃなくて良性だったので良かったんだけど、検査結果が出るまではイヤでしたよ。あれよあれよという間に病気のデパートです（笑）。

はい、名前は土方正志です。仙台で出版社をやってます。今年五十九歳です。

生まれからですか？　ええと生まれは北海道なんだけど、大学が東北学院大だったんで仙台に来て、それから出版関係の仕事に就きたいなと思って東京へ出て、日本エディタースクール、あそこへ一年間行って。それから、いわゆるありがちな転々としてフリーになるという。フリーのライターとかフリーの編集者とか飯食うためならもうなんでも。それがまず二十五歳くらいかな。一九八〇年代の後半ですね。その頃はわりと雑誌とかも多かったので、ライターもたくさんいましたよね、本当に。まだ出版業界がね、元気で。フリーで片っ端から仕事して、つきあいのない週刊誌はほぼなかったくらい。『週刊現代』『FRIDAY』『週刊文春』『週刊プレイボーイ』『週刊宝石』『アサヒグラフ』、あと月刊誌だったら『太陽』とか、もう片っ端からです。それこそ芸能人のインタビューから、グルメ記事から何でもかんでも。「自分はこれしかやらない」とか「自分の得意ジャンルはこれだ」っていうような話じゃなくて、もうね、来る仕事、来る仕事、全部やってました。

その頃、中央線沿線に住んでたんだけど、例えば朝アパート出るじゃないですか。その時に各雑誌のその日一日の取材の資料とか全部カバンに詰め込んで、午前中『週刊プレイボーイ』の取材で誰かに会って、そのまんま移動して、次は『週刊現代』の取材して、一日ぐるぐるぐるぐるまわってね。

どちらかと言えばニュース系が多かった感じです。だから麻原彰晃のインタビューとかやりましたよ。富士山総本部、行きましたもん。当時の上九一色村《かみくいしきむら》も。カメラマンと僕と編集者と。あの、オウムが選挙に出た時です。麻原彰晃が落選するじゃないですか。その落選の弁を聞きに行ったの（笑）。道場みたいなところで白服姿の信者たちがずらっと並んでみんなで空中浮遊の訓練してました。そこでインタビューをして、幹部がみんないて、取材が終わったあとに「じゃあ、写真撮影を」っていう話になって、「麻原さんを真ん中にして、みなさん集まってください」って写真を撮った。そのあとにあの事件があって、その写真に写ってたみんな捕まっちゃいました。

ええ、まあそうですね。そういう仕事をしてた僕がなんで東北で出版社やることになったかって話ですよね。

きっかけは民俗学者の赤坂さんなんですよ、「東北学」の赤坂憲雄さん。僕は赤坂さんの本を『異人論序説』とかデビューした直後から読んでたんです。その後、山形の東北芸術工科大学に赤坂さんが移った。そして「東北学」というのを始めた。赤坂憲雄もやっぱり東北に目が行くんだなと思って、いろんな取材をしているなかで、ちょうど三内丸山遺跡ブームがあって、東北に注目が集まった。その時に赤坂さんもいろいろと発言をしていた。それで赤坂さんにコメントをもらったりインタビューしたり、人物ルポで同行取材とかをしばらく、つまり東京にいる時にやってたんです。

そんなこんなのおつきあいのなかで赤坂さんが「東北文化研究センター」という研究所を大学に作ると。そこで出版を一つの柱にしたいので、「お前、ちょっと手伝えよ」という話になって、それでその時東京で十五年仕事してて、何でしょうね、ちょっと疲れたなという感じもあって、というのと、あとで話に出るかもしれないですけど、その時既に災害取材もやってたんで、これは東京を離れてみるのもいいかなと思って。

はい。最初に僕が災害取材に行ったのは島原の雲仙普賢岳です。たまたまある雑誌の編集者が「ちょっと普賢岳行ってくれ」という話を振ってきたんですよ。それまで災害取材はしたことがなかったから、その編集者がなんで僕に目をつけたのかわからないんですけど、「ちょっと行ってくれ」って。

それが九二年です。大火砕流の次の年。大火砕流から一年後の取材でした。その頃は取材といっても、僕は東京中心で動いてた。あ、ただ思い出せば、その時ユージン・スミスの取材してたんですよ。話の時系列がぐちゃぐちゃですいませんけど、編集者としては写真集の編集やってたんです、その頃。

自分で原稿書きながら写真集の編集やってて、それがドキュメンタリーばっかりだった。長倉洋海さんとか……ええと名前が出てこない、ああ、本橋成一さんとか。宮崎学さん、動物写真の宮崎さんとか。あとあの頃の若手だと桃井和馬くんとか、そういういわゆるドキュメンタリー系の写真家の写真集を作ったり、写真展の企画をしたり。

やり始めたらどんどん知り合いが増えていって、「じゃあ俺のもやってくれよ」とか。あの頃、海外取材してる連中だと本当に、いっぺん日本出ちゃうと半年とかね、日本に帰ってこない。結局彼らは取材に行きたいんだけど、その間……だってメールも何もない時代ですから、海外行っちゃうと編集部とのやりとりがストップしちゃう。そうすると留守番部隊が欲しくなる。なので僕が写真を預かったり、いろんな編集部との窓口をやって、彼らの仕事を調整するという立場になってきて。

写真展の企画は、今もうなくなっちゃったんだけど、小平市の鷹の台に松明堂っていう本屋さんがあったんですよ。松本清張さんの息子さんがやってらした本屋さん。そこがちょうど僕らがいろいろやってる時に店を建て替えて、地下一階をギャラリーにしたんです。社長の松本さんが「写真展もやりたいんだけど、お前、写真集の編集しているのならちょっとやってみないか」という話になって、だから雑誌に原稿を書いて、写真集を編集して、さらに写真展も同時に企画するというやり方ですよ。

ユージン・スミスの「水俣」の写真展もやりました。その関係でユージンの伝記を書かないかと声がかかったわけです。子ども向けの本です。児童書。関係者を訪ねて水俣にも通って、取材に一年かけました。なんとこの本、今もまだ生きてるんですよ。『ユージン・スミス　楽園へのあゆみ』です。ありがたいことに、賞まで頂きました。産経児童出版文化賞。

ああ、最初の本はね、これじゃなくてJICC出版局、今の宝島社から出した。当時の若手から中堅くらいまでのカメラマンの話を聞いて『写真家の現場　ニュードキュメント・フォトグラファー19人の生活と意見！』というインタビュー集を出しました。それが最初の本。年齢？　二十九歳……くらいかな。で、ユージン・スミスが二冊目でした。

話を戻せば、編集者からしたら、そういういわゆるドキュメンタリー系のジャーナリスティックな仕事をカメラマンたちと組んでやって、自分でも原稿を書いてって、そんなことやってるやつだから雲仙普賢岳の現場に行かせてみようと思ったんじゃないかな。ただ、ねえ、結局、災害取材って人の不幸の現場に飛び込んでいくような仕事じゃないですか。そんな経験なかったから、ちょっとためらうところもあって。でも若かったから、なんでも経験してみようと思って行ったんです。

そうね、一週間とか十日とか行って、また帰ってきてっていう繰り返しを何回くらいやったんだろうな。うーん、まあ、雑誌は締切がありますからね。ずっと張りついてという感じじゃないけど、行ったり来たりです。しかもその時にユージン・スミスの取材もやってたから、雲仙普賢岳に行って帰りに水俣とか、九州のあのあたりをうろうろしていました。

初めての災害取材は、なんというか度胆を抜かれましたね。山が噴火して火砕流と土石流が町と人を襲うと、こういうことになってしまうのかって。自然のものすごさですよね。人が暮らしているから災害になる。だけど、自然の側から見れば、それこそ自然現象なわけですよ。大自然の驚異です。人間はただそれに翻弄されるしかない。人間だけじゃないですね。火砕流で焼けただれて茫然と山をさまよい歩く牛に出くわしたことがあったんだけど、あの心細そうで悲しそうな目は忘れられません。

そうやって島原行ったでしょう。で、いろんな雑誌に原稿書いて、そして次の年が奥尻ですよ。奥尻の津波もすぐ飛んでいった。僕、北海道だったから。出身が北海道で、しかも奥尻の対岸なんです、本土側。だからあの日、地震があって、夜に地震があって、親戚に電話をした。茶の間の蛍光灯が落っこちて、食器棚の食器がみんな飛び出して割れちゃったって。あと、親戚みたいな一家がいたんです。夏休みによく遊びに行った家で、その家族は大丈夫だったんだけど、隣の家の漁師さん、おじいちゃん、おばあちゃん、流されたって。

地震が来た、津波が来るっていうので、船を沖に出さなきゃといって漁師たちがどっと港に行った。船に乗って、津波が来ると直角にドーンと沖の方に乗り越えて行く、そうやって船を逃がすっていう、あれをみんなやろうと思って港に行ったら、船を出す前に津波が来て、そのおじいちゃんとおばあちゃんも流されたんだけど、転覆した船につかまってなんとか助かったって、そんな話とかいろんなのがあって。そもそも奥尻にもうちの親父《おやじ》の友だちがいたりして、要は自分のね、いわば故郷というかルーツがそういう状況だった。

ただ奥尻は離島なんで船がなかなか出なかった。ある週刊誌が現地取材にヘリ出すって言うから「乗っけてくれ」って頼んだんだけど、なかなかフリーは乗せてくれないですよね。契約カメラマンとかは乗っけてくけど。本土からの連絡船が動いたのが一週間目くらいかな。その最初の便に乗って入って、そのまま奥尻もずっと通いました。

そして九五年が神戸です。別に災害ばかり取材するつもりはなかったんですけれど、まあ、災害があって誰か出せっていった時に「土方、普賢岳も奥尻も行ったじゃないか。今度も行け」って、自然にそうなる。それと、僕も災害取材にのめり込むところがあって。

現場を踏めば踏むほど知識も経験も蓄積される。取材のために、噴火って、地震って、津波って何って、いろいろ勉強したり調べたりもしなくちゃならないから、それがまた次に生きたりもする。ちょうどそんな時の阪神・淡路大震災だったから、神戸もずっと、九五年なんかは東京にいるよりも神戸にいる方が長かったくらい張りついて、とりあえず五年は見ようと。

あれだけの都市が壊滅してるわけだから「ちょっとニュースの取材ですってわけにはいかないぞ、これは」って。じっくり見ないといけないし、じっくり見る意味のある事態だぞって。最初からカメラマンと「よし、五年」ということで、五年間です。それが終わったのが二〇〇〇年。で、その二〇〇〇年に仙台に移った。

神戸取材ですか？　その頃は各編集部にいわゆる同志的というか、戦友的な編集者がいて、だから僕と相棒のカメラマン……相棒のカメラマンは南アフリカ共和国の反アパルトヘイト闘争の時にずっと現地にいた男で、奥野安彦といいます。今はタイ在住なんだけど、彼とずっと災害取材をやっていた。一緒に「神戸はずっと見なきゃだめだ」という話をして、それに「そうだよね」と同意してくれる編集者が各編集部にいてくれて、彼らが取材費の面倒を見てくれたりしたんですよね。

ある大手の編集者なんて「金がなくなったらすぐ振り込んでやる」って言ってくれた。あとでわかったんだけど、彼、自分の金を送ってくれてたの。いちいち企画会議を通してこうしてああしてっていうんじゃなくて。彼が言ってたのは「俺たち給料もらいすぎなんだよ」と。「フリーが行きたい時に取材費をばっと出せないのに、俺らは給料をしこたまもらってる。こんな大変な時に、これはおかしいんだ。だから俺が出す」って、自費で取材費を出してくれていた。そんな編集者が二人くらいいました。

二〇〇〇年に東京に見切りをつけたのはそういうところもあったんですよね。実際に取材費が出なくなったでしょう。だってね、どこへ取材に行くとなっても取材費を削られて削られてという状態なんです。「原稿と写真があればページはあげるよ。原稿料はこれだけね。取材費と経費は出ないよ」と。これ、どう考えたって報道やろうと思ったら赤字なんですよ。この流れのなかでフリーでやってくのは早晩限界が来るなと思いました。

最初に音を上げたのはカメラマンたちでした。そう、カメラマンはとにかくフィルムの金がいる。それまでは全部編集部経費だったじゃないですか、デジタルじゃなかったから。それなのにフィルムを自分で買って、撮って、現像して、それが掲載されても一点五千円だ何だで掲載料が原稿料として来るだけって、とてもじゃないけど生活出来ない。組んでいたカメラマンの奥野も僕が仙台に移ったあと、一年か二年後に「日本では食っていけない」って、家族連れてタイに移住しちゃいました。

というわけで、成り行きと言えば成り行きなんですけど、赤坂さんに「東北学を立ち上げるから来ないか」と誘われて、東京に見切りをつけたという流れです。もしかしたら赤坂さんが、そうですね、どこでもいいですけど、東北じゃなくて関西学とか掲げてたらどうしていたか……巡り合わせですよね。

ああ、僕の災害取材のことは赤坂さんはねえ、うーん、知ってたのかなあ。あ、僕ね、並行して即身仏取材もやってたんですよ。お坊さんのミイラね。最初は「週刊プレイボーイ」だったかな。よく夏の、ほら、怪奇企画があるじゃないですか。あれで（笑）。そしたら面白くて。うわ、これ全部の即身仏を見てやれって、全国の即身仏を訪ね歩いた。東北にはたくさん即身仏があるんですよね。山形とか。で、僕、晶文社から『日本のミイラ仏をたずねて』って本を出したんですよ。だから赤坂さんにはそっちのイメージが強かったんじゃないかな。こいつに東北学の細かいことやらせよう、と。そうね、即身仏がつなぐ縁で（笑）。

でね、二〇〇〇年に仙台に拠点を移しました。ただ最初のうちはやっぱり東京の仕事半分、東北の仕事半分くらいでやっていて、災害で言えば二〇〇〇年は三宅島噴火、それから北海道、地元の方では有珠山《うすざん》の噴火があって、そこまではまだ災害取材やってたんですよ。あとは海外、報道カメラマンたちとの仕事も続けていたので、アフガニスタンに入ったり。ここのところまたアフガニスタンは大変なことになっていますけど、僕が行ったのは9・11のあと、タリバン政権崩壊直後の二〇〇二年春でした。一方で東北学とか言いながらね。

全面的な戦闘はもう収まってたけど、僕がカブールにいた時も、嫌がらせなのか示威行為なのか、毎晩のように反政府勢力がドーンとぶち込んでくるんですよね。宿舎に泊まってた時なんか、夜中に……夜は外出禁止だから宿舎にいるしかないんだけど、いきなりワーワー叫ぶ声が始まって、たぶんペルシア語で「敵襲！」とかってやってるんだと思うんですよ。と思ったらタタタタタタタッて銃撃が始まって、ピタッと止まるんです。止まったらドンッと音がして、RPG、ロケットランチャーですね、あれがドーンと撃ち込まれてドカーンと着弾する。それが終わるとまたパパパパパパパッと銃撃が始まって、また静かになってドンッと来る。アメリカの戦争映画とかでよくあるじゃないですか。撃つ時にわかるんですよね、あれ。赤いランプか何かで。すると兵士たちが「来るぞ！」ってダッと伏せる。それだったんじゃないかと思います。震度にすれば3くらいかな、どこかに着弾して宿舎がガタガタガタッと揺れる。その時はそれで終わったからよかったんですけれど。

あとは「グレートジャーニー」の探検家の関野吉晴さん。「グレートジャーニー」の留守番部隊のメンバーとして、関連する本の編集なんかもしてましたから、関野さんと一緒にエチオピアに行ってエジプト行って、アメリカ、メキシコのあたりも行って。あと極東ロシアからサハリンと。間宮海峡、冬は凍結するんですよ。あそこを関野さんや作家の熊谷達也さんたちと徒歩で渡った。いや、まったく何やってるんでしょうね（笑）。

そういうことのあとで東日本大震災と向きあうことになるんだけど、それ以前のこんなあれやこれやが全部意図せず役に立ってくれたような気がします。

何て言えばいいんだろうな。例えばPTSDの問題があるじゃないですか。僕、あれを最初に知ったのが奥尻だったんですね。だから九三年かな。奥尻に行った時に、離島なんで島のまわりをぐるっとまわる道があって、それがいわゆる移動のメインストリートになる。その道路沿いに集落があって、そこに点々と避難所があるわけですよね。

その避難所を巡ったんですよ、車で。そしたら自衛隊の医療チームと一緒になった。一本道でずっと順番に避難所を訪ねていくから必ず一緒になるわけですよね。あとになり先になりして。で、最初に避難所に行ったら自衛隊のチームが来てる。何してるんだろうと思ったら、みんな野戦服着てるんだけど、避難所の人たちにいろいろアンケートしてるわけですよ。治療してるわけでも何でもなく。それでまた次のところでもやってる。自衛隊車両に赤十字とか何かついていて、医療チームなのに何やってるんだろうなと思って。行く先々で会うので、みんなが散ってアンケートしてる時にそれを見守る指揮官みたいな人に「何やってるんですか？」って聞いたんですよ。

そしたら「自分たちは防衛医大のチームだけど、こういう大災害のあとに住民の精神状態はどうなるのか、何が起きるのかを調査してる」って言うんです。最初、僕は何のことかわからなくて、「そういうのも自衛隊の仕事なんですか？」と言ったら、「そうなんです」って。「戦争が起きる、町が空爆される、破壊される。その時に精神的にショックを受ける人たちがたくさんいるんです。大災害に見舞われた時も同じで、それも我々の研究テーマなんです」って。

その時に「あ」と思って、「シェルショックのことですか？」と。戦争神経症ね。そうしたら、「そうです」って言うんですよ。「でもシェルショックって戦闘員がなるんじゃないんですか？」と。いやそうじゃないんだ、と。「例えば空爆を受けた町では一般市民もシェルショックと同じような精神的ダメージを受ける。ある国、ある町が戦闘状態に入った時に人間はどうなるのか、それを知るのはやはり我々の仕事なんだ」という説明をしてくれて、なるほどと思いました。

そのあと、神戸に行って精神科医の中井久夫さんたちの取材をした時のことです。中井さんたちにいろいろとPTSDの話を聞いて、これは奥尻のあの自衛隊のチームが言っていたのと同じだなとわかった。僕の記憶だとPTSDって言葉がメディアで一般的に出始めたのは九五、六年。阪神・淡路大震災の一年後くらいからです。

PTSDの歴史を調べると、よく言われる「第一次世界大戦で兵士が」という話があって、『トラウマの過去　産業革命から第一次世界大戦まで』といういい本があるんだけど、産業革命から始まるんですって。蒸気機関車がヨーロッパで走り始める。そうすると転覆事故が起きてたくさん死ぬみたいなことがあって、その生存者たちがどうも精神的な不調を訴えるようになって、これはなんだと。で、第一次大戦があって、第二次大戦、ベトナム戦争という流れのなかで、ＰＴＳＤの診断基準というか、その概念が出来上がるのが……診断の指標が出来たのが確か八〇年代くらいだったのかな、アメリカで。だから奥尻とかで聞いた時には、おそらく自衛隊とかも、ＰＴＳＤへの対処としてはすごい早い段階だったのかもしれません。

これはもしかするといとうさんの取材してる「国境なき医師団」なんかもそうなのかなと思うんだけど、その頃から「あ、もしかして災害って、原因が何であれ、目の前の生活が一気に破壊されるっていうのは、戦争であれ自然災害であれ同じなんだな」って気がしてきて。やっぱりアフガン行った時も、これはＰＴＳＤだよねって人がたくさんいるんですよ。実際にね、アフガンでいわゆる難民の人たちにね、取材とか行ったりすると、こわくて外に出られなくなったり、悪夢に苦しんでいたりして。もちろん内戦とか米軍の空爆下を生き延びた人たちですからね。でも彼らはそんなことわからないですよね。「ＰＴＳＤとかって、そんなこと知らん。何かおかしいんだよ」って、それだけです。

あと、やっぱりカブールなんか歩きまわって町が瓦礫になってるのを見ると、同じなんですよね。神戸であろうがどこであろうが……。いとうさんが南スーダンで東北とまったく同じ景色だと思ったのも、そういうことですよね。その町とか生活が壊滅する原因っていうのは、津波であれ地震であれ空爆であれ、そこで暮らす人間には何の違いもないんだなって。

それと東日本大震災のあとでちょっと話題になったけど、沖縄のお年寄りにＰＴＳＤが発症するっていう話。不眠だったりいろんな症状が発症するお年寄りが多いってことで調べてみたら、原因は沖縄戦のトラウマだったと言うんです。これは探してるんだけど出てこない資料なんだけど、阪神・淡路大震災の頃に何かのリポートで読んだんですが、あの当時、日本で一番高齢者のアルコール依存症患者の多い県があって、それを調査研究したチームがいて、なんでって調べたら戦後の地震だった。大地震で生活が破壊されて、それをきっかけにいろいろあって酒に頼るようになった人たちが年を取ってっていうのがその調査結果だった。ああ、そうか、と。やっぱり日常が破壊されるっていうのはそういうことなのか、終わらないのか、と。このリポート、東日本大震災のあとに気になっていて、もう一度なんとか読みたいんだけど、見つからなくて。

それはともかく、アフガニスタンであろうがどこであろうが、今まで自分がやってきたこととか見てきたことが、東北でパズルみたいにひとつに合わさってくる感じになっちゃったんですよ。他にも例えばね、本橋成一さんのチェルノブイリの写真集『無限抱擁』の編集を担当したんですけど、その時に原発事故について調べた。さっきのユージン・スミスだったら、水俣病を通じて環境破壊って何だろうって考えた。そんないろいろなことが福島第一原子力発電所事故をどう考えればいいのかにつながったりね。

まあ、それはのちの納得だったとして、とにかく僕は二〇〇〇年に仙台に来たじゃないですか。赤坂さんの東北学プロジェクトがね、最初五年間という計画だった。年に二冊雑誌をつくって十冊、ということで僕は東京を出て来たんですよ。当初は五年間が終わったらまた東京に帰ってもいいかなと。何だったら北海道に帰っちゃおうかなとか、そういう感じだったんですけど、五年間やってみると、とにかく東北は広いんです。

まず本誌『東北学』と僕らがやっていた『別冊　東北学』を年に各二冊、本誌は学術誌だったので他の編集者がやって。僕らの『別冊　東北学』はフィールド系の雑誌で、合わせて年に四冊ということで。それで一冊ごとに東北六県を全部カバーしようという構想だったんですね。ところが東北が広すぎて、年に四冊で、毎回東北六県の話題を必ず入れたんですが、実はそれでもかなり薄いんですよ、各県の掘り下げとしては。

で、五年間やってみて、「これ、ちょっと、やっぱりまだまだやることあるよね」みたいな話になって、それでじゃあもっと小さいエリアでやろうという話になって、「仙台学」とか「盛岡学」とか「津軽学」とか「会津学」とか、細かく暖簾分けする形で各地の小出版社に話をもちかけて作っていくことになった。てことで、僕らの場合は、じゃあ「仙台学」をやりましょうということで「仙台学」をやったんです。

それまでの「東北学」は大学が直轄でやってたんですね。それが各地に暖簾分けするという段階で、「東北学」の場合は流通は作品社がやってくれてたんだけど、今度は各地の出版社がやりますとなった時に、いわゆる経理関係、売上の回収とかもすべて含めて、自分たちでやりなさいと、つまり売って金を回収するのは自分たちでどうぞとなったわけです。するとそれまではフリーの編集者の事務所ということでやってたんだけど、雑誌を実際に本屋さんに卸して集金までしてということになると、これはちょっとフリーの編集者の手に余る……。

そこでさてどうするという話になって、じゃあこれは法人化しないとってことになった。例えば紀伊國屋書店仙台店と直に取引しますといっても「フリーのライター個人でやってます」じゃ置いてくれないですよ。法人化して有限会社荒蝦夷《あらえみし》と紀伊國屋書店でちゃんと契約を結んでじゃないと。

「法人じゃないとだめです」ってわけですね。いろんなつきあいのなかで、それは書店だけじゃなく、印刷会社とかいろんなつきあいのなかでも「法人格を取ってください」と必ず言われるんで、じゃあこれは会社にするしかないなと。ただ会社にして「仙台学」だけってことでやっていけるわけないから、他の出版も含めてやらないとだめだよねって。それがきっかけ。二〇〇五年です。

はい、そこが分岐点です。その時考えましたもんね。東京に帰ろうかなとも思ってて、実際「五年間で終わって東京に帰ってきたら、こういう仕事を任せるから」って声かけてくれてた人もいたんですよ。だけど法人化しちゃったら、これはもうここに骨を埋めるしかないなと。そしたら変な言い方だけど、災害が来ちゃった。

まず岩手・宮城内陸地震が起きたんですよ。二〇〇八年。メディアがワッと詰めかける状態をそばで見ながら、これは俺はもうやらなくていいなと思って取材には行かなかったんです、同じ県内なのに。だけど一年後に「仙台学」で特集をやったんですよね。以前の僕もそうでしたけど、結局、災害が起きてから取材陣は現場に行くわけですよね、東京から。つまり災害が起きたところにあとから飛んでいって、後付けでそのエリアがどういうエリアだったのか取材して書くわけです。そうすると、その地域が壊滅する以前にそこに何があったのかということはよく知らないままに書く。そういうのって本当なのかなって思ってたんですよね。つまり、被災者の話を「昔はこうだった」「ああだった」って聞いて、それはもう目の前にない。でも、それを書く。

確かに他にやりようがないし、自分でやっていても誠実さに欠けるところがない原稿を書いてきたつもりなんだけど、隔靴《かっか》掻痒《そうよう》というか、出来るだけ近づいたつもりではあるんだけれども、「でもやっぱり知らないよね、俺」っていうところがどうしてもあって、さらに岩手・宮城内陸地震の時はもう災害の現場って嫌だなと思うところもあって……戦争であろうが災害であろうが、生活の現場が破壊されるっていうのはさっき言ったようにどこか同じ景色で、同じ悲しみがあって、逆に言えばそういうのはもう見たくないな、と。

なのに、一年後にわざわざやったというのは、それまでの災害取材、災害報道で自分がやれなかったことがやれるんじゃないかと思い直したところがあって。同じ宮城県で生活感覚をもっていて、その被災前の現場も後付けではなく知っている。もしかすると今まで自分がやってきた災害報道で出来なかったことが今回はやれるんじゃないかと思ったんです。それがうまくいったかどうかは別として、自分としては今までとは違うことが「仙台学」では出来ました。

で、僕はそれで終わりだと思ったんですよ。災害報道はもう。自分がやるべきことは、心残りも含めて全部やったと。そう思ったのが二〇〇八年。でも……二〇一一年が来ちゃった。

東日本大震災の話でいうと、最初はね、被災地って空白地帯なんですよ。電気も止まる、他のライフラインも止まる、情報も入ってこない。だから一体何が起きてるのかわからないんです。本当に最初の段階にはですよ。こっちはラジオしかないわけだから。

あの日の夜、車のなかで、ねえ、まあ、その時僕らは社員四人でいたんですけど、四人でいる車のなかで、寒いですから暖房つけたり消したりしながらいて、ラジオから音が鳴ってるんだけど、ラジオも最初の状況では現場に入れてなかった。だから、いや、すごいことが起きてるなというのは、それこそ神戸の時とかを考えれば、あの時の揺れは半端じゃなかったみたいなのがあって、三月十一日の揺れっていうのは三分間から、建物とか地盤の状態によっては五分間くらい続いて、その間に強い揺れが三回来ましたので、ドーンと来て収まったかなと思ったら次のがドーンと来て、三回繰り返したので。

神戸の時はね、それは一発ドーンと来て一分も揺れなかった。それがあれくらいの状況になったわけだから、揺れの大きさと長さを考えた時に、これはとてつもないことが起きるぞということはもう揺れが収まった瞬間にわかっちゃったんです、過去の取材経験から。だから津波っていうのも、最初はそこまで頭が回らなかったけど、あとでこれはすごいのが来てるわなというのがわかって、それこそ沿岸は大変なことになってるだろうなって。

僕自身は、何でしょうね、例えば島原で奥尻で神戸で聞いた、自分が取材者として聞いたいろんなことが、今回自分の身の処し方というか、生活の立て直し方にものすごい役に立ったというか。「ああ、あの時神戸ではこうしてたよね」とか、いろんなことが蘇ってきて助けてもらったなという気は本当にしていて。

事態がある程度クリアになってきたのは、次の日の夜かな。テレビです。テレビがやっと見れたんですよ。ちらっとでしたけど。二日目かな、三日目の夜かな、初めて気仙沼からの中継映像を見て、うわ、やっぱりこうなったか、っていう。

そもそもは最初の夜に、ええ、十一日の夜に、「仙台の荒浜に二百から三百の遺体」というのがラジオで流れたんですよ。でも、それを聞いた時にはイメージ出来なかったんです。何と言うかな、二百から三百の遺体、それはどういうことなのか。最初に思ったのは、沖合にいた漁船とか貨物船とか、船が波でひっくり返されて、その遺体が浜辺に打ち上げられてるっていうことなのかと思ったりして。だから津波までは予想は出来ても、町そのものをあそこまでなぎ倒す津波というのはやっぱり想像出来なかった。

そのテレビの映像がとてつもなかったんですね。だから岩手県の作家の高橋克彦さんだったかな。「あの時被災三県は停電していてよかった」って。もしあの時、被災三県で沿岸がやられていると いう状態を、例えば盛岡で東京からの映像というのをリアルタイムで見ていたとしたら、みんなおかしくなっていたと思う、と。

おかげでと言うか、タイムラグがあった僕たちは茫然自失しなかったんですよ。最初はする暇がなかったってのもあります。その日の食べ物とかにまず困る。しかも、その時うちのかみさんに社員も含めて四人でしょう。そこにアルバイトのスタッフが二人来て、一人はいとうさんも『福島モノローグ』で聞き書きしてくれた須藤文音ですけど、だから六人になって。

そうすると避難所は満杯で入れないし、とにかく六人分の食べ物をどうするんだっていうのが目の前の問題で。町のなかを駆けずりまわって開いてるコンビニ探して、八百屋がやってたらとにかくトマト一箱買ってきて、トマトだけ食べる！みたいな感じとか。避難所で炊き出しやってるって情報が入って、みんなで延々行列に並んで、おにぎり一個もらって終わりとか（笑）。ガソリンもどうやって手に入れようかとかね。そういうことで手一杯で、忙しかったんですよ。そもそも二日目か三日目の夜にたまたまテレビを見た時も、じっくり見たというんじゃなくて、ちらっと見て「すごいことになってる、やばい！　明日からどうする？」って、まずは生活の心配をしましたもの。

そのうち東京から赤坂さんが支援物資を積んだ車を出してくれて、新潟経由でこっち入ってきて、ガソリンも途中の新潟から調達してきてくれたので、山形に避難出来た、というのが四日目です。山形に出てからもやっぱり、営業再開どうするんだとか、身の回りのことを片付けていくのが手一杯で、ガソリンを何とか調達しながら仙台の荷物を山形に運び出し始めて、その時にやっとパソコンも持ち出して、ネットもつながって、どうやらネットであの日のニュース映像が見られるらしいぞって、夜、避難所に借りた一軒家でパソコンつけて、閖上《ゆりあげ》が飲み込まれる空撮映像、あれを見たのが一週間後くらいですよ。みんなで「ぎゃー!」って声あげて。

僕個人はね、うまく言えないんですけど、やっぱり助けられていたかなっていう気がするんです。出し抜けにやられたんじゃなくて、島原、奥尻、神戸ってずっと見てきて、こういう時に町はこうなるんだよね、人はこうなるんだよねっていうことを、知識として知っていた、蓄積してきたところがあるんで、どこかちょっと客観的になれていたかなと。

これはあとで東北大の災害研究者にいわれたんだけど、「土方さん、前からシミュレーションしてたでしょ」って。確かにそうなんです。いま仙台で神戸みたいな地震が起きたらとか、事務所のマンションはこうなるかもしれないから、その時はこうしようとか、避難は脱出はとか、そんなに深刻に考えていたわけではないんだけれど、震災前からどこかで意識していたところがある。東北大の先生がいうには、そのシミュレーションの精度が高ければ高いほどいいんだ、と。僕の場合は過去の取材経験がシミュレーションの役に立ったのかもしれないんだけど、これ、きっと僕だけじゃない。災害の報道や記録を、自分の生活に引き寄せて考える。今ここでそれが起きたらどうすれば助かるのか、それぞれがそのシミュレーションの精度を高める、そのためにいろいろな災害記録はある。そんな気がします。

あと、やっぱりいろんな場所で見た遺体って記憶に残っていて。遺体そのものじゃなくても、遺体のある場の記憶というのかな。はじめて見たのは奥尻の遺体安置所。体育館にずらっと棺が並んでいた。神戸では家族の手で瓦礫から掘り出されて路上に寝かされた遺体を見ました。それが、道路に布団を敷いて、まるで生きているみたいに、ただ寝ているだけみたいに横たえられていた。忘れられないですね。避難所で家族の死亡届を出す人たちの行列にも出くわしました。

神戸の避難所では遺体が安置されてるところに入りました。震災の二日後かな。臭いがするんですよね。人の遺体の。カメラマンの奥野と一緒だったんだけど、避難所に入った途端、臭いがして、それが何とも言えないね。紛争地帯の取材に入ってる奴だったので、奥野はすぐ「あ、ここ、死体がある」って。僕はそんな臭い知らなかったから「またまた」って言いながら行ったら、やっぱり並んでいて。

で、今度の震災の時、たくさん人が亡くなった体育館に入ったんです。僕らが行く直前に遺体が運び出されたばかりだった。そうしたら、神戸と同じあの臭いがした。「ああ、この臭いだめだ、あの時の臭いだ」って一気に蘇ってきて。何でしょうね。今まで経験してきたことが、「ああ、あの時のあれだよね、これ」って。それがあるのとないのとでは僕の受け止めも大きく違ったんじゃないかと思います。その体育館には知り合いの家族の遺体があったとあとで知りました。

今までの災害現場では見たことがなかった事態で、僕が今回一番ショックだったのは土葬ですね。パッと即座に浮かんだのはサラエボのオリンピックスタジアムでした。ユーゴスラビアの内戦の時にサラエボのオリンピックスタジアムにダーッと墓が並んで、十字架が立ってるっていう、昔写真集を作った時のあの景色が即座に浮かんで。しかも日本の場合は、また掘り返して改葬をしなくちゃいけないとわかっていたのもあって、さすがにつらかったです。

なんだか、生々しい話になっちゃいましたけど、やはり災害って人の生き死にの話題は避けられないんですよ。ウチのアルバイトの須藤のお父さんが二週間目に遺体で発見されて、僕も棺を担がせてもらって、対面させてもらって。一緒にわいわい酒を飲んだ彼が、そして彼だけじゃなく他にもたくさんの人が、ある一瞬に、あっという間に命を奪われる、それが災害だと頭では理解したつもりでいても、どうしても、なぜ、どうしてって気持ちは残ってしまいます。やっぱり忘れられませんもの。

ああ、そうですね。これからの話もしないとね。僕ら荒蝦夷と河北新報社、それと雑誌『Kappo仙台闊歩』とかを出している出版社プレスアートで実行委員会を作って、四年前に「仙台短編文学賞」を立ち上げました。はい、今年はいとうさんに審査員を務めてもらって。なにしろ僕らとしても、ただ震災にやられて終わりじゃないぞっていうか。

実行委員会のメンバーと「今やってる仕事って、百年後のためだよね」と。例えば『遠野物語』だってそうなんですよね。でも明治の津波、昭和の津波、自分たちは結局忘れてた。この前の時にはこういうことがあった、この前の人たちはこういうことを言っていた、だから今回はこうしなきゃいけないっていうような記録はたくさん残っていて、今になってああそうだったんだ！って思えることがたくさんあった。とすると、我々が今被災地でやってることというのは、例えば仮に百年後、絶対に来るんだから、それは百年と限らないけど、絶対にまた来るんだから、それが来た時にここに暮らしている人たちが「あ、百年前の人たちはこういうことを考えていたんだ。こういう経験をしたんだ。こういう記録を残してくれたんだ」というふうに思ってもらえるようなものを今度は僕らが残さなきゃいけないんだろうね、というような話はときどき出るんです。

短編文学賞もそういうもののひとつになるのかなという気がしているのと、それとさっきのPTSDじゃないですけど、いろんなもやもやを抱えている人たち、しかも文章を書くとかそういうことに興味をもっている人たちが、それを吐き出すという言い方は違うのかもしれないけど、そういう場として……機能する、いや機能じゃなくていいんだけど、とにかく……そういう場が必要なんじゃないかな、なきゃいけないんじゃないかなと。

そうそう、僕たちは場所を空けておく、それでいいのかなっていう気がしていて。今後どうしていくかとかの結論は出ないし、出さなくていい。この場がどういうふうに使われていくのか、ここを必要としている人たちが埋めていってくれればいいのかな、そんな気がしないでもないんです。だから、あまり文学賞にメッセージを出していないんですよ。枚数を限っているくらいのもので、ジャンルは何でもいいよと。別に震災文学賞じゃないんだから震災のことを書かなきゃいけないわけじゃないよと。あと、「この文学賞はかくかくしかじかのために設立されました」とかもあんまり言ってないんです。普通に文学賞として考えた場合、それでいいのかっていう気もするんですけど（笑）。

今後？　目も心臓も治したあと（笑）？　特にね、ないんですけど、ただ出版社っていってもご存じの通りのこういうちっぽけなところですから、ぼちぼち本は出し続けるにしても、うーん、わかんないなあ。今ね、僕個人は古典ばっかり読んでるんですよ。ここのとこずっとそうですけど、それこそ、ねえ、鴨長明の『方丈記』とか、宮沢賢治から始まって近代の古典的なものまでずっと。

そういう作品が記録として今でも残ってるということを考えた時に、うちで出している本でもそうだけど、やっぱり紙なのかな、本なのかなっていう気がするんです。東北学院大とやっている雑誌「震災学」みたいにまずは記録を残す、そして、やっぱり文学なのかなと思うんです。

結局、データとか客観情報とかというのは、それこそネットでもなんでも、まあ百年後、二百年後にネット空間がどうなってるかわからないけど、とにかく客観データはどこかに残る。でも、残らないのは感情だろうという気がしていて。形あるものとして伝えられないのは、その場にいた、その経験をした、その時代にいた人間の生の感情、気持ち、記憶。これを残すのが一番難しいのかなという気がするんです。

で、それはどうやって残すんだろうと考えると、それこそ今回がそうだったように「あ、昔の人がこう言ってる。やっぱり今と同じなんだね」っていう、その積み重ねでしか残す手段はないんじゃないか。今回の芥川賞でも、ねえ、石沢麻依さんが「仙台短編文学賞」を見て、自分も書かなきゃと思ったって言ってくれてたらしいんだけど、そうやって東北に関係する作家が出てくるんじゃないですかね、これからどんどん。そんな気がします。

聞き書きもね、そうですよね。重要な文学だから。いやあ、僕らも聞き書きはね、さんざんやりましたよ。だからこの、ほら、この『鎮魂と再生　東日本大震災・東北からの声100』は赤坂さんの監修で、被災各県のライターで手分けして被災体験者百人の聞き書きやって、うちが編集ですよ。あとこっちの本、『異郷被災　東北で暮らすコリアンにとっての3・11』は、東北学院大の郭基煥教授のチームと一緒に行った被災した在日コリアンの聞き書き集です。それとかラジオの投稿をまとめたりとか、いろんなことをしたけど、もう多ければ多いほどいいと思うんですよね、こういうのって。

文学賞も聞き書きも、本当に何の枠組みも作らずに融通無碍の器にしておいて、その時その時の感情が集まって、溜めておく場になっていればそれでいいと思ってます。
いや、そういう器とか場が必要なんです、ここには。

岩手

an adviser

2021年

庭野です。岩手県洋野町《ひろのちょう》の防災アドバイザーです。ここが、町役場の四階になります。窓から岬が見えますが、東日本大震災の時、津波はあれを越えました。

でも、この洋野では人的な被害が一件も出なかった。被災三県の福島、宮城、岩手の沿岸自治体で、人的な被害が出なかったのはここだけです。

なぜそんな防災が可能だったのか。ここの町民は、とにかく逃げる意識が高いんですよ。このあと、ご案内する八木地区なんか、明治と昭和の三陸大津波で、居住人口の半分くらいが亡くなっていますからね。

そう、明治二十九（一八九六）年と昭和八（一九三三）年、三陸を襲った大津波です。さっきお渡しした資料にもありますが、この町で明治では二百五十一人が亡くなっている。昭和では百十六人。それを知ってるご老人がけっこういるんですね、洋野には。

はい、もちろん他の市町村でも三陸大津波では甚大な被害があったんです。けれども、洋野はその後、東日本大震災が起こるまで、ずっと防災意識が高いままでした。まさかと思うんでしょうが、震度3とか震度2の地震ってしょっちゅうありますよね、それでも逃げるんですよ、八木地区なんかはね。この地区には防潮堤がありません。だから、とにかく逃げる。即逃げる。八木地区は「地震が起きたら即逃げる集落」なんです。

過去に被害が大きかった場所は先祖からの言い伝えを守ってるんですね。地震が来たら、必ず高い所へ行く。津波に気をつけろという意識が高いんです。

しかも、たまたま東日本大震災の三年ほど前から、自主防災組織が立ち上がっていました。明治や昭和の津波の記憶が、あの震災の前にそうさせたといいますか、自分たちの地域は自分たちで守るという町内会の組織です。それを結成したばっかりだったのです。

さらに言うと、ああいう組織は年数が経つと形骸化してしまう。けれども、洋野の場合は防災について思いが熱かった時期にあの津波が来た。だからスムーズにね、避難行動が出来たんですよ。

それ以前の大地震からずいぶん遠ざかった時に、つまり、わざわざ平成になってなぜ防災組織を作ったのか。まあ実は、私が主導したんですけどね（笑）。ですから、本当によかったなあと思ってるんです。今では八木地区だけでなくほとんどの地域で、学区単位なんですが、自主防災組織を持っています。

その経緯ですか。私が町長と防災の話をしているうちに、宮城県沖地震の発生確率がだんだん上がってきたことが、話題に上ったんです。宮城県沖地震は平均約三十八年の周期で発生している。直近は一九七八年でした。町長は私に「宮城県沖地震に備えることは、すべてやってくれ」と言ったんです。

それでさまざまなことをしました。消防団の改革とかね。まず大事なのは消防団の意識を変えることでした。地震があったら、まず消防団から逃げよう、血相を変えて逃げよう、と体質を変えました。

最初は「消防団が先に逃げるなんて」という反発もありました。私自身も逃げるのを恥ずかしく思っていた時もあります。でも、消防団が泡を食って逃げれば、それを目の当たりにした住民が「やばい」と感じるものなんです。

基本的にこういう一万六千人くらいの小さな町では、消防署もありますが、いかんせん人数が少ないですからね。あれこれ消防団の力に頼らざるを得ません。それに洋野町の消防団は町の誇りなんです。

洋野の消防団はすごく優秀でね。ポンプ操法ってあるんですね、消防団が何秒以内に水を出して的を倒すかという、ポンプなどの取り扱いを競う全国大会が。ポンプ操法競技会。その大会でここの消防団が日本一になったんですよ。

東日本大震災より前、ずっと前です。その消防団員がまず逃げれば、と思ったんです。そういうところから私は意識を改革したかった。当時の私？　あはは、消防署長でもなんでもありません。消防署の職員です。職員だから仕事として団員に教えたんです。日本一になった時のリーダーが今の消防団長なんで、今でもツーカーで話が通じます。

当時から防災は職務柄、もちろん積極的にやりました。本来の業務は消防署なんですが、役場からも併任を受けていました。併任発令と言ってね、町の防災にも絡んでくれ、と。とにかく町長が防災に関してすごく話がわかりますから。え、何で町長がそんなに意識が高いか？　いやまあ、そういう人なんですよ、あははは。

消防団がいち早く避難する他、「逃げる」対策の改革としてはですね、避難訓練。毎年三月三日の早朝に、津波避難訓練を洋野ではやっていたんです。

三月三日は昭和の三陸津波の日です。これは教訓を伝えるという意味では本来いいことですけれども、当時津波が襲った時間は午前三時頃だったので、訓練はずっと早朝にやっていたんです。八木地区にある昭和三陸津波の碑の前で慰霊祭を行って、合わせて訓練もしていた。リアリティーはあるけど、暗いうちに逃げる訓練だと、参加者が減ってきちゃうんですよ。

「寒い」「暗い」「仕事に間に合わない」、そういう声がぽつぽつ聞こえてきて。「日曜の十時くらいだったら私たちも参加したいんだけど」という声が増えましてね。ところが、長老の皆さんは「いや、昔からやってきたことだ」ということで、なかなか意見を聞いてもらえなかった。

それで私、簡単なアンケートを作って、避難訓練の時に参加した住民に聞いたんですよ。やっぱりみんなの声を聞かないとだめですからね、変化を起こす場合は。ええと、それがこれです、訓練の時期や内容に関するアンケート。

これを立ちながらでも書きやすいよう、台紙を用意してね、住民に聞いてみた。すると、日曜日の方がいいという意見がものすごく多かった。九月、十月の日曜日がいいと。それで「こういうデータがあるから思いきって変えましょう」と地域に返した。訓練は慰霊祭と切り離して、九月の第三日曜日の日中に変更したところ、参加者は三倍に増えたんですよ。

正直、プロっぽくしている防災関係者は机上でいろいろ描きますけどね、それを受けてくれるのは町民ですから。町民に理解してもらう。そこからまず変えていかないと。今はもう、沿岸地区の避難訓練に、地区住民を超える約百人もの参加者がありますからね。山の方からも、たくさん人が下がってきて一緒に参加してね。つまり、津波避難の対象者以外の町民も加わって防災訓練をやるんです。

よく国が主導して、自主防災組織を作りなさい、避難訓練しなさいってマニュアル的なものを出してくるんですけど、それに沿って地域に当てはめても、なかなか機能しないですよ。だから私は「沿岸は津波以外はいい。津波に特化した、津波だけを考える組織、訓練にしましょう」としたんです。

ええ、もう沿岸はひたすら津波対策。山間部の場合は土石流災害なども組み入れて訓練しますけど、ともかく沿岸部は特化した組織にしようとやってきた。シンプルにしたんです。

あとね、これも簡単そうで難しかったことなんですが、もともと、防潮堤の壁に通用口があるんですよ、樋門《ひもん》と言います、専門用語では。一般的にね、防災関係者は片仮名で書きます。ヒモンです。水門に対して、陸上にある開口部は樋門。

これが町内に二十六門あったんですよ。で、津波警報が出ると、消防団はそれぞれ二つか三つずつ、分担してる樋門を閉めるんです。一つ閉めて海岸線を横に移動して、また閉めて、また横に移動してと……。以前には、そういう作業をしていたんですね。

だから私は、それは危ないだろうと。最初は抵抗があったんですが、普段利用されない樋門は閉じようと提案した。もちろん住民が海と陸との通用口みたいに日常使っているので、閉めると不便にはなります。が、防災としては開けておかない方がいい。

ですから、あの震災当時、二十六門あるなかで消防団が手で閉めたのは九門だけなんですよ。一つの部隊が一門と決めてあったので、横移動をする時間がなくて済んだ。つまり、垂直的に避難出来たんですよね。ですから「3・11」ではすべての樋門を封鎖するのに、たったの十二分でした。おかげで、消防団は住民の避難に力を割くことが出来た。消防団の行動に余裕が出来たんです。

そして、消防団はともかく、樋門を閉めたらすぐに逃げてくれ、と。これは徹底してありました。はい。私の考えです。

震災後はそうした消防団のタイムラインを定める地域が出てきました。消防団の活動時間を事前に決めておいて、そのあとはすぐ避難するという活動指針です。洋野は震災前から、消防団員の安全も考えて津波到達予想時刻の十分前に作業をやめて避難すると決めていました。

それは、地域住民の危機意識を高めるためでもあるんです。まず、門を閉めたら回転灯をまわして、消防団が避難するのを知らせる。そうしないと地域住民は「あ、消防団がまだいる」と思ってしまうんです。すると野次馬も出てくる。「津波が来たのか来ないのか」、気になるんです。しかし、消防団が逃げると町民も「あ、これは大変なことが起きるんじゃないか」ということで、急いで避難する。これも震災後、非常に注目された手法です。

実際、消防団員は回転灯をつけて逃げました。そうすると、地域住民も消防団員の動きを注目しますからね、家のなかから。すぐ逃げるんですよ。いやあ、私もいろいろ考えた結果がそれだったんです。

たまたま東日本大震災の前年に、チリ地震津波が東北沿岸に来たんですよね。大津波警報という言葉が、ショックでしたね。当時は三メートルの予想でしたけれども、大津波という言葉がなかなかね、住民にもピンときていなかったんですよ。だから、むしろ危機意識をどうにかしないといけないと思った。それで樋門活動を極小化しようと。

そもそも沿岸に人が留まるということが、人命の危機につながるんですよね。

東日本大震災では、全国で津波によって二百五十四人もの消防団員が亡くなっています。ですから、防災関係者も逃げるというのは、非常に大事なんですよ。

消防団員が沿岸にいつまでもいるとね、付近住民は「なあに、津波はまだだろう」となる。昔はね、申し訳ない話なんですが、消防団が海のそばにずっといたんですよ。津波を警戒しながら、でも海岸で見ているんです。そうすると野次馬も来る。みんなお互いに知っていますから、世間話なんかしながら、危険な場所に留まってるんです。今は考えられないことですけどね。

それで、とにかく津波警報が出たら、水門・樋門の閉鎖をする。それが終わったら、すぐ決められた高台に逃げる。逃げたら、これも洋野だけの活動ですが、各地区から海につながる道路に消防団員を張りつけて、住民を海岸方面に絶対に下げない。道路を閉鎖したんです。自宅に戻らせない。これが大きかったですね。

もうね、けんか腰でした。漁師が「何をお前、俺は命より大事な船を安全な場所に置くんだ」と。船を津波に対して直角にして海洋に出す方法ですね、そうしたいのはよくわかります。でも消防団にはがんばってもらいました。絶対に下げるな、と言ってあったんです。

私も全国の消防団関係者と話したんですが、彼らは「我々は出来ない」と言うんですよね。「そういうことをしたら大変なことになる。つるし上げられる」って。でも海岸に行かせたら、津波に巻き込まれるんです。

うーん、私たちがなぜ出来たか、ですか。

それはたぶん、日常での活動の延長なんですよね。日頃の訓練で信頼関係がある、と言いますか。とにかく私は私で、消防団の応援者なんです。消防団員が病気なんかで亡くなると、その地域がその分だけ衰退する、という感覚でやってるもんですからね。地域に不可欠な人材が消防団員なんです。その団員が「ここからは通せない」と言う。それが大きい。

私たちが人を止めたのは町内で十八カ所です。海によく下りる道路はすべてですね。そこに避難が終わった消防団員が張りつく。もちろん海抜二十メートル以上の所を選んでますから、津波は届きません。

いや、本来は私のような一消防職員が言うことじゃないから、そういう時は消防団長に任せるんですよ。団長命令でやってくれと。えへへ。ええ、そうそう、震災前は一介の消防職員でしたし、今ではあくまでアドバイザーですし、ははは。

私、消防団長ともしょっちゅうお酒飲むんですよ。そしてお互い、防災のことばっかり話すんです。するとパッと思いつきが出てくる。それをメモ書きにして、酔いが覚めてから具現化するというかね。

私はやっぱり消防団員には地域のヒーローであってほしいんです、いつまでもね。だから「団長さん、地域の行事にも絶対消防団を出せ」と言い続けてましてね。きちんと半纏を着て地域の行事に出ることによって、信頼が違ってくると。あと、地域の小学校とか保育園の運動会とか、そういう小さい行事にも。

以前、消防を定年になった時、町長が役場に来てくれと言うので一年間、防災専門監っていうのをやったんですが、消防からするとどうも退屈なんです、あれ。それで「どうしても座ってられません。私は現場の方がいいです」と言ったら、アドバイザーやってくれと。それが八年続きました。アドバイザーだと現場に行けます。四十年も消防職員やってると身につくんですよね、現場主義が。

今アドバイザーの一番大きな仕事は、津波警報が出ると町役場に対策本部を作ることですね。そこに私出ていって、いろいろ仕切ってまして。あの、これも全国で問題なのが、防災推進室などの専門部署に職員が何人かいるんですが、定期的な異動が多いから、そこに防災をよく知らない職員が担当で来る。

それで防災アドバイザーっていう部外者を置くことで、専門的にスムーズにいくんです、消防団とも行政側ともね。他の自治体もそうなんですけど、職員の定期的な異動があるとまたゼロからやり直しなんで。

私自身のこれまでの震災の記憶ですか？

ぼやっとしてますが、あります。昭和八年の三陸津波の時、おふくろは八木地区で見たそうです、筵《むしろ》をかぶって遺体が並んでるところを。

それこそ防災無線もテレビもない。ラジオも少ないでしょう、当時はね。ですから、なにも知らないでそのまま波にのまれてしまった。今も八木地区の上に墓地があるんです。その石碑を見ると、やっぱり「三月三日」という命日が、いっぱい刻まれているんですね。

いや、それで消防職員になったわけじゃないですよ。志望動機は忘れましたよ、五十年前ですもん。ただ当時はちょうど広域消防っていうか、各市町村に消防署を置きましょうという施行令が出た時なんですよ。その第一期生です。それからずっと、消防の世界にいます。

消防団を基本にして私、地域に自主防災組織を結成してもらいました。大災害では後方組織ですよね、消防団のね。例えば今、家に水が入ってきて土嚢《どのう》を作らなきゃならないと。消防団だけではなかなか大変だから、自主防のみなさんも土嚢作りを手伝ってくれと。

八木地区なんかは防災マップ作ってね。あれはいいですね。手作りですよ。津波に限らず、どこそこの家にはちょっと体の弱い方がいるとか。防災組織の会員がそこを通ると、必ずちょっと見てこい、と。それで倒れている人を発見してね、救急搬送して助かった事例もあるんですよ。なかなかのもんなんです。

自主防災組織の最大の活動はあいさつです。防災は声かけから始まる。近所にどんな方が住んでいて、どんな体調か、手助けが必要なのかどうか、頭に入れてもらうんです。近年はプライバシーの問題があって、名簿を作るのが難しい面もあるんですが、でも、書面にするより日頃から考えたり、話し合ったりする方が実効的です。

そして、トランシーバーのちょっと性能のいいものがあるんですね、これを六個買って、消防団に三個、自主防災組織に同じものを持ってもらっています。そうするとね、自主防のみなさんも消防団が今、どんな動きをしているのかわかる。そしたら気分もいいんですよね。しかも、地震などの情報が自主防災組織に入る。これも飲んだ時のアイデアです、ははは。

いやあ、まだまだ言いたいことはそりゃありますよ。例えば、やっぱり避難所の体制ですよね、今は。時代は変わりました。今で言えば新型コロナウイルス対策でしょうけども、当時はけっこうペットのことが問題だったんですよね、このあたりでも。

ペットを持ち込ませてくれ、と。でもペットの持ち込みについては、はっきりしてなかった。それを今、計画を改定して。犬であれ猫であれ、それは家族だという感覚ですからね。そのスペースがほしい。考えを新しくしなくっちゃ。避難後の生活も大事ですから。

新しい防災センターは大きく造って、地区の人をほとんどカバー出来るようにしてます。シャワー室は男女別だし、小さい部屋をいっぱい配置している。なんでこんなに小部屋が必要なのかって言われたけれど、まず避難者のプライバシーの保護ですよね。いろんな方が来ますからね。大きなホールで過ごせない人も必ずいるんです。そういう人、例えばパニック障害などの人にはこういう小さな部屋、大事なんですよ。

それとね、「3・11」で当然、停電が発生したものですから、内陸に住んでる一人暮らしのおばあさんがね、「うちには津波は来ないけども、さみしくていけねえから避難所に行きたい」と。わいわいやってる方がいいと。真っ暗い所でね、一人でいたくないと。

もちろん来てもらいましたよ。仲間がいると落ち着くのは当然ですから。心の問題ですね。ようやくこの町にも避難所のため新しいテントが入りました。プライバシーが丸裸の避難はよくないです。だから、隣の人に見られないテント型を導入した。大事なことです。

ええ、そういう後方での活動はね、それこそ自主防災組織にお任せしてます。消防団はなかなか避難所までは行けねえんですよ。

行政が地域を指導する時に、同じような資料を配って「組織を作ってくれ」っていうのが多いんですね。でも、それでは形骸化するんですよ。まず最初はね、その地域のリーダーに何回も通って「この地域はどういう所か」という説明を受けなきゃだめですね。そして、心配事を全部聞かなきゃ。

その上で、地域の実情に特化した訓練をする。幸いなことに、洋野町は川がないんですよ。大きな川がね。だから洪水とか、過去の災害で川で亡くなったという話はないんです。だから津波に特化出来る。地域の事情に合った防災でないと意味がないし、本気にならないんですよ。

海辺の組織に「土砂災害に気をつけなさい」と言ってもね。県から来るマニュアルにはそういうことが書いてあるんですよね。「土砂災害時の避難計画を作りましょう」たって、作りようがないもんね。ははは。

東日本大震災で忘れてはならないのは、被災して二、三日後にですね、ここの町は独自の給付金、それを事業所によって五百万円とか一千万円をすぐ出すと決めたんですよ。それが呼び水となって復旧も早かったんです。国からの予算ではない。自分の手持ちの資金でね。一番早かったんじゃないかな、専決案件でね。防災ってそこまで含んでいますよね、復興まで。

ただね、これで終わったわけじゃない。今度は十九メートルの津波が直線的に来ることを考えないと……。日本海溝・千島海溝地震。北海道沖などを震源として、マグニチュード（M）9クラスの地震が起きる可能性が高いと言われています。国の発表では三十年以内に起きる可能性が切迫している。

これね、近くの八戸だって全滅ですよ、予想の波が来ると。政府の見解だと、仙台にだって津波が来るし、岩手とか青森とかも大変なことになる。東日本大震災が起きたから当分は大きな地震が起きないんじゃないかって、みんな思っちゃってるんですよね。

国の中央防災会議がこのほど、日本海溝・千島海溝の被害想定をまとめましたね。巨大地震が「冬の深夜」に発生した場合、犠牲者は最大十九万九千人ですよ。人ごとではありません、東日本大震災で犠牲者ゼロのわが町にとっても。

津波の角度が大きな分かれ目だと思うんです。正面から来るととんでもないですよ。十九メートルとなるとね。

ですから私たちは既に、庁舎の機能を持つ建物を造ったんですよ。町の高台に新しく造った消防署に、庁舎機能の一部を移しています。人口一万六千人の小っちゃい町で、規模がでかすぎる消防署じゃないかと言われましたけど、次の津波を考えると、こうなるんですよ、自然に。

十九メートルの津波が来たら、今度は防潮堤では防げない。なので、従前の避難場所はもうやめよう、としました。より高い所に、と。最低でも海抜二十メートル以上の地点をピックアップしてね。

合併で出来た洋野町は、内陸部の大野地区にも町の庁舎があります。ですから、一般職員はそちらに移って業務をすることになる。で、災害対策本部など災害に関わる業務はこっち、消防署でやる。

だいたい「3・11」だって、まさかあんな津波が来るとは誰も思ってなかったんです。それが来たんだから、十九メートルの想定にも当然手を打たないと。市町村によってはこの大地震、とても心配して対策が進んでる地域もあるんです。

ところが県は一律化するんですよね。浸水域も机で座ってコンピューターをいじっただけで。いやいや、地形によって全然、浸水域が違ってきます。地域には地域それぞれの事情があるんです。

さて、ちょっと外を車でまわりましょう。

ほら、町のあちこちに看板があるでしょう。地元の自主防災組織で測量の資格を持っている人が、地盤の高さを表示してくれているんですよ。ここは海抜何メートルだって。逃げる時の目安にしてもらうための工夫です。

最低でも津波が来ない所まで逃げてくれっていう気持ちがこもっています。何でもないような看板に見えますが、こういう小っちゃいものが積み重なって、災害時に威力を発揮するんですよね。

ええ、そうそう、子どもたちの目に触れることは大事なんです。体感では、そこが標高何メートルかなんてわかんないですから。

はい、着きました。ここが八木地区です。かつての津波で、死者がいっぱい出た地区です。協同墓地があっちです。海を見下ろしてますよ。お線香が絶えない所です。

慰霊碑も建ってるでしょう。「想え、惨禍の三月三日」とある。ええ、メッセージがそれぞれの慰霊碑で違うんです。日付が三月三日。時間が彫ってあります。二時五十二分。昭和八年の津波の記憶です。こうした碑が町内に全部で六カ所ありますよ。

朝日新聞社が当時、後援して建てたんですね。「危ないところに家を建てるな」と書いてある碑もあれば、「地震に気を引き締め津波に避難　午前二時五五分」って書いてあるところもある。到達時間も細かく記録されて。

役場で話しましたが、三月三日にはこういう碑の前に何十人も集まって儀式するんです。消防団員を含めて。それだけで、気持ちが新たになりますよ。祭壇作ってね。

ここから新しい防潮堤が見えますよね。完成して二、三年ですけどね。十二メートルの高さで整備してもらったんです。しかも、いまや水門はね、消防団でなく、ボタン一つで開閉出来るんですよ。自動でね。遠隔で。

途中で防潮堤が途切れていますけれども、地形の関係で、全部は通せなかったんです。で、海で作業してる方は、あそこの避難経路を通って高い所に逃げます。

でもこの地域の人たちは大したもんですよ。この防潮堤が出来ても「これは一時《いっとき》の気休めだ」って言い合ってるんですよね。「逃げなきゃだめだ」と。

地元の人の話を聞くと、防潮堤があっても、逆に波の流れが速くなったって言うもんね、むしろ津波に勢いがついたと。

もうちょっと行きましょう。

あ、あそこは線路があるため、防潮堤を造る場所がうまく交渉出来なかったんですね。なのでこの駅前、前は駐車場だったのを全部かさ上げしてね。そこを道路にした。安全なように。

そして線路の方は防潮堤より海側を通ることがあるので、地震が発生した場合には電車を止めて、階段で上へ逃げる場所を要所要所に造ってるんですよ。

ほら、あっちに仮設のはしごみたいなのがあるでしょう。警報が出たら、あの階段を上がっていくんです、ああいうのが十何カ所ありますよ。

もう一つお見せしたい場所があるんですが、少しすると出てきますよ。

ここは小子内《おこない》という所です。昔はね、明治二十九年の明治三陸大津波で、あたりの人は全滅したんですよ。海抜が低くて、まだ線路が通ってなかったから。ただ、昭和五年に海側に盛り土した線路が通って、それが昭和の津波を防ぎました。

津波が昭和八年ですから、ぎりぎり間に合った。そして今回もね、この地区は大丈夫だった。線路のおかげでね。ただ、それに気づく人は少ないです。そもそも当たり前のもんだと思ってるからね。昔からある線路だから。だから、廃線というのが、実は一番恐ろしいんですよね。盛り土部分はすぐ劣化するっていうからね、担当者から聞くと。

なにげない部分が、あとで考えるとけっこう、防災の面からは役に立ってるということがあるんですよ。採算が取れないからって、簡単に廃線にしちゃいけない。それが人の命を守ってる場合があるんです。

あの、東日本大震災の翌日の朝ね、私、町長に報告したんですよ。一人も死傷者ありませんって。町長が「いやあ、よかった、よかった」と喜んだ顔が忘れられません。ずっとそのために準備を怠らなかったんですから。

そもそも、翌日すぐに被害者の状況を把握出来たっていうのも、珍しいことなんですよ。そんなに早く住民の安否がわかったのは、自主防災組織を活用したからです。みんなわかっていました、あの人はどこに行ったか、あの人はここにいるって。

町長は今でも、行事なんかのあいさつでは、まず最初に「みなさん、逃げてくれてありがとう」って言います。町長に感謝されたら、みんな、また逃げようって思うんじゃないですかね。

山 形

neighbors

2021年

○ おはようございます。私が澤田美恵子といいます。よろしくお願いいたします。

● 石田光子と申します。澤田さんと一緒に活動している者です。

○ ここは山形県米沢市のNPO法人「結いのき」の事務所です。私はあの震災の二〇一一年には「生活クラブやまがた」の理事をやっていまして、それから今現在まで続けています。

生活協同組合の理事はみんなで十五人で、最初は石田さんが理事をやっていまして、私は別の仕事をしていたんですね。それが母の介護で仕事を辞めたんです。で、以前から「生活クラブやまがた」にグループホームがあったものですから、自分で看るより母をグループホームに預けて、自分自身は生活クラブ自体の活動をしないかということになって。なので先輩の石田さんがやってきたことを私が同じ地区の代表として引き継いで理事に。

● 今澤田さんがおっしゃったように「先輩」かもしれませんが(笑)、同じ地域に住んでいますので、ずっと活動を共にしてきたという感じです。そして二〇一一年、私は理事を退職して、えっと、監事になったんだっけ?

○ そう、監事になったの。

● 監事をして、その間もずっとボランティアをしながらいろいろ活動して今に至ってます。

生活協同組合ですか？　それはですね、まず私は茨城県の出身なんですよ。それで東京で結婚して所沢に十五年住んでまして、そしてあの日本列島改造の中核工業団地と指定を受けた八幡原《はちまんぱら》工業団地が出来た時に、夫が役員をしていた会社が埼玉から米沢に移転することになって、一家で米沢に移り住んだんです。

もともとは米沢の人間ではないわけです。まあ米沢に来たおかげでわりと思った通りの活動がしやすかったというか、もちろん周りの人たちに恵まれていたのが一番だったろうと思うんですが、とにかくもといた茨城県の大洗はすごく温暖なところなので、雪をあまり知らないまま、ノコノコとこっちに来てしまって、みんなに助けられてもう四十年くらい経ちます。

ほんとに、あれこれ雪には困ったんですね。どうしていいかわからないほど降りますから。それがたまたま米沢に移ってきた頃に生協の配達が始まって。雪のなか、玄関まで食材を運んでくれる、こんないいことはないというのですぐに入りました。そう、雪のおかげです。

○　石田さんが移ってこられたのは当時の米沢市の工業団地で、そこに会社も移転したんですね。その工業団地の隣に住宅団地も造られて、雇用促進住宅と言ってましたけど。

私の方は米沢で生まれ育ちました。今は市内からここ米沢の東側で福島に近い、万世桑山団地に移ったんですけどね。福島市の隣の市というか、ひと山越えれば私たちの住んでいるところになる。ですから福島のことは他人事じゃないんです。

あの、そもそも米沢って昔「蛇の寝床」と言って、間口が狭くて奥行きが長い住居が多いんですね。それでとにかく雪が多いものですから、雪を捨てるところがなくて、みんな境のところで屋根から落ちてくる雪のことで、よく揉めていたというか。そういう環境のところに私は住んでたもので、市内から逆に団地に越して広い区画、約百坪から二百坪ですね、そのおかげで雪のいざこざもなくなって、楽になったという感じでした。

そうです、「蛇の寝床」で間口が狭いから自分の家の屋根から雪が落ちると、隣に一メートル五十センチ以上の雪が一気に積もるわけです。だから雪が落ちると「片付けなさい」と隣の人に言われる。なので、雪で争いが絶えない地域もあったくらいでね。

雇用促進住宅は四階建ての集合住宅なので、雪の問題は少なくて他県からの人にとっては住みやすいかもしれません。

私、高校時代にＪＲＣ、青少年赤十字という組織に入っていて、人のために何かしようと思って活動してたんですね。あと暮れになると、今はもうないんですけど、母子寮を支援したりして。事情があって母と子だけが住む共同住宅で。

高校の近くだったので、そこの障子張りをしたり、いろいろとお手伝いをしました。あと興望館《こうぼうかん》といって、児童施設があったんです。だからクリスマスだとかお正月のためのお餅つきだとか一緒に遊んだりって、そういうことをＪＲＣでやってました。赤十字といっても、自分の時間が何か人のためになれればと思って。

米沢ってね、さっき「蛇の寝床」と言ったけども、そこの隣組とか町内同士っていうのは雪の時はあれこれ揉めるんですけど、雪が消えると驚くほどふっと対立がなくなるんです。例えば畑のトウモロコシとかトマトが出たからって、旬のものを作ってる人がお互いに持ち寄ったりと「お互い様」の関係なんです。

その頃はあと米が一番大事で、私のところは母の実家が農家だったもので、米は十分あるんです。

でも近所では米を買う金がなかった方もいらっしゃったので、「米貸してくれないか」って言ってうちに米を借りに来たり、「今日の朝ごはん、ちょっと足りないんだけれども」って言って来てくれれば、炊いたごはんをあげたり。そういう隣組の連帯感がありました。なんか自分のボランティアはその延長みたいな感じなんです。ほんとに「お互い様」という言葉は、米沢の助け合いの部分がそのまま出ているというか。

● 私がその米沢に来たのは昭和五十六年なんですね。会社が移転したのは昭和五十五年の七月の末だったんですが、一年四カ月単身で主人に先に行ってもらって私は翌年に来まして、さっきも言ってた新しい桑山団地が出来たんで、そのなかで初代の民生委員を引き受けたんです。ええ、八期二十四年、やらせていただきました。

そして新しく町内が出来ていくうちに、私は自然に周りの人たちの世話役をするようになったんですね。はい、福祉に対しての気持ちがもともと自分にもあったんです。

ええ、ボランティアとか人助けとか、いいことばっかりではないですが、自分の生活のなかで。……私は勤めたことがないものですから、米沢へ来たら米沢の女の人たちはすごく働くので、「みんな働いてるよ。あんたもどう?」と言われたんだけど、私は私で生協活動や地区の活動を選んで。

最初この米沢に住んだ時は、よそ者扱いされました。私が生協の理事などで動いているのを見て地区の方たちが民生委員に推薦してくださいましてね。さてそれを受けるかどうかという時に最初に相談したのが生協の井上さんだったんです。

ええ、そうですね。自分も移住者でしたので、福島から避難してきた方々との「お茶会」の時、よく「福島人をやめて米沢の人になれ」って言ったりしてました(笑)。私は自分と同じ転入者という点で、私と似ていると感じたのかもしれません。
○ その「お茶会」なんですが、私、四十年勤めていた会計事務所を辞めてから二〇一一年には観光協会の活動もやっていて。というのも、観光についてもすごく興味があったんですね。
その前までは四十年勤めたんです、米沢を観光でどんなふうに後押しするか、何か米沢のためにやりたいなっていうのがあって。

そういうふうにちょうど地元を盛り上げようとしていた時期だったんです。あと母親の介護も重なって、例の「グループホーム結いのき」に母親を預けてその分だけ自分の時間が空いたのをどう使おうかなって感じでした。

その時、二〇一一年の三月十一日がきました。私、どういうわけか、さっき話した赤十字でお世話になった高校時代の顧問の先生に、税務署でお会いしたんです。そう、ばったり。地震の直前、ちょうど十分か十五分か前だったと思います。

三月十一日が金曜日で、十二日が土曜日。土日でバドミントンの大会が米沢で開催される予定でした。観光の一環で何か米沢で大きなイベントが出来ないか、それがバドミントン大会だったのです。米沢牛を食べる企画もあり、懇親会に参加するという人も含めて三百五十人くらいが集まってくる大会でした。

その運営のために、まさに三月十一日に確定申告を出して、全部終わらせて、すっきりしようと思ったら、その赤十字の顧問の先生と税務署でバッタリ会って、「澤田よ、俺、四月からようやく赤十字の奉仕団を開始することにしたから、お前もボランティアしろ」って言われて、「はい、わかりました」って。

そのすぐあとに地震だったんです。先生の話はいったん頭からすっ飛んでしまって、自分の母親がまだグループホームで預かってもらう前だったもんで、急いで家に帰りました。その時母親は、一人で外で待ってました。山形の言い伝えで、「地震が起きたら戸を全部開けて外に出なさい」って言われてたからです。

ええ、山形はそうなんですよ。母は裸足で、戸を開けて待ってました。その日は息子や娘たちもみんなすぐに帰ってきたので、茶の間でテレビを見ていると……はい、ライフラインが全部米沢では生きていたんです。テレビでその日の様子を見ることが出来た。これは今起きてることなんだよなって思いながら、この母親を連れてもし避難するとなったら……ということが頭をよぎりました。

その次の次の日あたりから生協では行政と災害協定をしているから、その日のうちから災害対策本部を立ち上げたと聞こえてきました。米沢生協が呼びかけて「ボランティア山形」という団体でことにあたることになって。私たちが常に一緒に助け合い活動や産直などを行っている井上さんから連絡が入ったもんで、あ、井上さん動き始めたなって。だいたい私たちは井上さんが「生活クラブやまがた」の前身だった「米沢生活協同組合」時代に専務理事をやってるあたりから付き合いがあるもので、何か始めたというのがわかって、私たちもじゃあ、生協の方でボランティアをやろうという話になったんです。例の高校の顧問に言われたことにも通じるわけですから。

● 私は三月十一日、その日は金曜日でしたので主人が病院で透析をしていました。午前中に診察と透析が終わって帰ってきて、外には雪が降ってました。うちは孫が二人いるんですが、下が小学六年生、上が中学三年生だったんです。ですから卒業式の準備を二人ともしていたんですよね。そこに地震があって、子どもたちが帰ってきて。隣に息子夫婦が住んでますので嫁が来てくれて、

「お義母さん大丈夫？」、「大丈夫だ」って。揺れてすぐの時には、主人に「這っていってもいいから玄関を開けてきてくれ」って言いました（笑）。よく聞かされてたもんで。

民生委員として、当時私は一人暮らしの老人を七人、お世話していたんです。そこへ強い地震が起きたんで、その時点ですぐ電話をかけました。七人中五人まではつながりました。それでみんなに「もし電気が切れた時困るので、暖かいものを重ねて着て。いろんな物が落ちたのを触らないように。怪我をしないように」って言って。それからですよね、あの大きな揺れは。

テレビが倒れるんじゃないかって思うほど揺れました。障子とテレビをぐっと押さえて倒れないようにしましたね。でもさっき澤田さんが言ったように、米沢は停電しなかったんですよ。これはのちのち助かりました。

そもそも食材は生協で毎週届きますので、冷蔵庫のなかには食材がいっぱい入っていたんです。普段から備蓄ですよ。だから食べることは心配なかったので、一応もしものために子どもたちにも「やたらに冷蔵庫開けるんじゃないよ」っていうようなことを言ったりして、停電にそなえました。だから自分たちの食べるものに関しては心配なかったですね。

協同組合でのボランティアがすぐ始まって、「東北にお砂糖を持っていくから、石田さん、お砂糖十袋用意してくれ」って言われましたね。なんで持っていったんだかわからないけど、とにかくお砂糖を十袋用意してくれって。そのお砂糖を、お金持ってスーパーに買いに行けばいいんだけど、私は常々生協で届けてもらってたものだから、「十袋もどうやって集めようかな」って言ったら、主人が「お金持って地元のスーパーキムラに行けばいいんじゃないか」って（笑）。私、生協の共同購入システムを愛してるもんですから、普通の店舗で買い物をすることを忘れてて（笑）。

○そんなふうに、米沢から支援物資を送ることが翌三月十二日、始まりました。市役所から依頼されてたぶん水と毛布を送ったはずです。もともと災害時提携を相馬市と結んでるもんで。それから私たちボランティアに関しては、ずっと前の阪神淡路大震災の時に当時の米沢生協の理事会が山形県下に呼びかけて「ボランティア山形」を組織して何回も何回も神戸方面に通ったんです。その体験が私たちにはありました。

はい。神戸には三年間通いました。ずっと通った。

●私も四回行きました。行けない時には、ボランティアのメンバーたちに夜食を持たせたり、おにぎりを持たせてやりました。現場に行くだけがボランティアの役割ではありませんしね。その現場に行く者たちを支える役割もあるんですから。

○私自身は神戸の時まだ仕事してたもんで、ボランティアをやりたくてもやれなかったんですね。だったらやれない分、物資とか支援する側にまわるという感じでいました。

いやあ、なんで人のためにって、そんなに別に考えたことはないけども（笑）。うーん、そうですね。私、商業高校だったんですね。だから卒業して経理の仕事をやってたんですけど、そういう計算で人生終わるっていうか、働き蜂みたいにして停年の六十歳になって振り返った時、「それだけの人生だった」っていうのは嫌だよなあ、というのは当時からなんとなくありました。

●私？　なんで人のために動くか？　そうね、とにかくじっとしていられない（笑）。人が困っていたら何かしなければって。

で、二〇一一年の話になりますが、すぐに福島の人たちが避難してきました。その時はガソリンがなかったりとか、すごく悪条件が重なった。なかでも雪のことを私は考えました。隣の県なんだけど、福島側はあまり降らないんです。言ってみれば昔の自分みたいなもんで、雪に慣れてないのは大変だろうと思った。

米沢は先ほどから話に出ているように、豪雪地帯なんですね。ですから避難してきた人はすごくとまどったと思うんです。寒いし、移動が大変だしで。雪に関する習慣が違うことで言えばね、氷柱《つらら》がたくさん出来てるのを見て「ああ、きれいだなあ」って避難してきた人が上を見てるんです。「それ、危ないですよ。落ちてきて怪我するから！」って私はよく注意しました。そのくらい、お隣でも雪に対する認識とか、暮らしが違う。だから雪の生活のいちいちに苦労があるのがわかるんです。ですから私は自分の経験から何かをしなくちゃいけない、何かをしなくちゃいけないっていう焦る気持ちで雇用促進住宅を澤田さんと一軒、一軒くまなく、まわったりして、そこに避難してる人たちを訪ねました。本当によくもあんなに動けたなと思うくらいに（笑）。

○　そうね（笑）。それで、福島から避難してきたのは早い人だと十三日頃ですかね。今は高速道路が出来て三十分で来れるんだけれども、その頃は普通の道路でもっと時間がかかってました。

ひと山越えれば放射能の影響がないということなのか、それとも知り合いを頼ってなのか、市の体育館には二日か三日後には人が集まって最初は文化センターとか市役所でしたね。でも市役所の真向かいに体育館があったんで、三月十五日に市営体育館を正式に避難所としたんです。「米沢に来たらなんとかなる」っていう人たちが集まり始めました。それでまさかその時は体育館を避難所にするとは想像してなかったんだけど、せざるをえなくなったという状態でしたね。

はい、みんな自然に知り合いを頼りに米沢に避難してきて、それで体育館を三月十五日に開けた。最初は二百人くらいでしたね。

●町中がざわざわしてましたね、全体が。特に体育館のあたりが。神戸のNGOはその前にすぐに「グループホーム結いのき」に入ってきて。太平洋側がだめだったものだから、日本海側を通って。そして最初に言った「グループホーム結いのき」の会議室がボランティアの連絡場所みたいになって、神戸からここ米沢、米沢から福島県下、宮城県下、岩手県下と物資や支援ボランティアの活動の線が出来てまさにハブ基地化していった。

私たち生協の組合員はガソリンがないからあまり動かない方がいいということで、「結いのき」に集まって、米は農家の人から支援物資としてもらってるから、おかずだけ作ってくれと言われて、ボランティアの人たちに毎日おかずを届けてました。すでに避難者が五百人超えていましたね。

こっちの方ではそうやってごはん出したり何だりを、組合員としてやってたんですが、山形県としてはその秋に取り壊そうとしていた雇用促進住宅を仮設住宅として活用することを決めて、四月下旬から家族単位でそちらに移り住んだんですね。

で、移り住んだのはいいけども、避難所にいる間はお互いみんな顔が見える。プライバシーは侵害されながらだけど、それでも顔が見える。けども、神戸の震災の時に、アパートに移り住んだ段階で、一人暮らしの人たちの自殺率が増えたっていう話を神戸のボランティアの人から言われたんですね。

そんなことにしてはいけない、どうしよう、私たちが出来ることはなんだろうって考えて、だから一週間に一回、土日、雇用促進住宅にいろんな情報を持って行きながら、「何か心配はないですか?」って声かけを始めました。一軒一軒ピンポンして。

●はい、私も一緒に二人でです。

○　そうしてるうちに避難してる人と親しくなってきて、人前では元気なお母さんなんだけども、夜は布団がぐしゃぐしゃになるほど泣いているという話を聞いて、「どうしたの」って言ったら、旦那さんが漁船をやってて、その人は同じように朝三時起きして、自分は畑の方をしてたって話になって。

だもんで「畑をしたいんです。ここ米沢で一年なのか二年なのかわからないけども暮らさなきゃならないとすれば、自分たちのものは自分で作りたい」と。「ああ、わかりました」と言って、今度は近くの人のところに行って、使ってない畑を貸してもらいました。ただ、鍬《くわ》も肥やしも何もないわけだ、福島から着の身着のままで来てるから。そしたら畑を貸してくれる人が「いいよ。ここに鍬も肥やしも置いとくから、小屋から持っていって使いな」って。「でも、ただでは……」という話をすると、「酒一升でいいよ」って（笑）。

そこまで話を決めたら、今度はその避難者から「みんなで集まれてお茶飲む場所が欲しいんです」って言われたんですよ。つまりそれが「お茶会」のきっかけです。ええ、石田さんと二人で、さてどうしようかってすぐ考えましたね。

雇用促進住宅の敷地内にも集会所はあるんですが、いずれ壊そうとしてた建物なので水道が止まってる、電気は止まってる。使い物にならなかった。入ったとたんカビ臭くて、「ここを掃除して、最初からやるか」と言ったんだけれども、「それよりもちょっと待って」って。コミュニティセンターがあるんです、私たち万世地区の。そこに掛け合って「一部屋でいいので貸してください」って頼んだ。

頼んで、じゃあ私たちが他のことはすべて準備しましょうということになって、それが二〇一一年の五月二十五日、第一回の「お茶会」でした。一回か二回で終わりだろうなと思ってたら、結局九年間、四百二十一回（笑）。

今はコロナで休止になってますけどね。

● 三密でね。

○ やれないのは寂しくもあります。十年近くも続けると、二〇一一年に生まれた子が小学五年生ですからね。みんな育ってしまって「ええ！　こんなに大きくなったの！」って。米沢っ子っていうか。大人でも帰れなくていまだに米沢にいる人もまだまだいますしね。

ただシビアな話、自主避難の人もいますから。自主避難だと自費になっちゃうでしょ。雇用促進住宅が無料の時はいられるけど、家賃を半分、三分の二、全額出してくださいって言われるようになって、だから避難者はそれぞれどうにか戻らざるを得なかったり。放射能の線量のことなんかで戻りたくなくても戻らざるを得ないんです。たまに「子どもを育てるためにがんばってます」という感じで連絡は来ますけど。

● 震災当時からご主人だけ福島にいて、雇用促進住宅に母親と子どもと避難してきた人なんかは、その侘しさと寂しさと、経済的なこととか、あの当時からいろいろな苦労が多かったんですよね。

例えば、たまたまちょっと移動する時に避難してきた人の車に乗ったことがあるんですよ。そうすると線量を測る測定器がぶら下がっているんですね。相当怖かったんだなと思います。

だから自分に置き換えた時に、どんなことをしてでも「お茶会」に来てる二時間だけはなんとかみんなと話し合って少しずつ力をもらってというような集まりが出来ればいいって思ったんですね。そしたら、たまたま雇用促進住宅に場があって、最初六十人くらいが集まった。ただ名前もわからず、「どなたですか」と聞くでもなく、じっと黙ってました。

私たちが作っていったものをお茶うけにして出して「食べてください」って出すと、「産地はどこですか」って言うんですね。やっぱり線量を気にしてるんです。「どこのものですか」って何度も聞かれました。「こっちの生活クラブの食材で作ってますので産地は○○で生産者は○○さんで」という説明をするんです。「同じものを私も主人も一緒に食べてるんですよ。もし嫌だったら食べなくていいですよ」って言ったりして。そういうことが何度も何度もありましたね。

他にも事情がそれぞれありますから、澤田さんと私はいつも会場の端っこの方で黙って座ってました（笑）。私たちにはわからなかったけど、避難者は子どもが同年の人たちとか、地域ごとだったりで集まってそばにいたらしいんですね。こっちにはそれがわかりません。そもそも口を挟む余地はないんですよ。

だから澤田さんと二人、向こうから何か聞かれたら答えますけど、それ以外はこちらから話しかけないようにしていました。何年も経ってから、この人は誰々さんっていうんだねってわかることが何度もありましたよ。同じ場所に何年もいたけど、その人の名前、四年も五年も経って、「ああ、誰々さんっていうんだね」なんてようやくわかることがしょっちゅうで、だんだん明るくはなってきてくれましたけど。

逆に言うと、最初はものすごくみんな暗かった。相当つらかったと思うんですね。この二年、コロナが流行した時に「原発とコロナ、どっちが怖い?」って聞いてみたんですよ。「馬鹿なこと聞くな」って家族から言われたんだけど（笑）。そしたら「どっちも」って言われました。そりゃそうですよね。

私も「来週は『お茶会』出来るかな。来週はどうかな」って言いながら、コロナ禍のなかで「お茶会」をぎりぎりまでやってましたからね。ただ避難者は今、もう一度怖い思いをしていると思うんですね。放射能とコロナと。

○「お茶会」は毎週水曜日、十時から十二時までやっていまして。最初のうちはさっき言ったように六十人でしたけど、すぐ八十人に膨れ上がって、コミュニティセンターの和室二つを使わせてもらって。

最初はやっぱり受け入れる側にも放射能に偏見をもった人がなかにはいたような気がします。でもやってくうちにわかってもらえるかなという感じで、ボランティアに入ってくれた老人会の人が、笹巻きとか郷土料理を作ってくれたりもしたし、あとなかには他から来て餅つきだとかやってくれるんだけども、結局、経費を誰がもつのっつったらこっちでもたなきゃならなかったんですよね。「え、それってボランティアじゃないよね」って言う人もなかにはいました。

でも、私たちはもともと、これは一カ月、二カ月で終わるものじゃないなって腹を据えたわけですから。最初にこの活動を紹介してくれた「山新（山形新聞）」の記者の人が、一緒にやりますから私たちを取材させてくださいって言ってくれたりして、十二時頃になると片付けに来てくれたり、最初から準備の時から入ってくれたりもしました。そんなことがあって、私も石田さんも高齢になって肩が重たいし（笑）、それでも机を出さなきゃならないんだけども、手伝ってくれる人が増えるのがすごく助かりましたね。

畳の部屋です。座卓でね。そこに私は朝ごはんを余計に作って。煮物って小さい鍋で作ると美味しくないけど、大きいので煮ると美味しいんですよね。だもんで普段から大きい鍋でうちは作る。

昔から母が、私が仕事に行ったあととかにお茶飲みしてる人だったので、隣近所の人が集まって、それこそ午前中いっぱい、午後は午後の人が来たりする家だったので、その時に煮物とか漬物とかそういうものが出されるんです。米沢はもともとそういうご近所の「お茶会」がさかんな土地で。だからその感じで食べ物なんかを作って持って行って。

いやいや、ですから私たちのアイデアじゃないんですよ。避難者からのリクエストがあって始まったわけですから。私たちはお手伝いしただけなんです。

最初はとにかく自分たちでもよくわからないまま、避難所でその「お茶会」をやりましょうってことになって、グループホームの事務所のなかでそれを知らせるチラシを刷ってもらったりして。でもいざとなるとあふれるほど来てね。

ただそれこそ子どもたちは畳の上で二時間もいたくないですよね。会場がコミュニティセンターだからホールの方に出て行ったりして、これは困ったなと思ってました。そしたら米沢の方で、あれは六月になってからだわね、支援センターを立ち上げてくれたんです。福島からちょうど近いということで、私たちがやってる「お茶会」の場所の一画、そこの小ホールが事務局になったんです。「避難者支援センターおいで」として、そこが立ち上がった。

米沢市がお金も出してくれるようになったわけです。場所代も最初のうちは私たちが払ってたけども、「おいで」が出来ることによって「澤田さんはいいから」って言ってくれて。じゃあ私たちはお茶うけにお金を遣えるね、と。

そう、特に一年間は、いろんなところから支援物資が集まってきましたね。本、子どものおもちゃ、服、そんなものがたくさん。着の身着のままで来てる人も多かったので助かったと思います。

例えば箸、皿、日用品さえなかったんですから。

どうにかしなきゃということで、私たちがやっている「ボランティア山形」と「結いのきぐるーぷを支える会」が一緒になって、その支援物資をコミュニティセンターにシートを敷いて並べて「どうぞ皆さん、ご自由に」と配って。でも無料だとものすごい勢いで、大変なもので。わざと十円にして。一個十円。箸一個、布団も一個、十円……。

数を数えて「はい、〇〇円です」って言って。そうすると、その人たちも支援してもらってるといっても、自分が十円でもお金を出せば気持ちよく自分のものだし、大事にしてくれるしと思ってね。

はい、「お茶会」は最初は三人で始めました。でも支援物資とか何とかは「生活クラブやまがた」も関わったり、「ボランティア山形」が関わったり、「支える会」が関わったり、ボランティアサークルがいろんなところから入ってくれて。あと子どもさんが多いからといって、託児ボランティアが入ってくれて、その二時間だけ「お母さん、ゆっくりしてくださいよ」っていう感じで託児の人に子どもを預けてというような。

そのうちに今度は、曹洞宗のお寺さん「Team おきたま」が入ってくれた。私たちが十時からやるとすれば、九時半から来て準備してくれて。というのがようやく一年経ったあたりからでしたね。ボランティアはたくさん集まってくれるけど、利益とか損得でやってる人は、一回来たらあと来ませんね。それ以外はだから「おいで」に相談に行った人なんかが、『「お茶会』に行ってみな」って言われて必ずまわってくれたりして、こちらに集まってくれました。そうやって「おいで」経由になることで、私たちの「お茶会」にちゃんとした名前がつきましたね。その名も「きっさ万世」

（笑）。

ええ、立派になりましたね。ただ私ね、活動してる間に眼瞼痙攣《がんけんけいれん》っていう難病を患ってしまって、免許も返納してしまったんですね。乾燥してドライアイがきつくなってきてる感じがして、そうなると逆に避難者より私の方が心配されたりして。だから私も、準備はするけどあとは勝手に時間だけ過ごしていってね、という感じで気楽にね。

避難者同士ですか？　それはだからグループにわかれて、同じ地域から来た人とかで話をするんです。最初のうちは必ず観光案内してましたよ。みんな米沢地域がわからないじゃないですか。バスの乗り方だってわからない。「ここのところでこういうふうにして」という感じで。あとＪＲのＯＢ会の人たちもボランティアのメンバーになってくださって、電車の時刻表を持ってきてくれたり、「こういうふうにして行くといいよ」とかって。各方面のボランティアが集まり出して避難してる人としゃべり出して。

ですから、お互い自己紹介もなければ何もない。もし連絡が欲しい人がいれば「避難者支援センターおいで」の方に行って、「おいで」とコンタクト取ればいい、と。

そう。そういう方針を立てたんです。でないと、集まりの最初に「自己紹介してください」とか、「どこから来たんでしょうか」なんて、萎縮して参加出来なくなる。来なくなっちゃう。ただでさえ避難していることを内緒にしている場合もあるし、二〇一一年の年の暮れになってからかな、「実は自己紹介しろって言われると困ると思って行けなかったけど、この会はそうじゃなかったもんで参加することが出来た」って聞いて、ああ間違ってなかったなと思った。

だってね、もし自分がそこに行ったとして、うまくしゃべれるかなって思うじゃないですか。だったら面倒くさくて行かないなって。自己紹介、恥ずかしいし緊張するし、そこまでして行く必要ないだろうなって。
●　嫌なものを押しつけないっていうか。なんとなく始まって、なんとなく終わればいいよねってことなんです。
○　そうそうそう。「みんなが自由に来て自由に使っていい」っていう場所を作りたかったんです。さっきも言ったように、私の実家がそうだったもんで。入ってきてお茶飲んで、用足しだけ済ませて帰っていく。「あれ、あの人何しに来たんだっけな」って。いやいや、それは山形の文化なんてたいそうなものではないです。
●　いいえ、文化ですよ。私は関東圏で生まれ育ってますからわかりますけど、山形県の米沢ってすごくお茶飲みするのが好きなところなんです。こっちに移ってきた時、よく言われたんですよ。「朝呼び止められてお茶に誘われたら、断らないで必ず飲むこと」って（笑）。だから「朝は忙しいから声かけないでね」って私、近所の人には言っとくくらいなんですよ。
それに他の地域ではお茶菓子とかお煎餅とかでお茶を飲むけど、こちらは大きな丼で煮物とか漬物とかをお茶うけにする。私はそれ、最初はすごくびっくりしたんです。そして福島もね、隣県だからお茶飲みは好きなんです。それがよかった。

地域的な特性があるんですよ、お茶飲みが大好きっていう。それに私たちの方がはまったというか（笑）。ですから、生協の共同購入の注文書を書く時には、自分たちの生活の一部として、『お茶会』のために何々を作るから、あれを買って」と考えるようになります。澤田さんはお料理が上手だけど、私は雑だから雑なりに何を作ろうかっていろいろ考えましたよ。本当に楽しんでやってましたね、あの時。

避難者の人たちもね、何回も来るうちに、本当に顔の相が変わっていきました。そうすると「実はいじめに遭ってるのよ」というようなことをぽろっと言ってくれたりするんです。そうなるまでには何年もかかりましたけど、いざ打ち解けるとやっぱり福島と米沢は近いんだなって思いますね。だから今も帰らないでいる人に「あんたたち、みんな米沢の人になりなさい」なんて言うことがあるわけで（笑）。茨城の私がそうだったように。

○　みんな最初のうちはお茶飲みに来ても笑ってる人がいなくてね。だんだんと笑いが出るようになったのは、震災の年の暮れあたりかな。ああ、ようやく笑うようになったなと思いました。

でね、子どももいる人なんかが、福島から来て楽しみもないと困るものだから、あの、米沢市観光事業の一環として「上杉まつり」って四月二十九日から五月三日まであるんですね。それの開幕パレードっていうのがあるんです。民謡パレード。米沢新調踊り、花笠踊りを披露しながらパレードで歩くんです。それに「避難者の方も一緒に出ませんか」って誘って練習会をしてみたり、だから、コロナ前までは避難者も民謡パレードに出てたんですよ。

はい、そこにコロナっていう、第二の危機が来て。今は基本的には集まれない。でも、何かあれば携帯電話に全部連絡先が入ってるので、連絡は取り合ってます。

ただ去年、一昨年の最後のあたりは……、来てる人はやっぱり高齢者だけでした。子どもたちが本当にいなくなってきて、避難者よりもボランティアの集まりみたいな感じになってきました。ボランティア側の交流会みたいな。それはそれでいいんだと思います。

それで震災十年という一区切りで、逆に今うちに来たりする人もいるし、困った時は「おいで」

があるし、ボランティアもみんなそれぞれ自立して活動してる。避難者も意識が変わってきていて、最後の方に言われた言葉が「いつまでも支援されてるんじゃなくて、今度は一緒に活動やりたいね」って。それはすごく嬉しかった。もう誰が支援側で誰が支援を受けてる人でっていうのが、なんとなくごっちゃになって、ほら、もう私が支援されてるみたいな感じだから（笑）。

一週間に一回「お茶会」するって決めた時から、もう月曜日あたりから、山菜出そうかな、今回は何を出すかなっていうの、わくわく考え続けてきたんです。それが自分自身の活性化になってたんだよね。「お茶会」に持ってくために一生懸命料理を作って、食べてくれる人たちが「これ、どうやって作るの？」「美味しかったね」「これ、しょっぱい（塩辛い）ね」って、そのコミュニケーションが私にとって生きがいでした。だいたい大鍋でね、料理作って出せるなんて、それで出して食べてくれる場所があるなんて、すごいことだよね。

今はコロナで休みになってるけど、第二の活動として「結いのき」のボランティアをやり始めてるので。そのうち何か次の避難者支援の形がきちんと見えた時、それまでなぜどう動いてたのかが自分自身もわかるというか、納得出来るんだろうなって思います。だからまして家族は「何をしてるんだかなあ」って、今は全然わからないと思う（笑）。

「お茶会」の時だって、意味がわかるまで時間がかかったんですから。例えば借り上げ住宅じゃなくて、アパートにひっそり住んでる人もいてね。結局、福島県で夫が公務員だったり、学校の教師だったり、公の職に就いている人の妻なんかだと自分で金を出して入ってたんです。震災の対応なんかで、やっぱり責められたくないでしょうし、みんなには知られたくなかったって。でも「お茶会」に顔を出してくれることによって、そのうち自然にコミュニケーションが図れたりして。それはやってくうちに長い時間かけてわかったことでね。

もちろん「お茶会」だけでなくて、例えば生活クラブの職員は地震の翌日朝に被災地に入っているんだけども、私自身は観光協会の立場で一カ月後に石巻の駅前まで、五百人分の芋煮とコンニャクと甘酒を持って行ったんです。前の日にたくさん芋煮を作って朝早く米沢をたって、高速道路の一番最後のトイレでトイレ休憩をして。二回目の地震でライフラインがまた崩れたもんで、被災地のトイレで水を使って迷惑かけるわけにいかないなって。

だから、三時間なら三時間で支援を終わらせて帰ってくる、トイレを使わないで。会場にした石巻の駅前に行って、そしたら米沢の比じゃなく、ものすごい数の人が待っててくれて。温かいものを食べられなかったんだよね。だからとても喜んでくれた。

その時観光協会として、私たち支援金百万円を持って行きました。「これ何かに使ってください」って、みんなで集めた金を持って行って、そしたら石巻の日和山《ひよりやま》に案内してくれて。そう、あの港のそばの。「どうぞこれを目に焼きつけておいてください」って言われてね。周辺が何もなくなってる様子に絶句しました。

その体験が地震後一カ月の時かな。車一台通るのがやっとの時で、瓦礫も両脇にあって。その次の時に今度、JR東日本労組のOBの人たちが浪江《なみえ》の方に行くということだったので、そこにも一緒について行きました。「お茶会」だけでなく、そうした活動は一年、二年のことじゃなくて長く続くんだと思ったのでね。

もちろん今の拠点は「お茶会」です。私たちはやめる気はないのでね。また新しい活動をすぐ始めるかもしれませんし、いつもやれることから始めているんです。よかったら、是非「お茶会」にいらしてください。

●　そうそう、コロナがおさまったら、いつでもどうぞ。

宮 城

a family

2021年

萩原彩葉です。大学一年生で、今は宮城県内の大学に通ってます。

体育大学なんですけど、私の学科は体育というよりも、介護福祉士とか、福祉の教科の先生とか養護教諭になる資格が取れる学科です。

その大学に行くって決めたのは高校三年生の時です。養護教諭になりたいとはずっと思ってて、近くの大学でどこかないかなって調べたら仙台大学で。

養護教諭については中学生の時に思ったんです。中学生の時の保健室の先生が不登校の子を受け入れるとかそういうのがあんまりなくて……。でも小学校で私が不登校気味になった時に、保健室の先生は「何かあったの？」とか「具合悪いの？」とか、問い詰めるんじゃなく、何ていうか、私が学校行けてないっていうのを知っていたので「今日は寝る？　本読む？　それとももう帰りたい？」みたいな。こっちも仮病っていったら仮病なので、それをとがめずにいてくれました。そういう保健室の先生があまりいないなって中学校の時に気づいて。

はい。逃げ場が欲しいと思っている子たちの逃げ場になれるような、そういう保健室の先生になりたいなと。仮病って言ったのは、例えば「お腹痛ーい」とか「頭痛ーい」とか……だいたい「お腹が痛い」ですね。仮病じゃない時もあったんですけど、でもよくよく考えてみたら、病は気からだし（笑）。

あ、はい、私はずっと仙台にいました。生まれた時から市内です。

父、母、三つ上に兄、私、一つ下に妹、五人家族です。

それで、あの日、私たちは仙台にいて、父ちゃんが大工さんの仕事で名取市閖上《ゆりあげ》の方に行ってて、それで私たちは何も情報がないので何が起きたのかわからなかった。父ちゃん帰ってこないね、でも避難所にいたらきっと来るか、みたいな感覚でいました。

はい、私たち家族はみんなで避難所に行きました。仙台も水道が止まっちゃって、結局配給も全部、避難所の学校に届くので、だったらそっちに行ってた方がいいし、家のなかが揺れて物とか倒れることが何回もあって、その度に家具をもとに戻してということもあったので。

それでけっこうずっと避難所にはいました。一カ月くらい。あの日の翌日に行ったからずっと。

はい、私が小二でお兄ちゃんが小五でした。

結局、お兄ちゃんもまだ小っちゃかったので、男手がなくて家にいるのも不安で。

父ちゃんには連絡がつかなかったんで置き手紙だけしといて、「小学校にいるね。待ってるよ」みたいな感じで。ええ、明るいタッチで。でも全然来なくて……。

ちなみに住所は仙台市泉区です。周辺は何日間も電気が止まってたのかな。避難所にはでっかい授業用のテレビがあったけれど、砂嵐で見られませんでした。なので、ニュースは新聞で見ていました。小学校に新聞が配達されて、それを避難してる人みんなで見てたんです。はい、亡くなった人の名前も……。

そんな状況が続くうちに、いくらなんでも帰ってこないのは変で、向こうに足止めされているのか、それとも、もしかしたらもしかしたらなのかと、新聞に載ってる身元不明者とか引き取り人とかの名前を調べたり、あと遺体安置所が体育館に設置されていたので、みんなで行ったりしました。

でも行ってみても父ちゃんはいなくて。はい、母は安置所に入って捜していました。でも私たちは行かないか、祖母と一緒にいるか、車のなかで待ってるかでした。

私はそこに父ちゃんがいるなんて思ってないので、「なんでわざわざこんな所に来てんの。ガソリンの無駄じゃん、こんな時に」って思ってました、ずっと。

結局見つからなくて、じゃあやっぱりどこか避難所に避難してるか、瓦礫で道路が塞がってて通れないこともあったので、もしかしたら、そうなんだろうねっていうことを話してたんだけど、新聞で見てたら死亡者の欄に父の名前があって。

もう、母親が泣いて、でも私はなんで泣いてるんだろうみたいな感じでした。受け入れたか、受け入れていないかは別として、「じゃあ死んだってことなのかな」って私が思ったのは、お葬式の時です。「本当に死んじゃったのか」。そんな感じでした。

はい、父ちゃんの体はありました。でも私は見てなくて。亡くなった時の顔じゃなくて、生きてる時の笑ってる顔を思い出せるようになってほしいと母が言うので。

母はおじいちゃんが亡くなった時に姿を見せられて、その顔しか思い出せないという時期があったらしくて、だから思い出すんだったら楽しい時の顔を思い出してほしいと言って、見せてはくれなかったんです。

ええ、今となっては見なくてよかったなって思います。

あ、兄妹ですか。もちろんお兄ちゃんも妹もすっごい泣いてて、私だけ状況をのみ込めなくて、お葬式しててもどこかで「本当に父ちゃんなの？」みたいな。

震災で亡くなった体は誰かわからないくらいひどいと聞いてたので、本当に父ちゃんなのかわからないと思ってて、私は全然泣けなくて。

それにもし本当なんだとしたら、ここで私まで泣いたりしたらみんな死んじゃうんじゃないかなって。その時は本当にそう思ってて。

みんな死にそうになるくらい泣いてて、母をはじめみんなめっちゃ痩せちゃったんです。本当に生きてるだけみたいな感じ。こういう時に私まで泣いちゃったらもう絶対に心中とかまでいっちゃうんだろうなと思った。それで私は極力、みんなの前で泣かないようにしようって思ってました。

おばあちゃんがごはん作りに来てくれてたんですけど、みんな「いや、いらなーい」って言って、食べてもちょっとでした。お母さんはほとんど食べなかったので、骨と皮だけみたいな感じになっていって、ああ、これはみんないつ死んでもおかしくないなって思っていました。

その状況を次第に脱したのは、あしなが育英会が運営する東京の「あしながレインボーハウス」に通うようになってからです。お母さんが最初にその話を持ってきて、「行ってみない？」って。

私は最初めちゃめちゃ行きたくなかったんですよ。だって自分は父ちゃんが死んだなんて認めてないので。そうなんです。遺児の会に行くってことは父ちゃんが死んだって認めることですよね。だからすごい嫌で。

でも行ってみたら、みんなそれぞれ「お父さんが死んだ」「お母さんが死んだ」って思わせない雰囲気でした。違う県から来た同い年の子たちと遊ぶみたいな感じで、思ったよりも全然重くなくて。ファシリテーターの人も普通に話しかけてくれたり、同学年の子が「遊ぼう」って言ってくれたりして……。それで「ここが遺児の会」とかそういうことをまったく思わないまま、いつの間にか遊べてたんです。

はい、それが「あしながレインボーハウス」です。事故とか病気、自死とか災害などで、親や大切な人を亡くした子たちが集まって遊んだり話したりしながら心のケアをしていく場所。育英会は東京にあって奨学金を集めたりしますが、レインボーハウスは実際に子どもたちが集まる場所で。ちなみに今は仙台のレインボーハウスが市中心のここにありますけど、私が最初に通ったのは別のところでした。

ああ「ファシリテーター」ですか？　ファシリテーターというのは、参加する子どもたちを見守る役割です。遊びやお話もそうなんですけど、誰かを亡くした子どもの気持ちを整理させてくれたり、ストレス発散に一緒に付き合ってくれたり、だから友だちみたいだし、お姉さんとかお兄さんみたいだし、家族みたいだし、そんな感じです。

ええ、あしながOB、OGの人も、心のケアとかグリーフケアに興味があってボランティア参加する人もいます。

お母さんはどこでそれを知ったんでしょうね。全然わからないです。でも何か携帯でいろいろ調べていた気がします。

あ、たぶんあれだ、心のケアとかそういうのじゃないと思います、最初は。たぶん私たちの、なんて言うんでしょう、先のことを考えて、どうしたらいいんだろうと調べてたので、それかもしれないです。奨学金なんかを頼りにしたんじゃないかな。

実は震災の前の年、二〇一〇年十二月二十三日ですね、家族の自殺で残された小中学生と保護者のためのプログラムが仙台でスタートしたそうです。そこには地元のグリーフケア研究会の人たちがいて、大学の先生が来てくれて、看護学会の先生がいて、という感じで。それで子どもたちのサポートプログラムが始まり、「次は三月の春休みに」と決まっていたそうです。でも震災が来て、それどころじゃないという話になったみたいで。

津波で周りの人を亡くした子どもたちがたくさんいる。出来るだけ早くサポートした方がいい。そう考えたあしなが育英会と仙台グリーフケア研究会が協力して春の連休明けに、場所がないから大学の教室に子どもたちを集めようとしたそうです。あしながは学校を通じて、そういう子どもたちをサポートしますと情報を出したみたいで。

同時に、すぐに使えるように一時金を出来るだけ早く送ろうとしてたようです。たぶんそれをお母さんは学校から聞いたか、マスコミが発表したのを見たのか、と。

はい。最初はめちゃめちゃ天井低い所でバドミントンしたのを覚えています（笑）。

それが最初で、それから二カ月に一回くらい会を開きましょうみたいになって、東京にあるレインボーハウスへ行って泊まって、全国の子たちと遊んだりしたんです。

プログラムのなかに「お話の時間」があります。けっこう自分の親のことを話したりするんです。その時に私よりもちょっと年下の子がいて、その子たちが話してるのを見て、「私よりも小さいのに」と思ったりしてました。さらに東京だと全国から集まってくるので、そこだとやっぱり、例えば宮城だと震災が多かったんですけど、親の自死とか事故とか病気とかいろんな人がいて、逆に震災はマイナーな方で……。

なので、そういう事実もすごく私には刺激になりました。それと、親を亡くしたという話の内容以前に関西弁の子とかいて、なんか「うわ！　関西弁だ！」みたいな感じで（笑）。

そこにはお兄ちゃんも妹も一緒に行ってて、お兄ちゃんはけっこう誰とでも仲よくなれるんですけど、妹は人見知りだったので、なんか隅の方で、ファシリテーターが「遊ばないの？」とか声をかけるみたいな感じでした。

でもあしながだと「姉妹だから」みたいなのがないんですね。それぞれバラバラになる。それがよかったです。ずっとお姉ちゃん、お姉ちゃんだと……。

はい。宮城では妹がついてきちゃうので、私も自分の、家族に見せる自分じゃない面を見せられないのもあって。あと、親の話をする時間も、妹の前で話したら絶対泣いちゃうってわかってたので、泣いてるところを見られたくなくて、宮城のレインボーハウスではずっと「パス」って言って全然しゃべってなかったんです。

でも東京に行って、人数が多いので班に分けられて、それで姉妹別々になったのがすごく助かりました。

とはいっても、初めて自分の感情をみんなに話すことが出来たのは小五か小六くらいの時なんですけどね（笑）。それまではずっとパスです、かたくなに。自己紹介は話すんですけど、どういう親だったとか、どうやって親が亡くなったたっていうのは「パス、パス」って。それでずっとみんなの話を聞いてました。

とうとう話すようになったきっかけは、小学五年生くらいの時に……、小学五年生の時に私めちゃめちゃいじめられて、男の子たちに父ちゃんが亡くなったことを大きい声で廊下で言われたんです。「お前の父ちゃん、津波で死んだんでしょ」みたいに。

悪く言われただけじゃなくて、防災頭巾をゴミ箱に捨てられたり、上靴に砂入れられたり、筆箱開けたら画鋲だらけだったり。いろいろあって、ほんとに死にたいと思うくらいめっちゃ嫌で。学校に行きたくなかった。帰り道で後ろから同じ通学路の子たちに、ありもしない噂で「マジで最低だよね」とか「死んでくれればいいのに」とか言われて、「こっちはマジで死にてえんだよ。言われなくても死んでやるよ」なんて思っていた。だから、あしながに行く時だけ私は生きているみたいな感じで……。

「もういい。次、あしながに行って、それでもだめだったら死のう」みたいなことを何回も繰り返していて、でもそれほど一回のあしなが、何カ月に一回のあしながが私の支えになっていた。それでファシリテーターの人とかに……、私はいじめられてるとは親にも言ってなくて、その頃は学校も休まないで毎日行って、誰ともしゃべらないで帰るみたいな感じで、自分の悩みを言えなかったんですけど、それがあしながに行ったら言えて。

ただみんなの前で自分のことを話すのはやっぱりしたくなくて。震災からずっと泣いてなかったんですね。そのことについて「自分の弱いところを見せてもいいし、別に泣いたっていいんだよ」って、ファシリテーターと二人で話してる時に言われて何かが吹っ切れて、じゃあ話そうってなった。

はい、でもその何かが吹っ切れた時に泣いたわけじゃありません。「話の時間」にみんなに話して、そしてうわーっと泣いた感じです。その時は父ちゃんのことを話しました。どうやって亡くしたかということと、父ちゃんはどういう人だったか、どういう時にいてほしかったか。そういうことを。

その時にいきなり全部じゃなくて、話は毎回、何項目かに絞られるんですね。プリントが配られて、「お父さんが亡くなった人はこのなかで二つ話してください」みたいに書いてあって。ですから、回数を重ねて全部言いきれたという感じでした。

何でそんないじめが起きたかというと、一つにはやっぱり私、仙台市泉区で内陸なので、周囲に震災で家族を亡くした人が誰もいなかったんです。同じ宮城でも沿岸部とは違うんだと思います。「お前の父さん、津波で死んだんでしょ」って言ったのは男の子で、しかも同じ地域の子でした。命をなくす被害のことがよく理解出来ないというか……。

ただその子は、その子の友だちに何年後かに教えてもらったんですけど、お父さんが単身赴任で家にいなくて淋しい思いをしてて、でも自分以上に淋しい思いをしてる私がいたから、気持ちのはけ口にしてたんだよって言われて。「それで何で?」みたいな感じですけど、でもまあ……。その子がそれで楽になったかって言われたら、絶対になってないと思うんですけど。子どもだから仕方ないのかな、みたいに今は……。

内陸は復旧も早かったんです。だから何年かして社会の授業などで「阪神・淡路大震災がこうで、今回の東日本大地震はこうだった」と映像が流れたりした。私はその時まだそういうのは見たくもないし聞きたくもないし、沿岸部ではあり得ないだろうなって思いました。

ええ、もうあしながを励みにがんばったんです。そもそも、ファシリテーターの人にいじめの話をした時に、「彼らには学校とか地域とかしか世界がないけど、彩葉はあしながにも自分の世界があって、だから片方で嫌なことがあっても、いつでも逃げて来れるんだよ」って言ってもらって。確かに学校だけが私の世界じゃないしな、と。

そういう逃げ道があってよかったなと思います。最初に話しましたけど、小三までは保健室の先生が同じ人だったんですが、小四から違う先生になって保健室に行けなくなっちゃって、それで逃げる場所が身近になくなって、よりつらくなって「あしなが、あしなが」って思う感じでした。

はい、そうです。私はそうやって小学校の時にいじめられて、逃げ場だった保健室も逃げ場じゃなくなった経験があるんです。なので、だったら身近な学校のなかで逃げ場をつくれるっていったらやっぱり保健室かなって。担任とかでもいいかもしれないけど、担任はみんなを見てるので一人の子に時間をかけられないという面もあります。保健室ならマンツーマンの時間もあるし、一人になりたければカーテンで仕切ってくれるし。

だから、養護教諭ってものすごく大事だなって私は思ってて。

ただし、私には必要な時にあしながしかなくて、小学五年生の時にやっといろいろ話せるようになったわけですけど、お兄ちゃんや妹とかお母さんはあしながに参加したての時からけっこう話してたみたいです（笑）。

ええ、やっぱり話すって大切です。自分はずっと話すのをパスしてたわけで。私がパスしていた何年かの間に他の三人は話してて、話すことで自分のなかでのみ込むことも整理することも出来るんで、みんなはすっきりして、父ちゃんが亡くなる前の楽しい思い出もちゃんと思い出せるようになった、という感じだったんです。

私だけずっと話さないで、泣かないように泣かないようにって。それ、みんなのためだったのに（笑）。私以外はどんどんすっきりしていって。小学五年生の時に、こうやってみんなが元気になったなら、じゃあ私ももう泣いてもいいかなって思ったのかもしれません。

そうですね。それまでは「あんな優しかったのに死んじゃった」「あんなに楽しいこと、面白いことしてくれてたのに死んじゃった」って、全部「死んじゃった。悲しい」ってなってたんです。あしながで話してからは「あ、あれ楽しかったな」「あ、そういえば、あれ面白かったよな」とか、「死んじゃった」じゃなくて、父ちゃんをきれいな思い出として思い出せるようになりました。

そうなってもあしながに通い続けたのは、友だちがすごくいっぱい出来て、その子たちとやりとりして「何月に会えるようにまた応募しようね」「こういう遊びしたいから、みんなこれ持ってきてよ」とか言ったりしてたからです。ただ、私は自分の話をするまでは、そういう友だちみんなの相談を聞くことが多くて。みんなの話を聞いて「ああ、そうなんだ」って、私も自分の価値観じゃない他の人の価値観に触れることが出来ました。

あ、はい、逆にいじめられてるのを考えなくてよかったたっていう面もあります。みんなの話を聞いて「ああ、そういうこともあるんだ」とか。相談に乗ってる時って自分の苦しみを忘れられて、その子の恋愛の話とか「わあ、キュンキュンするね」なんて。それでけっこう嫌なことが忘れられてて。なので、あしながの子どもの集いは中学三年まで通える規則なんですけど、いっぱいいっぱいまで通い詰めてました。

高校生になると、今度は高校生の集いになるんです。でも私は高校三年間、自分の部活で忙しくて、オフがほとんどない男子バレー部のマネジャーをして、もうそれが忙しくて。

確かに、また人のサポートですね、言われてみれば（笑）。あしながの子たちの悩みなどを聞いてたのが、部活にシフトチェンジしたのかも。だから逆に「あしながに行きたい、行きたい」ってならなかったのかもしれない。この三年間、私もいろいろ成長して、大学生になった時にあしながの人たちに「ああ、あんなに小さかった彩葉が」って言われるくらいがんばろうって思ってました。

はい、強い高校のバレー部で、全国大会もあるし、県外遠征もあるし、春の高校バレーって一月にあるんですけど、そこで全国ベスト8でした。仙台商業です。

ですから休みがお正月とお盆一日だけで。月曜日にオフとかありますが、丸一日オフというのが年に三回くらいしかなくて。すっごい楽しかったんです。部員たちがどうやったら喜んでくれるかなとか、どうやったらみんなのためになるんだろうって。あ、ファシリテーターっぽいですよね、それってね(笑)。

男子ってみんなすごいイチャイチャしてるんですよ。もうなんか十人、十五人くらいで一つのヒーターの前でみんなでイチャイチャイチャイチャしてて、それがたまらなくかわいくて。私がイメージしてた強豪校とは全然違って、みんな全然ラフな感じ。切り替えるところは切り替えるんですけど、練習もすごく楽しい。みんなほんとに笑って練習出来るみたいな。

はい。ちゃんと実力もあるし、練習もちゃんとしているし。

私が中一の時にお兄ちゃんが高一で、お兄ちゃんがその学校のバレー部に入ったんです。お兄ちゃんはその高校に行って楽しそうで、「楽しそうだし、部活の雰囲気がいいから、俺は仙商のバレー部に入る」って言って入って。

その時「ハイキュー!!」というアニメがめちゃめちゃ流行っていて、私もバレー好きだったので、それでほんとにお兄ちゃんが言うようにめちゃめちゃ楽しそうだし、お兄ちゃんってすごい無口で、ほんとに何もしゃべらなくて、「今日なんか話したっけ?」っていう日が多いのに、そのお兄ちゃんが部活から帰ってきて、疲れてるはずなのに「今日こういうことがあって、マジで面白かった」

とか話すんです。高校の部活に入ってからこんなにしゃべるようになったと思って。

お兄ちゃんがそんなに楽しいって言うんだったら絶対楽しいと思って、マネジャーもいるって話をしてたので、じゃあ私もマネジャーになろうって思って。それと、ファシリテーターが私にしてくれたみたいに、私も誰かのためになりたいって思って、じゃあ高校生で出来ることってなんだろうって考えた時に、ボランティアかマネジャーが思い浮かんだんです。ボランティアはどの年齢でも出来るけど、マネジャーは高校生でしか出来ない！と思って。仙台商業でマネジャーが出来なかったらたぶん辞めてました（笑）。それで他の高校に行って留学したり、ボランティアを本気でやってたと思います。そのくらいの覚悟で仙台商業のマネジャーになろうって思ってました。

マネジャーの仕事っていうのはボール出しとか、あとみんなの飲み物の準備などのほか、事務的なこともしてて、みんなの部活のTシャツやゲームパンツ、ソックスを注文して請求書作ってとか。お金の管理もします。やっぱり強豪校なので撮影が入る時もあって「撮影はこうだから、これとこれ、ちゃんと持ってくるんだよ」みたいな。

はい。あと、部活では審判もしてました。仙商のマネジャーは審判もするんです。はい。アウト、インとか、タッチネットとか。

ええ、洗濯などもします。夏だとTシャツ十枚くらい持っていても、午前中でなくなっちゃうとか当たり前で、洗濯機も二回くらい回したりして。お昼の時間が始まる前に乾かして、お昼終わったあとにもうみんな全部乾いてます。

その間、お母さんはお母さんで「親の会」もあって、親も一緒に活動してたんです。合宿だと一緒に行くとかもあったし、大会で県外だと「親の会」で応援する時もあって。お母さんは私とお兄ちゃんの六年間、仙商の「親の会」で応援をしてました。それが自分たちにはすごくよかったと思います。

あ、妹は全然違うんです。弓道部で（笑）。静かな一人の世界。しかも妹は国体の強化選手に選ばれたんです。でも新型コロナウイルスで国体そのものがなくなっちゃって。だからそこそこすごかったんですけど、コロナに見せ場を全部奪われちゃって。

その妹がぼそっと「国体、なくなったんだけど」って言うまで、強化選手になってたの私、全然知らなくて。なんか私と妹が学年一個下でかぶっていたので、お母さんも私にばっかりついていて、みんなほんとに知らなかったんです。国体なかったら弓道部はそこでもう終わりなんですけど、でも妹は「遊べる！」って明るく言ってました（笑）。

で、私は大学に行きながら、あしながのファシリテーターの養成講座も受けています。大学内のボランティアにも参加したりしながらです。子ども食堂があって、そこにお手伝いに行ってみんなに配給して、みたいな活動をしたり。

あと留学生、交換留学生と日本語講座を一緒に受けたりしてますね。なので、はい、大学二年生になると子ども食堂のお手伝いも終わるので、次はあしなが中心にシフトチェンジをして、時間がある時に大学内のボランティアを入れたりしたいなって思ってて。

そうですね。バイト……、バイトもしていて楽しいといえば楽しいんですが、どっちを選ぶと言われたらボランティアの方がやりたい。私あんまりお金に執着なくて、交通費を稼ぐためにバイトしてるようなものなので。大学までの交通費が一日二千円ほどかかるんですよ。それを稼がないと私は大学に行けなくなっちゃうので。

はい、衣料販売店で働いています。もちろんバイトもお客さんと接して他人のためにはなっていると思うんですけど、でもやっぱり、もっと深く関係を持つ方が好き。ほんとにその相手の、誰かのためにやって、それが自分の新しい価値観になったり考え方が増えたりというのが好きです。

そういうふうに考えるようになったのもあしながのおかげで。ここがなかったら自分勝手でした、絶対。人の気持ちをくみ取るとか、あと知りたいっていう欲求がなかった気がします。

はい。同じ原因で親が亡くなっていても、震災に対する考え方が違ったり、死に対しての考え方も違ったり、自分が苦しい思いをしたあとにどうするかもやっぱり人によっては違うじゃないですか。それをいろんな人から聞いていくうちに、この人はどう考えてるんだろう、じゃあこの人はどう考えてるんだろう、みたいに考える。だから、私はみんなによく質問をしました。あ、だから悩み事とか聞くことになったのかもしれない。私の方が先に聞いてたのかもしれないです（笑）。質問してるから、相手が話す。

あ、父ちゃんが亡くなった年齢ですか？

三十六歳です。

父ちゃんとの思い出……全部楽しかったです。家から歩いてスーパー行くのも楽しかったし、友だちと遊ぶよりも父ちゃんと遊びたかったので、父ちゃんは日によって帰ってくる時間が違かったので、いつ帰ってきてもいいように毎日ダッシュで学校から帰ってました。

膝の上を妹と取り合いしてたこともあって。父ちゃんが椅子に座ってると、私がその膝の上に座って。でもトイレ行ってる間に妹が座ってて、「なんなんだよ！」みたいな（笑）。「さっき座ってたじゃん！」「だって立ったじゃん！」って。で、お母さんが「トイレに行ったら交換」って仲裁して。なので、トイレをぎりぎりまで我慢しました。

海に連れて行ってくれたこともめっちゃ覚えています。ただどこの海か全然覚えてないんですよね（笑）。父ちゃん泳げないんですよ、カナヅチで。だからみんなで浮き輪にしがみついて深い所まで行って。

父ちゃんも浮き輪につかまって、子どもも一緒につかまって。それが楽しかったです。「溺れるからこれ以上は行けない」って父ちゃんは言うけど、私たちは「行って、行って！」ってお願いしました。

高校の部活の時には「親の会」と別に「親父《おやじ》の会」というのがあって、そこでけっこうみんなのお父さんたちが、芋煮会とかするんですよ。なので「ここに私の父ちゃんがいたら絶対面白いのに、もっと」とか。いやみんな面白いんですよ。面白いんです、「親父の会」の人たちも。

だけど私の父ちゃんがいたら絶対、もっと面白い。

宮城

an announcer

2022年

ご無沙汰してます。杉尾宗紀です。ええ、仙台市内ですれ違ったことがありましたよね。はい、NHKアナウンサーで、もうすぐ六十五歳で退職です。

今日は、あの日のことですよね？

あれはちょうど三月十一日で金曜日だったんで、私は泊まり勤務にあたっていて、だから午後二時四十六分は自宅をそろそろ出ようかなという時間でした。夕方NHK仙台放送局に出て、翌朝までというシフトです。

で、自宅が仙台市内の米ケ袋《こめがふくろ》にあったんですけれども、そこのマンションから出ようかなという時に揺れ始めたんですね。ええ、私は部屋のなかです。

それであの、とにかく揺れが、すごい揺れが始まったものですからびっくりして、私は単身赴任でアパートにいたんですけれども、持ち物で金目の物がスピーカーだったので、一生懸命スピーカーを押さえて。

昔の、それこそ社会人になってすぐ手に入れたスピーカーをとにかく押さえまして。単身赴任の私のところへちょうど妻が来てる時だったので、二人でかたっぽずつ。

でも、これは反省点でもあるんですけども、僕ら普段から「地震ひと口メモ」みたいなのを放送用に作っていて、宮城県沖地震がまた来るというので放送でそれを読んでたんですよね。なかに「強い揺れは三十秒ほどで落ち着きます。ですので、まず自分の身の安全を確保してください」というのがあったんです。それが頭にあったので「この揺れ、たぶん三十秒とか一分で収まるから」とか妻に言ってスピーカーを押さえてました。

でも全然収まらないんですよ。あの時、震度6が仙台市内で三分十四秒だったかな、十七秒だったかな、そのぐらい続いたんですよね。

ものすっごい長かったです、ほんとに。それで押さえてたんですけど押さえきれなくなって、それでとにかく下に降ろそうっていうことで降ろして、それで二人で這いつくばって部屋のなかを、ほんとにもうウロウロしたんです。

そうすると、自分の周りを、私ジャズ好きなものですからLPとかも仙台で買ったのがあって。アナログが、ですから百五十か二百枚くらい、あとCDがやっぱ同じくらいあって、それと当時購読してた河北新報の積んであった新聞紙がとにかくダーッと自分たちの周りを渦を描くように、動くんですよ。ちょうど洗濯機のなかに入ってるみたいな、そんな感じでした。

それでも揺れが収まんないものだから、妻が「もう一分以上経ったと思うけど！」とかって怒り出しましてね（笑）。「いや、たぶんそろそろ収まると思うんだけど」って答えて。で、たぶん一分半くらい経った時に一瞬、収まるかなという時があったんですよ。あ、収まると思った瞬間に、もっと強いのがグラァッときて、もうこれはいつまで続くんだと。

でも人って、最初は建物が壊れるかもとかいろんなことを思うんですけど、たぶん二分以上経った時、このくらいの揺れが続いてるうちは建物は大丈夫かもってなってきて、揺れのなかでもわりと冷静に周囲を見られて。そうすると、これ本当に不謹慎なんですが、正直に言いますね。変に可笑しくなってくるんですよね。最初は恐怖しかないんですけど、それがある程度続くと今度は滑稽な感じになってきて笑えてきちゃうんです。あんな経験、初めてでしたね。なんかまわりでグルグル、ＬＰやＣＤが回ってるよ！　あはは！みたいな感じで。

それが三分以上続いてやっと収まった時、最初に浮かんだのは神戸の阪神・淡路大震災のあの時の、高速道路が倒れたりとかっていう映像でした。私もあの時取材に行って、現場にも行ったんです。

そうです、そうです。神戸の時は私、東京にいましたので、東京で「お前、ラジオに行け」って言われてラジオセンターに顔出して、それで最初の日は「じゃあ国際放送のニュース読んでくれ」って言われてずっと、それこそ夜の七時頃から翌朝の七時まで十二時間、ぶっ通しで原稿読みまくりました。五十五分読んで五分休憩して、五十五分読んで五分休憩するっていうのをずっと続けて。

僕はアナウンサーですから東京ではアナウンス室にいて、緊急時にはデスクから指示が来るんです。現場に行けと言われる者もいるし、僕はたまたまラジオセンターに行けと言われたんでラジオに行って、ということです。

神戸の時は亡くなった人の多くが倒壊した家屋の下敷きになってますよね。だから、仙台の揺れが収まった直後に頭に浮かんだのは、神戸のあの光景です。僕、神戸が揺れた一週間後に取材に入って、高速道路の倒壊現場から中継を出したりとか、あとまだテント生活が続いていた公園から中継を出したりとか、そういうことをやっていたんですけど、あの時に自分が見た神戸の町が思い出されて、ああ、仙台も神戸みたいになるのかなって、あと火災も出るだろうなって思いましたね。

で、金曜日で自分は泊まりだったというのもあるし、その時に仙台放送局にいるアナウンサーが、けっこう内勤で局に詰めているというのがわかっていたので、自分は家から出て町のなかがどうなってるか見てから行こうと思いました。ちょうどマウンテンバイクで通勤してたので、それに乗ってグルグル町のなかを走ったんですよね。

最初にちょうど米ケ袋から広瀬川を挟んだ対岸に、鹿落坂《ししおちざか》っていうけっこう急な坂があるんですけど、そこの崖が地震で土砂崩れで、そこにあった旅館が崩れてるというのがわかって、それから市内に入って行くと確かに壁が落ちたりとか窓ガラスが割れたりというところはたくさんありましたけど、でも神戸みたいにビル自体が倒壊してたり座屈崩壊してたりとかはなかった。

ええ、黒煙が上ってたり、というのも見られなかったんです。それでたまたまこのＮＨＫ仙台放送局の、今はすぐ隣になりましたけど、錦町公園という公園があるんですけど、そこの公園にいっぱい人が集まってて、何だろうと思ったら、まわりのオフィスビルの人たちがそこに集まって、点呼してるんですよね、全員無事かというのを確認して。

そこにまた、たまたまゼネコンの知り合いの人がいて、「大丈夫ですか？」「大丈夫、大丈夫」ってことになって。「建物とかどうですかね？」と言ったら、「いや、どうなるかと思ったけど、たぶん建物の被害はそんなでもないと思う」って、専門家がそうやって言ってるのを聞いて、じゃあ意外と神戸みたいにはなってないのかなと思いながら、ＮＨＫに入っていったんですよ。

で、見てきたものをラジオで伝えようとスタジオに入ったら、みんなが「杉尾さん、大丈夫でしたか？」と言ってくれて、「大丈夫、大丈夫。今、市内を見てきたよ」と言いました。そしたらスタッフの女性が「杉尾さん、あれ」と言って、ラジオのスタジオにもテレビのモニターが置いてありますから、それを指さしたんです。ちょうどそこに荒浜とか閖上《ゆりあげ》に津波が来るエアショットの映像が映っていました。

それを見た瞬間から一時間半くらいの記憶が完全に抜けちゃってて、ほんと数年前まで、その時間に自分が何してたかわかんなくなったんですよね。え、何だこれ！と思って、それから記憶が飛んじゃった。

二年くらい前かな、ようやくふっと思い出したんですけど、これはもう俺が見てきたものをリポートするとか何とかじゃないなと思って、でも津波が来てるから沿岸部に近づいていくわけにはいかないし、とにかく自転車でそれまで見てきたのは仙台駅の西口の周辺だったのでせめて東口の方とか反対側も見てこようと思って、僕、一回自転車で出てるんですよ。

出て、いろいろ見て。で、南の方の県立工業高とかにも行って、県立工業がちょうど炊き出しの準備とかを始めてるところで、教頭先生から「今から人がたくさん来ると思うので、炊き出しの準備をしています」というような話をうかがって、それで戻ってきて。だから自分が一番最初にラジオでリポートしたのは夕方の五時半くらいだったと思いますね。

それから何回か市内の様子を県庁に行って聞いたり、市役所行って様子を見たりとかしながら、そのレポートを何回か入れて、そして僕自身がマイクの前にいわゆるキャスターとして座ったのは夜の十時前です。

はい、それまでは「様子を見てきた杉尾アナウンサーに伝えてもらいます」と言われて、報告する形です。で、メインのキャスターのアナウンサーと二人で「市内の様子はどうですか？」「陽が沈んできて雪がちらつくなか、本当に、たくさんの皆さんが無言で歩いて家に向かっています」とかって。仙台放送局の前にもテレビのモニターがありますから、そこがもう黒山の人だかりになってましたね。広い区域で停電してて、テレビが見られたのはNHKの前とか、あと市役所のロビーとか県庁の入口の横とか、そういうごく限定されたところだけだったんです。ええ、ですので電気が回復してテレビが見られるまで、沿岸部がどうなってたかというのはわからなかったという人がたくさんいらっしゃいましたね。

ああいう時、基本的にNHKはとにかく報道セクションの記者から原稿がバンバン出てきて、僕らはとにかくそれをちゃんと伝えるのが役割なんですね。ラジオはラジオで独自で放送枠を設けて、現場の役場の人と電話をつないだりとかする。ですけど、あの日は電話はもちろん通じない。今だったらSNSがあるんですけど、あの時はまだまだ。あとでSNSとかをやってた若い人に聞くと「スカイプは通じましたよ」と聞いたんですけど、でもまだね、LINEとかもまだ普及してないし。

だから、外からの情報がまったくなくて。どうしてたかというと、もうとにかく、県庁が三、四百メートル離れたところにあって、そこに災害対策本部が出来るじゃないですか。ああいう時は一時間に一回とか定期的にそこから情報を出すわけですよ。その情報が一番確かな情報だということになるので、とにかく新たなメモが出たら、そこに行ってるアナウンサーなりスタッフなりがその情報を持ってこっちに戻ってくると。一人戻ってきたら、他の一人が向こうに行って次のメモが出るのを待って、出たら持ってきてという繰り返しでした。そうやって完全にアナログになるしかなかったんです。

そんななかで、僕は阪神・淡路の夜の経験がありましたし、「今夜は夜十時頃から翌朝まで杉尾さんやってください」とすでに言われてましたから、たぶんあの時みたいに原稿がどんどん出てきて、それこそずっと伝えっぱなしで、ちょっと休んでまたニュースを読み続けるみたいな、そんなことになるだろうなと思っていたわけです。

でも、肝心の原稿がまったく出てこない。そもそも通常NHKは人海戦術で、自衛隊の後ろにくっついてNHKの記者の車が入っていくんですね。ところがあの時は、自衛隊が南三陸に入ったのが確か二日後ですからね。それが一番早かったくらいですから。

なにしろ道路も寸断されてて近づけない。そういう状況で、みんなヘリコプターで上から見たりとか、上からヘリコで救出したりとかっていうことしか出来なかった。だから当日は、あの夜はもう、原稿がほんとに全然ないんですよね。

そして、そもそもあの日、ラジオはどうしていたかというと、前半を仙台から三十分やって、例えば夜九時台だったら、九時から三十分を仙台から、後半三十分を東京からという形で放送し始めたんですよね。それで、僕はかっちり十時に仙台からやりますというふうにしてたんですけど、そしたらね、だいたい午後九時五十分くらいから、東京の放送が帰宅困難者がたくさん出てるという話をし始めたんですよ。

つまり中継で「新宿駅です」って、「新宿駅の南口はもう路上まで人があふれています」とかっていうのをやってて。それ聞いてたら無性に腹が立ってきました。だってね、こっちは命からがら逃げ延びてる人に向けての放送をしてるんです。どれだけの被害が出てるかわからない。それなのに家に帰れねえのが一体何なんだよって。え、家に帰れないんだったらそこにいればいいだけじゃないか、命の危険も何もないでしょ、あなたたち、っていうような。……こういう言い方したらよくないとは思うんですけど。

はい、もうほんとにね、それでめちゃくちゃ……うん、もう怒りがこみ上げてきて、それで帰宅困難者の話を途中でぶった切って、仙台からの放送に入っちゃったんです。だから九時五十六分か五十七分くらいからでしたね。ちょっと前倒しで仙台の放送は始まった。

最初はだから、今録音を聞くと「九時五十七分です。仙台からお伝えします」とか言ってるんですけど、声は怒ってるんですよね（笑）。

周りのスタッフも気持ちは同じだったと思います。だから時間より早く入っちゃったわけで。それこそ石巻とか女川《おながわ》でもどこでも、避難してラジオだけが唯一の情報源で、そこから流れるラジオを必死で聴いてる人が、そんな「帰宅が出来ない人がたくさんいます」とかって、いやいやいや、みんな自分の家なんか流されて、人も流されてるかもしれなくて、身内が生きてるか死んでるかもわかんないようなそんな状態でいるのに、そんな「家に帰れない人がたくさんいます」なんていうのはね……。

ともかく、そういう怒りのなかで放送はスタートしました。それが私にとってのほんとに長い夜の始まりだったんです。でも始まったのはいいけど、とにかく原稿がほんと来ないわけですよね。だからといって同じことばっかり言ってるわけにもいかないじゃないですか。しかもお恥ずかしいことなんですけど、それまでＮＨＫ仙台のローカル放送は、積極的に視聴者の人と電話でつないでというような関係を作ってなかったんですよね。だからメールでの情報がくわしく届くわけでもなかったんです。まったくどこともつながることが出来ない。

そもそもは災害有線電話ってあるんです。災害時でも絶対に途切れない、災害でも絶対生きてる電話です。それこそラジオ石巻さんとか、気仙沼のFMさんとか、県内各地のミニFM局ありますよね。ええ、コミュニティFM。そういうコミュニティFMさんとNHKは災害有線電話でつながれるシステムを作っていて。いつでもそれを立ち上げましょうというふうに事前にはなってたんです。でも実際それぞれの局がもう、それこそラジオ石巻は津波が来てますから、中継車で日和山《ひよりやま》から放送出してたくらいで。電話は固定電話なんで誰も出られない。塩竈《しおがま》もそうだし、名取のFMさんもそうだし、泉のFMさんは内陸なんだけど、でもビルの水道管が破断して、スタジオが水浸しで使えない。とにかくどこも固定電話が使えなくて、まったく役に立たなかったんです。はい、すべてあとからわかったことです。僕たちも電話はやってみたけど全然つながらなかった。

そういうわけで、もうこちらから呼びかけをするしかないと判断しました。別にそういう時にはこう言いましょう、というマニュアルがあったわけじゃないです。とにかく自分の神戸の時の経験とかを話しながら、「皆さん、冷たくて暗くて動けなくてという夜をお過ごしの方がたくさんいらっしゃると思いますけど、こういう時だからこそ周りの人と声をかけ合って、この冷たくて暗い夜を乗り切りましょう」というような呼びかけを始めたんですね。神戸でも力を合わせて、ビニールシートのテントのなかで同じ毛布にくるまって暖をとって寒い夜をしのいでいましたという話をして、私たちもそうしましょう、と。

そう、そうです、「共生」がその夜の放送のテーマでした。私がスタジオに入る前に、今スポーツ実況をやっている高瀬アナウンサーが夕方キャスターをやって、僕はリポーターで市内の話を十分くらいちょこちょこっとしてまた出て行ってということをやっていたわけです。で、我々が仙台からの放送を本格的に立ち上げようという時にその高瀬アナウンサーが「杉尾さん、今から始まる夜のテーマって何ですかね？」って聞いたんですよね。その時に頭のなかに共生って、「共に生きる」の共生という漢字が浮かんで、今夜は共に生き抜くことをテーマにしようという話をして、そしたら彼が「はい、私もそのつもりで放送します」と言って、付箋に大きく「共生、共に生き抜く」と書いて、いわゆる金魚鉢と呼ばれるスタジオのガラスにぺたんと貼りました。

なぜ「共生」だったか、ですね？　うーん、だから僕は阪神・淡路の震災の現場を、一週間後くらいに行ってそのまま一週間くらいいて、最初は高速道路の倒壊現場から中継出して、そのあとテント村になってた公園から中継出して、そのあとＥＴＶ特集のクルーから連絡が入って、ＥＴＶ特集をつくるからそれのいろんな案内役をやってくれとかって、案内役というかリポーター兼、結局その番組は僕はナレーションもやったんですけど。それがむちゃくちゃなスケジュールでね。金曜日の放送なんだけど、火曜日にロケに入って火水木でロケして、ロケした当日分はすぐ東京に送って東京で編集して、それでとにかく火水木、一日三カ所撮りたいと。

「杉尾さん、どこがいいと思う？」って言われて、当時僕はボランティア系の番組をやってたので声がかかったと思うんですけど、つまりあの時に日本のボランティアが初めて本格的に動き出したじゃないですか。だから、若者がワーッと集まってる芦屋のボランティアの様子を伝えようと。例えば、そのなかの一人の女性が自分の家も被害を受けていながら、自分自身も家族も大丈夫だからと言ってボランティアに来てる人がいたり。あるいはほんとに取り残されたみたいになってる小さな公園で、自治組織みたいな形で被災者自体がボランタリーにそこの自治をしていて、そういう事例を取材して番組を作ったんです。

その時、いろんな現場の人たちがビニールシートのテントで暮らしていて、夜はすごく寒かったし、文字通り身を寄せ合うようにしてたし、そこで何か外から盗まれたりしたら困るということで必ず大人が数人寝ずの番で、小さいストーブのまわりを取り囲むようにして起きてたりとかして、そういうのを僕は取材させてもらっていた。だから、とにかく神戸の人はあの時すごくがんばったんだと。そう伝えながら「東北の私たちも今こそ底力を出して、皆さん、とにかくこの夜を乗り切りましょう」と呼びかけ続けました。かつての神戸ともつながって、東北は今夜生き抜かなきゃならないと、それが「共生」の意味だったように思います。

そしてたぶん夜中の一時過ぎかな、正確には覚えてないんですけど、あ、カウントダウンをやろうと思って、「日の出まで何時間何分です」ってアナウンスを始めました。ええ。ともかく太陽が出て少しでも明るくなれば何か新たなね、それこそ自衛隊も遭難者を見つけやすくなるだろうし、救援の動きも本格的に出てくるだろうし、少しは暖かくはなるので、「とにかくとにかく、この夜を、暗い時を、みんなで力を合わせて乗り切りましょう」と、何回も何回も繰り返したんですね。

はい。結局、その後も情報はまったく入ってこなかったですね。朝方やっと入ってきたのは南三陸のヘリコの映像で、病院の屋上で人が取り残されていたというか、そこにようやっと逃げてた医療関係者とあと患者の人たちを自衛隊のヘリコが救助する、そういう様子ですよね。女川とか南三陸とかはもうほんとにまったく何の情報もなかったというか、音信不通というか、通信途絶で何が何だかどうなってるかわからないという状況でした。

あの時はほんとに時間が止まってるんですよ。もうね、これ永遠のような……うん、あの時は、あの夜はほんとに時間が……ただただ何もわかりませんので一生懸命みんなを励ますつもりでしゃべるんです。で、しゃべって時計見ると、ほら、一応アナウンサーなので、このくらいしゃべったら五分経ったな、十分経ったなとかっていうのは体感としてあるわけですよ。そういう自分の体感で、さあこれで十分くらいかなと思って時計を見るとたった二分しか経ってない。ええ？　なんで⁈って思いました。あの夜はどうしても時計が進まないんです。だから、カウントダウンっていうのは、アナウンスし続ける自分を鼓舞してたってところも大きいと思います。

はい、メールとかそういうのがあれば、まったく違っていたんですね。だから、そのあとで始めた「ゴジだっちゃ！」という番組では、日頃からメールをもらったりしてるんです。実際、数年前の台風で大雨の被害があったじゃないですか、丸森とかで役場のまわりが水浸しになったりとか。ああいう時はけっこう夜中に僕ら緊急報道で放送出してるんです。そうするとラジオのリスナーの人からメールが来るわけですよ。普段使ってる「ゴジだっちゃ！」のメールアドレスに連絡が来て、それで「今ここはこのくらい水が出てます」「こっちは大丈夫だけど、川の方に行くと腰のあたりまで水が出てます」とかって。ですけど、当時はそういう手段がないので。

だからあの夜はほんとの暗中模索ですよね。それこそいとうさんが書いていらっしゃる『想像ラジオ』で、あれは杉の木の上で絶命しつつある、あるいは絶命した方がラジオ放送を出して、それにみんなが応答するということになってますけど、僕はそれの現実の方じゃないですか。現実なんだけど、でも実際の放送はそれこそ想像なんですよ。現場のことを想像することしかなかった。

もう……津波で……みんな今どうなってるんだろうとかってひたすら想像しながら放送したんです。たぶん助かった人も濡れ鼠みたいになってて、しかもこの夜の寒さで、暖房とかもないだろうし、もう寒くてどうしようもないだろうなとか、そういうことをただただ想像してコメントしていくしかないわけですよね。

しかもそれが届いてるかどうかわからないんです。全然わからない。だからほんとに闇、ほんと漆黒の闇に向かって自分は何か言ってる。だけど、時間は進まないし、何も返ってこない。昔、アナウンサーの研修か何かでＮＨＫの放送技術研究所に無響室っていうまったく反響しない、すべての音を吸収する部屋というのがあって、そこでニュースを読むようなことがありましたけど、あれは声が耳に返ってこないからものすごく気持ち悪いんですよね。あの日の自分の放送がまさにそういう感じでした。真っ黒な壁の無響室で、まったく光もないところで、自分が言葉をどんどん発してるんだけど、それが周囲の闇にのみ込まれるだけで全然返ってこない。そういうところでひたすらもがく……。

ただそれが、ほんとにずっとあとになりますけど、例えば仙台市内を歩いてて突然声をかけられて「あ、ＮＨＫの方ですよね」とか言われて、「ああ、そうです」って言うと、「いやあ、もう、その節はお世話になりました」なんて言われて。だから何か取材で取り上げさせていただいた人かなって思うんですけど、でもだいたいね、取材した人は名前はともかく顔くらいはいくらなんでも覚えてるので、そういうことでもないんです。するとその人が「杉尾さん、震災の時の夜さあ」とかって言い出して。「あんたがさ、励ましてくれたからさ、だいぶ助かったんだわ」とかって。「ああ、そうですか。こちらこそそう言っていただくと……」なんていうやりとりがけっこうありました。震災から五年後くらいまでは、街中を歩いてると声をかけられたんです。皆さんほんとに「お世話になりました」って言うんですよね。あとからわかったことですが、声は届いていたんです。

それこそＮＨＫの放送文化研究所がやった調査でも、「あの時にどんなメディアに接していましたか」というので、被災地ではラジオが圧倒的に多かったようです。逆に言うと、もうラジオしかなかった。テレビは電気切れちゃってどうしようもないから、乾電池入ってるラジオしかないという状況だったんです。

はい、ええ、それでこれからはちゃんと地元の人とつながるラジオの番組をやらないとだめだっていうことになって、震災翌年からさっき言いました「ゴジだっちゃ！」という番組を仙台で立ち上げて、これは加藤成史というアナウンサーと当時の我々の上司が作ったんですけどね。で、まあ、僕はそのあと三年、出身地である宮崎の放送局に勤務して、宮崎から戻ってきたあとでその「ゴジだっちゃ！」をずっと担当してます。

はい？　ああ、いやもう、その通りで。僕は故郷からまた仙台にきちゃったんです。宮崎に帰りましたが、やっぱり僕自身の思いで、震災のあとの十年後の仙台とか、東北がどういうふうになっていくのかというのを、そこでやっぱり生活しながら見たいなっていうのがどうしてもあって。それで戻ってきたいと強く思って。だからその願いをかなえてくれた会社には感謝してます。

ちょうど僕、今度の二月の誕生日で六十五歳になるので、二月いっぱいまで定年延長でラジオの番組やらせてもらって、あと三月十一日は仙台から放送を出します。それでＮＨＫはやめます。

いや、責任も何もないですけどね。自分で、なんか、何て言ったらいいのかな、とにかくあの日のことってトラウマみたいになってるところがあって、あの時に津波が来て、さっき津波の映像を見た瞬間から記憶が途切れてるって言ったじゃないですか。やっぱりあそこで自分がやらなきゃいけなかったのは、それこそ、やっぱり、津波が来てるのを見て、そこで頭を真っ白にするんじゃなくて、とにかく逃げろとラジオのマイクの前で叫ばなきゃいけなかったんです。

それが出来なかったというのは、もうちょっとどうしようもないですよね。それがだから、すごく……うーん……なんか、だめだなっていうのはほんとに思いますね。

そのあともね、当日の夜は「共生」をテーマにしましたけど、そのあとは絆オンパレード状態になったじゃないですか。被災地でその被災した人たちが絆って言うのはいいと思うんですけど、被災してない側の一方的な、一方的なというか、これはメディアの責任が大きいと思うんですけど、絆って言い立てることの胡散臭さというか。

それにすごく抵抗があって。かといって寄り添うとかっていうのもおこがましいし、だから自分はどういうスタンスで被災地と向きあうのかがわかんなくなっちゃって。

で、やっぱり……うーん、これが震災前の自分だったら、仙台に戻ってきたなら被災地に行って、そこで知り合った人と一緒に何か被災地から発信する番組を作ろうとしたんじゃないかと思うんです。

でも、現実に震災を体験したあとになると、それでいいのかどうかわからなくなって。自分の立ち位置って何だろうって。十年後がどうなってるか見たいと思って戻ってきたって、それ野次馬じゃんとも思うんです。偉そうに寄り添うなんてことも言えないし、何て言うか、ほんと何て言うかな……うーん……いや……どうすれば、自分としてどう向きあえばいいかっていうのが、今に至ってもまったくわからなくなっちゃって。

だから僕、戻ってきたんですけど、震災前の方がいわゆる沿岸部には行ってるし、逆にもうほとんど行けなくなっちゃったというか、例えば大変な被害に遭った石巻の大川小学校の前は何度も通り過ぎましたけど、黙禱して頭下げるくらいしか出来ない、それ以上近づけないんです。なんかもう、そういう意味では、逃げちゃってるというか。

逃げないでちゃんと向きあおうって、自分を奮い立たせて現場に入って取材すればいいのかもしれないけど、なんかそれもどこか違うような気がして。ほんとどうしていいかわかんないまま、でも何か近くで、何かが感じられる距離では暮らしていたいという、何かわけのわからないこのスタンスというか、そういうのでずっときてしまいました。

ええ、そのまま宮崎にいれば、自分に問いを突きつけずに済んでいたし、あっちでは確かに地震の番組なんか作ってるんです。宮崎は南海トラフが来ると言われてるのにみんなぼんやりしてて、あそこは津波が来たら、地形的には巨大な荒浜であり巨大な閖上ですからね。中心市街地がとんでもないことになるのは目に見えてる。だからそれを警告する番組とか、一生懸命作ったりしたんですよ。でもいざ仙台戻ってくると、いや……戻ってきたくて戻ってきたんだし、これは戻らないとだめだと思ったからそうしたんですけど、かといってそこでちゃんとね、自分は何もちゃんと……発信出来ていない。

しょうがないから普通に、普通にというか、自分がここで出来ることを自分でやっていくしかないなって。結局やったのってほんとに、ジャズが好きでという話が最初に出ましたけど、ジャズのイベントを企画して、ボランティアで一銭も絶対に金儲けをしないプロモーターみたいなのをやってライブを企画してとか、ほんとにそのくらいです。

あ、そうです、そうです。仙台出身で秩父英里さんという女性の才能あるピアニストが、たまたまコロナで故郷に戻ってきてたので、それもふとジャズの雑誌で見つけましてね。知り合いのミュージシャンに聞いたら、「今、仙台に戻ってきてるよ」っていうので、「じゃあ声かけて何かやろうよ」って。野外スペースで配信ライブやって。

ちょうど小曽根真さん、NHKでFMの公開ライブ番組を毎年やってるんで、それでゲストで我々のイベントに来てもらって。小曽根さんはバークリーの大先輩、彼女の大先輩にあたるんでそこで引き合わせて。まあね、それくらいなんですよね、なんか。でも別にそれはね、震災があったからどうこうということではないんです。

逆にだから何て言うかな、うん、それでいいかなという気もしてるし、自分がずっとスローガンみたいなのにとらわれていたというか……震災の夜の「共に生き抜く」だから「共生」、それはそれでいいと思うんですけど、なんか、うーん、スローガンになってしまうとすごく訳知り顔みたいな感じがして、それがすごく自分で嫌になったというか。

震災の前はわりとそういうのが好きで、阪神・淡路のあと、ちょうど一年の時かな、東京のラジオセンターでボランティア元年から一年、という特番をやった時にパーソナリティーをやらせていただいて、あの時のボランティアの動きというのは、日本におけるある種初めての市民革命みたいだったんじゃないかということを話したりしたんですけど、そのあとの東日本大震災となると、ただただ……カタストロフだった。それまで持ってた自分のスローガン的な意識が一切吹っ飛んじゃったというか、ある種の虚無感というか、そういうのが自分のなかに刻印されたというか……。

たまたま河北新報と宮崎の宮崎日日新聞が提携していて、河北新報のツテで亘理とか山元のいわゆる語り部の人たちが宮崎に来て、宮日新聞のホールで講演会があって、それを聴きに行ったことがあったんですね。その時に聴いている皆さんからすすり泣く声が聞こえてきたりしたんだけど、終わったあとに「何か質問とかありますか」となると、中年の女性なんかが「本当に大変な思いをなさっているんですね」と涙ながらにおっしゃる。でも僕はそれがものすごく違和感があって、みんなだから同情しかしてないんですよ。自分のことだとは思ってない。

僕は宮崎でこういうアナウンサーという立場で震災を経験してるということで、いろいろな防災の会の人たちに呼ばれたりした時にいつも言ってたのは、「同情とかじゃなくて」……僕は宮日の時も最後に手を挙げて発言しちゃったんですけど、語り部の人たちが言ったのは同情してもらいたくて言ったんじゃなくて、あなたたちもこういう目に遭いますよって伝えてるんだ、と。だから息子さんが戻ってこないつらさとかっていうのは、それはあなたの息子さんが戻ってこないかもしれないし、あなたの身内が朝「行ってくるね」と言って出ていったきり戻ってこないことなんだ。戻ってきたとしても、完全ないわゆる人間の姿をして戻ってくるとは限らない。一週間も経つとすっかりそうではなくなってしまう。そういうことをあなたたちも経験しますよ、と。そこにはある種のものすごい虚無があるわけじゃないですか。それをちゃんと伝えなきゃいけないから、だから逆に僕には宮崎でやることがあったんですよ。

だけど、仙台に来て何やっていいかわからないのは……もうみんな知ってるからなんです。自分よりはるかに深い喪失感とか何とか感じた人がみんな暮らしてるわけですよね、例えば沿岸部で、普通に。その人に対して、自分が放送とか何かやれるかっていったら、僕はとうてい何も出来ないんです。

ええ、はい、そうです。でも戻った。戻りました。それなのに僕は仙台に帰った。

そう、そうですね、いなきゃわかんない変化をじっと見ていたかった。たぶんね、そういうことをそばでじっと体感するしかなかったんじゃないかなと思いますね、今にして思えば。

はい、三月十一日にＮＨＫを卒業したあとは、東京に行きます。

東京に妻がいて、中古マンションがあるので、とりあえずそこに戻って。何するかっていうのは今ほとんど決まってないです。だから第二の、本当に第二の人生が始まるので、何が始まるのかなあみたいな、そんな感じです。

仙台にいたらジャズのイベントみたいなのを続けられたかもしれないけど、それも東京だとちょっと難しそうで。ただ、やってみたいなと思ってるのは、自分で朗読することなんですよ。宮城野区の文化ホールで去年、たまたま朗読をさせてもらったんですけど、それは自分で選曲して朗読してというスタイルで。

自分の家からアナログレコードを持って行って、レコードプレーヤーとかアンプも持って行ってレコードをかけて、針を落とすところから始まって、途中まで聴いて。それからおもむろに朗読し始める。去年はチェコのSF短編を読んだんですけど。

ええ、チャペックも読みました。たまたま出版されていた短編集を読みたいなと思って。それで曲をかけて、読んで、で、読み終わったら今度は違うのをかけて、しばらく聴いてもらって、また次を読んで、という感じでやったんですけど、それはちょっとやりたいなと思いますね。

あ、ああ……。

確かに……。

ええ、アナウンサーはなかなか自分の言葉でしゃべりませんもんね。ニュースを選ぶことは出来ませんし。朗読とはいえ、自分で選んだ文を読み始めたってことなんですかね、僕は六十五歳にして。いやあ、そうかもしれないですね。

「明けない夜はないですよ。あと少しですよ」とあの夜ずっと語りかけて、あれでよかったのかと。

果たして自分の言葉で何が出来たのか、と。ただ根拠なく励ましただけなんじゃないか。そういう忸怩たるものがあって、その虚無感がようやく今、納得して選んだ言葉を人前で読むことでほんの少し埋まっているんだとしたら……。いやいやいや、ほんとにそういうことなのかもしれません。

あ、もちろんその時はいらしてください。東京のどこかでやると思います。

すいません、最後に僕から聞いていいですか？

『想像ラジオ』って、どういうあれで思いついたんですか？

はい、ええ、あー、なるほど、はい。

いやあ、そういうことなんですか。はあ……。

それこそ忘れもしない、『想像ラジオ』が出たのは僕が宮崎にいた時で、新聞で広告が出てたのを見て、で、もうほんとに……失礼な言い方ですけど、この手があったか！と思って。

あの不条理でどうしようもない、黙示録的なあれを自分はどう伝えたらいいんだろうと思っていたら、うわあ、こうきたか！というのがあって。

え？　あ、はい。それはもう、朗読させてもらえるなら、なんぼでも朗読します。なにしろほんとにね、今回読み返してみて思ったのは、もしかしたら、あの夜、自分の声を聞きながら向こうに行っちゃった人もいるんじゃないかってことなんです。

例えば低体温症で亡くなった方でラジオつけてる人がいたかもしれない。そうするとなんかね、自分の声とか自分の放送を聴きながら、それが何か、うん、何かこの世の最後の声になった人がもしかしたらいらっしゃったかもしれないとかって。そう思うと、また、またちょっと、新たな、自分の責任というか……いや責任なんておこがましいんですが。

ええ、確かに僕がまさにあの小説の語り手みたいな体験でしたから。

その僕が何かやらなければならないとしたら……いややらなきゃいけないのかな。どうすればいいのか、今はわかんないんですけどね。

でもほんとに、うん、もしほんとに読ませていただく機会があれば、心してそうさせていただきます。実は僕、朗読してみたいなと思ってたんですよ。

はい、おつかれさまです。どうもありがとうございました。

宮城

a fireman

2022年

千葉幸一、昭和二十八年の五月二十二日生まれです。

私は石巻市北上総合支所があった月浜というところにずっと住んでいました。そうです。中心地ですね。

うん、だけど支所も消防署も流されてね。郵便局とか、いろいろあったんですけどね。

ええ、私は消防団の副団長でした、震災の時は。ほんで本当は、三月三十一日が団長の改選だったんですけど、市長命令で石巻市全体の団長が三カ月延長になったんですね。つまり六月いっぱいまで。そんでそのあと私も、家族四人も亡くして本当に途方に暮れてたから、「私、次の団長は受けられねえから」って頑なに断ったんだけど、改選が近くなってきたら若い人たちが「副団、とにかく協力すっからなんとかやってけろや」って何回も何回も来らいで、若い人たちがそんなに言うんだったらって、やむなく。

ええ。七月一日から団長になりました。

その頃はね、捜索とかはある程度落ち着いていましたね。それより消防団自体が人数少なくなってしまってね。もともと北上全体で三分団あって、追分温泉さんなんかがあるところが第一分団で、橋浦学区というのかな。あと私が住んでた月浜の吉浜学区が第二分団で、あと相川学区。そのなかの第二分団がメインみたいな感じだったんだけど、小学校、中学校、保育所から郵便局から全部流されてなくなってしまって、みんな結局ね、若い人たちも街に出てしまって。

だから団を存続させることをまず考えました。第二分団の吉浜小学校の学区が、白浜から「にっこりサンパーク」のところまで全部壊滅状態だったんですね。それに、地元の高台に移りたいって人もいるし。その人たちにどう協力してもらって、第二分団を存続させようかって感じで。あとね、支所とかともいろいろ話をして。とりあえずほら、追分温泉あったとこが女川《おながわ》班って第一分団だったんですけど、すぐ第二分団さ隣の班だったので、そっちを第二分団に編入してもらって、ある程度数を補充しました。

ややこしいんですけど、女川地区って言っても牡鹿《おしか》郡の漁港の女川でなく、北上の女川です。あと第一分団のなかには大須つうところもあって、雄勝《おがつ》にも大須がある。外から来た人はこんがらがるんです。

はあ、そもそも私たち消防団は震災翌日から捜索活動してたんですね。自衛隊と、あと警察、みんな入ってくれたんで、とにかく毎朝会議を開いて「今日はどこを捜索」ってエリアを決めて分担して捜索。

そうですね。北上中学校つうところが一番大きい避難所で、支所もそこに仮の支所みたいに置かれたんで、そこに見当たんない人たちの名簿を貼り出して、「何日に連絡あった」って情報が入れば削除して。

ええ。私自身はね、震災の日、地震があった時は月浜の店にいたんですね。ここと同じく電器店です。

はい。そこに亡くなった長男もいたし、女房も、店に三人でいて。あと同じ集落に、おばあさんが一人で住んでる家あって。私の母親ですね。

ほんで地震なって、地震が落ち着いてから、うん、私が母親を見に行って、あと亡くなった息子が親父《おやじ》の、親父は震災の前年に亡くなったんですけど、その姉さんがすぐ近くにいるんですね。要するに伯母さん、そっちを確認しに行って。

安否が確認出来て戻ってきて、私は息子に頼んだぞって、家族を避難させてから消防活動しろっていうようなこと言って。大きい災害があっと、とにかく対策本部が支所でもどこでも立ち上がるんですね。だから支所にすぐ向かったんですけど、たまたま支所長が本庁の石巻で会議あって、戻ってから、対策本部を立ち上げるってことになって。

結局、長が不在だから私は支所から戻ろうとしたんです。けど、白浜あたりの崖が崩れて、砂ぼこりのすごいのが見えたんですね。もう一人の副団長と二人で、避難誘導しながら調査しようって、浜の方へ下がったんです。そして大室って地区があるんですけど、そこから津波が見えたんです、第一波が。

いやもう、すぐ近くです。うわっ！と思った。そしたらまだそこにね、海を見てるおじいさん二人がいた。ほんで一人が私のお客さんだったんで、「ほら！　津波だぞ！　危ねえから早く逃げろ！」つって、その人たちは助かったみたいですけど。

私たちもすぐ高台の方まで車で避難して。もう、津波がね、引き波になっともうすっごい……浜の家って大っきいんですよ、田舎の。それが、何て言うんだ、いとも簡単に、すうっと流されてった。あの光景は本っ当に……。大室の手前に小室ってあるんですね。その小室の坂、高台でその様子を見てたんです。

はい。波で小室の地区がとにかくみんな流されて、これは大変だ、それこそ非常事態だと思って、とにかく支所の方に戻んなくてはと頭が働いて、そんで大きい津波が引いた時に、白浜まで戻ったんです。そしたら白浜でまた次の波が来て、うん。

一人の消防団員が水門閉鎖やってました。そこのお母さんがね、息子に「行くな」って言ったらしいんですけど、その子どもの名前をね、ずっと叫んでるんですよ。その声がね、耳から離れないつうか、今でも、うん。

そんでね、とにかく月浜に近づこうと思って、そこでもう一人の副団長と別れて、私、トンネルのなか、走ったんですね。白浜さ行くところに長塩谷の間に大っきいトンネルあるんです。すると次の津波がそのトンネルのなかに来たんですよ。本っ当にびっくりして、うわあ、だめかなと思って。

いやもう、高い、高い、高い波ですね。トンネルんなかが水でいっぱいになって。ほんで、私は津波来た！って、必死にね、津波と競走して、何とか走って逃げて、また白浜の方に戻ったの。

そしてね、白浜側のトンネルの上にね、山があるんですね。その山登って、もうひと集落下まで下りていったら、そこに叔父さんの家があるんですよね。そこも十三、十四メートルの高い所にあるんですけど、叔父さんは家の脇の電柱さ登って助かって。家におばあちゃんが一人いて、そこ本当に高い場所なんだけど、それでも二階に避難して、畳も浮き上がって、本っ当に顎まで水が来たらしいです。それでも頭を超えなかったから助かったんですね。

そういう状況で、今度ね、水がなかなか引かないんだね。引き波の間に次の波が来て、だんだん水位が上がっていって、最終的には月浜では十三・八メートルだったようです。

もう私は身動き取れずに見ていました。近くには風よけの松があるんです。防風林。そこの辺さね、屋根が流されて。その屋根の上にね、人が乗ってたんですよ。女の人。ほんでも、もう手の出しようがない。助けようがない。本っ当に歯がゆかった。太平洋沖までその人は流されて、どうなったかわかんない。

何時間もずっとその状態でいて、ようやく夜になって水位が下がってきた。うん、とにかく、自分の家族の安否ももちろんだし、消防団の副団長という役職上、北上総合支所に戻らないとって思ったんです。

夜になってだんだん津波が落ち着いてきて、引き波になるとけっこう、水が引くようになってきたんですね、うん。その時間を計算して、ああ、今から何十分くらいまでは引くなっちゅうので、白浜から長塩谷の山に登って、それが夜十時頃かな、ええ。

ほんでその時も雪降ってて、真っ暗ですよね。だから山の竹藪のなかを、波の音が聞こえればそっちが海だと判断しながら、ずっと月浜へ向かいました。ええ。何も見えないから、ただもう耳を澄まして二キロくらいかな。

そうですね。ほんですっかりびしょ濡れになって、うん。なんとかね、月浜まで着いたんですよ。ほんで月浜に下りようかなと思ったら、まだ水位がけっこうあったんですね。ほんでこれでは下りられないって、うん。昔、旧道って言ってね、月浜から白浜さ抜ける山道があったんですよ。そこは、小っちゃい時に遊んでたから知ってた。

その旧道を通って、私の母、おばあさんが住んでる方、山の近くなんですね。そっちへ行ったら車が一台停まってて、「うちの家族は見なかったかい」と話しかけたら、「見ねかったな」と言われてね、うん。

隣近所の人だから「わりいけっど、朝方まで車さ乗っけてて」って、後ろさ乗っけさせてもらって。でも非常事態でガソリンもなかったのかな。たまにエンジン止めるんですよ。こっちの体はすっかり濡れてるんだけど、寒くても何も言えねえしね、うん。朝までとにかく、その車でお世話なって、夜が明けるとすぐ消防活動っていうか、どこかに人がいないかどうか、声かけして歩いたんです。

「誰かいませんか！」ってずっと声かけしてたらね、支所でほら、五十七人かな、流されて、奇跡的に助かった三人のうちの一人がね、山の中腹にうずくまってたんですね。集落の人が前日に見つけて、けがして動けないから、毛布が掛けてあって。こっちも「消防、手配すっから、もう少し我慢してて！」って、我慢してもらって。

ずっと行くと、吉浜小の教頭先生が「すいませーん！　三階と屋上の間に児童と先生十三人いますから助けてください！」って。確か十三人って言ったかな、うん。ほんで吉浜小まで行ったら、鉄筋の校舎の二階に上がる階段の所に車が一台流されてるんですよ。「先生わかったから！　とにかく子どもたちとなんとか我慢してて！」って言って。「とにかく極力早く助けに来っから！」って。

ああ、なんとかしなきゃならないなあと思って。とにかく支所が全部やられてっから、北上中学校が対策本部になってると聞いて。報告して助けを求めて、その日はいろいろまた、うん、捜索活動の準備やら報告ですね。行方不明者の割り出しとか。

ええ、家族のことはね、もちろん心配でした。もうほら、次の日あたりからあちこちで遺体が見つかってたからね。被害者の捜索をしながら、遺体安置所をずっと歩いてまわってたんだけどね。うちの長男坊、私と一緒に仕事もしていたし、消防団員でもあった息子がね、「にっこりサンパーク」の入口でガードレールに引っかかってたらしいんですね。息子がそのあたりで最初に発見された遺体だったそうで、だから、まだ棺があったらしいんですよ。支所にあったか葬儀屋さんが持ってきたか、わからないんですけど。

普通はみんな遺体はだーっと並べられてんだけど、棺があったおかげで、そのなかに入れられて別の場所に置かれてたんですね。だから、見つからなかった。ほんで最終的に市の仮土葬になるまでわかんなくて、うん。棺を誰かが開けたんだか、消防団員から、「マルコーさん」といつも店の名前で呼ばれてるんですけどね、「トモアキ君みてえな人の遺体あったよ」って言われて、確認さ行ったらば息子だったんです。

それは土葬が始まって……二週間か三週間後ですかね。

うん。そういう訳で家族を毎日捜索してるうちに、女房が確か、一週間くらいで見つかったのかな。

ああ、家自体は全部、何も残らず流されました、ええ。

震災の翌朝に、自宅のあった石巻市北上町の月浜に下りてみたら、何もなかったんです。うん、家は三階建ての重量鉄骨だったんですけど、避難して見てた人によると、地区で最後に流されたそうです。

はあ、家族が見つからない間、周りのみんなと同じ避難所にいました。北上中学校の体育館。対策本部もそこで兼ねてたから、ずっと。ほんで次の日の夕方かな、全体の捜索が終わっても、うちの家族は全員行方不明になってて。

だけど娘だけ、飯野川という地区の歯科に勤めてたんで、やあ、娘だけでも探しださなきゃいけねえなって。たまたま桃生《ものう》地区の方に帰る車あったんで、そのトラックの荷台に乗っけてもらって、飯野川まで行って、ほんで勤め先さ訪ねたら「本日休診」の札が張ってあった。

ほんですぐ近くにね、私のすぐ上の姉さまもいるんですよ。そこさ、ひょっとしていっかなと思って行ったら、いたんです。

二日目の夕方でした。うん、娘がね、いたんですよ。「家族全員、もう亡くなったと思う」と娘に言っててね。内陸部の飯野川のあたりは被害なかったから、信じられないって。

内陸部は本当に何も起きなかったような感じで。だけど北上川、登米《とめ》のずっと上まで、津波は何キロも遡上したんです。月浜が海と川の境で、そっからもう、川の両側は大変だった。

昔から宮城県沖地震でも何度も、津波は来てるんですけど、川の水が引いて、そこに少し高い波が来るっていうくらいの予想しかなかったんで。あとほら、防災無線でも最終的に五メートルか六メートルって言ってたから。

次の日からも、行方不明者の捜索がメインです。でも北上町の場合は捜す所って、平地が少ないんで、すぐわかるんです。何度も捜したね。自衛隊も消防も来てくれたし、警察も来てくれたしね。でも、うちの家族は見つからなくてね。

三階建ての店が最後に流されてしまうところを見ていたのは親戚の人なんですけど、その人も「息子さんは見ねがった」って。女房も、うん、「見ねがった」と言われたから、ああ、もうだめなんだなって。二日もして何もね、情報もないっていうと、うん。

日曜日なんかは警察も自衛隊も休みだから、その時は地元の人に協力してもらいながら自分で捜索して、自分たちが住んでた店の残骸がね、「にっこりサンパーク」の近くまで流れてきてたんですね。だからその辺に何か遺品みたいなのないかなって、いろいろ捜したんですけど、うん。

それで、一週間くらいして女房が見つかって、遺体が揚がって、ほんで……。そうですね。地区の消防団の人たちが見つけてくれた。ほんで、確認して。その時ね、本っ当に、これは個人的なことなんですけど、火葬場探すのも全部自分でやんなきゃないんですね。いろいろやって涌谷町《わくやちょう》の斎場が三月二十八日に取れたのかな、そこ予約して。

うん、女房は火葬して、あとお寺さんに預かってもらっておいたって感じですかね。長男は土葬されました。

その一カ月後くらいに、やっぱ女房が亡くなった近くの沢で、広域消防に勤めていた次男坊が見つかったんですね、ええ。

次男はレスキュー隊員になるのが夢で、本人は現場に出たくて、泊まりの日は必ず翌朝、署員と一緒に訓練して、午後に戻るというような息子だったのね。ほんで震災の直後も電話よこして、で、こっちさ向かってんだったら、家を見てから、すぐ近所の北上出張所さ向かえって話して。

うん。次男坊とは最後にそれを話したんだね。うん、津波の前に。そして、んだね……、遺体が一カ月くらいして見つかった。それこそ「にっこり」の近くの沢で。結局、うん、広域消防の人たちも日曜日は休みなんですけど、休みのたんびに来てくれて、みんなで捜索してくれて、ああ、ありがたいなあと思って。

長男が二十八歳、次男が二十五歳です。

話が後先しますけれど、震災から十日余りの三月二十四日にね、私、まだ息子一人が見っからないし、母もまだだったから、娘と捜索してたんです。田んぼのなかを捜索しているうちに、足が上がんなくなってしまって。うん、冠動脈が前から悪かったんですけど、完全に詰まってしまったらしい。ほんで百五十メートルほどの所まで戻るのにも一時間。五歩くらい歩くと、息が切れて動けなくなって。

娘と一緒だったからよかったのですが、避難所にたどり着いたら、消防の人が「だめだ。今、救急車呼ぶから、すぐ行かなきゃ」と言われて、しょうがなく病院まで行ったんですね。

東松島市にある、みやぎ東部循環器科がかかりつけだったので、そこまで。たまたまね、そこも海っぷちなので被災してて、その日から再開だった。それで緊急手術してもらった。

おかげで助かったんだけれど、今度は血圧が全然上がらないって。結局ほら、家族亡くして心労でね。その二、三日前に道の駅「上品《じょうぼん》の郷」に来て、トイレが混んでたんで、和風の便所に行ったんですね。そしたら真っ黒い便だったんで、何だ、これはおかしいなとは思ってたんですけど……。

血圧が上がらないってことで、今度は仙台の厚生病院から救急車と先生がわざわざ迎えに来てくれて、応急処置しながら、厚生病院に行って。ほんで、また緊急手術やって。

結局、腸に穴開いてたんだっちゃ。血が漏れてた。

次の日、回診に来た主治医が、石巻に行っても食べる物がないし、とにかくここの病院で出せるなかで一番栄養のある食事を出すから、体力回復するまで入院してろ、って言われて。

でも、それが三月二十五日で、ほんで三月二十八日は女房の火葬の日だったから、先生に「今日は何としても」って頼んで、病院から承諾得て外出の許可取って、火葬に立ち会って、お寺さ遺骨の仮安置頼んで、また病院に戻ってね。

入院はね、とにかくどうしても戻んなきゃいけねえっていう用事があったので、十日くらいですね。戻ってきて、ほんですぐ次男坊が遺体で見つかったということで、市に掛け合って、長男を一緒に火葬してやりたいから、土葬したやつ掘り上げていいかって許可願い出して、なんとか許可もらって。まだその時点でも火葬場は自分で探さなきゃいけなかったから、探して山形の米沢まで行って。

それで息子たち二人を一緒に……。そしたらね、次男坊は本っ当に人望が、友だち付き合いがよかったのか、仙台の消防学校の同期や中学、高校時代の友だちがね、どっと来て。あと米沢だったので福島市も近いから、福島大学の同級生たちがね、火葬場さ、三百人来てくれて。普通、遺族に待合室一つくれえのところ、全っ然足りなくて。うん、ああ……、うん……、みんなに、かわいがられてたんだな……と思った。

次男坊が消防の道に進もうと思ったのは、そうだね、父親の背中を見たんですかね。石巻高校ってあるんですが、そこ出て福島大教育学部スポーツ健康学科に入学し、陸上部に入って運動もやっていた。教育実習で石高に来てたんです。教員試験も通って。

だから、地元に戻って学校の体育の先生になるもんだと思ってたんだけど、「消防士になるんだ」って言われて。でも「おめえの人生だから、おめえが決めることだ。やりてえことやった方がいい」って、うん、そう言って。

長男の方は高校出て「おれは勉強好かねえから、親父の仕事手伝うから」ってお店を継いで、一緒に働いていました。息子たちはどっちも独身だったけど、うん、次男坊は彼女がいたみたいで。だからね、命日にはそれこそ彼女がお墓さ来てくれて、うん。

はい、私の母はね。うん、今でも見つかっていないんです。

同じ月浜集落に、家族四人亡くした家がうちも含め三軒あります。そのうち一軒は、母親たちが姉妹だから、私のいとこの家なんですよね。その家族は、たまたま娘が来ていて、その娘の子どもと一緒だったんですよ。だから、その家族は親族六人かな、津波で流された。

うん、その家ともう一軒が、一年目の全国の追悼式で宮城県の遺族代表で話した奥田江利子さんって人の家、そこも四人が亡くなっています。

はい、月浜集落だけで三組が家族四人亡くしてるんです。その三人で、我々はご先祖様を守るために生かされたんだからって。だから三十三回忌、それがまずひと区切りっていうか……。五十回忌もあるんですが、そこまではいられないから、三十三回忌までは供養して、それから逝くべしって、誓い合って……。

うん、母親が見つかってほしいけどね。前も白浜かな、今はコロナでどこにも行けないから、孫を連れて行って、砂浜を捜して、人骨みてえのがちょっと見つかった。駐在さんに届けて鑑定してもらったんだけど、別の動物の骨でした。

やっぱり気になりますよね、何年経っても。だからその駐在さん来た時も、指のひとかけらでもいいから、とにかくお墓に入れてやりたいって伝えたんです。せめて、十三回忌となる来年三月までは……。

ええ、母親は今は、お墓に空の壺を納めています。家族みんなで一緒に墓に入っています。墓は月浜の隣の吉浜地区っていう所で、山の上にあるんですね。昔はそういう、お墓っていうのはあんまり行きやすくない所に、簡単に行けないっつう、そういう意味合いで造ったらしいね。やすやすと亡くならないように。

今はね、娘が結婚して、その旦那さんが電器店を継いでくれて、旦那さんの弟にも手伝ってもらって、私と四人で電器店をやっています。

この店からすぐ見える二子団地ね。前はまったくの田んぼだったんです。そこに北上町の人とか大川地区、雄勝地区の人たちが移住してきて、四百近い世帯だそうですね。

結局、津波が来たとこは危険区域になってしまったから、新しい家は建てられない。我々もそっちには戻れない。ほんで、家も店もこっちに引っ越してきたんです。すぐそこに、たまたま団地が出来て、ありがたいことです。

消防団はね、引退しました。震災の年に石巻市北上消防団の団長になったんです。さらに翌年三月かな、市が消防全体を合併したんですね。石巻市消防団の、北上地区の地区団長という名前に変わって、だから私が北上の最後の消防団長で、最初の地区団長だったんです。

ええ、確かにお店やりながら消防団長は大変ですけど、今考えると逆に、家族四人も亡くして何もしないでいたら、そのことばかり考えて……。消防団やってたからよかったのかなあ、と思うことがあります。

ええ、そうですね、月浜に慰霊碑が出来ました。海が見える所に。碑には母の名前もみんな書かれてます。長男も次男も、女房の名前も……。

北上町の鳥、イヌワシがモニュメントになっています。慰霊碑には、どの高さまで津波が来たか、十三・八メートルって印があるんですね。それだけは残してくれって頼んで作ってもらったんです。でも、ちょっと目立たない。もう少し目立つように、その高さがもっと誰にでもわかるようにしておきたかったです。

はい、しょっちゅう行きますよ。行って手を合わせてね。いや私も、その月浜の高台に小っちゃい家を建ててあるんです。年取って引退したらそっちに住もうと……。そうです、やっぱり生まれ育った所ですから。慰霊碑のある場所の高台です。

いやあ、だからね、母には……もう少し、生きてる時に優しくしてれば、という後悔の念だけです。今も見つからないしね。

震災の前はお墓はなんか怖かったけれど、今はどんなに暗くなってからでも、夜が明ける前でも、家族がいるって思えばなんともないです。はい、仕事終わってから、どんな夜でもお墓掃除行きますね。

ええ、しょっちゅう、しょっちゅう、行きます。

福島

booksellers

2022年

父　七十三歳、岡田共一です。

生まれたのはいわきの植田町《うえだまち》というところで南端ですね。南からいわきに入れば、最初が勿来《なこそ》、次が植田です。

親父《おやじ》とおふくろはどっちもいわきの生まれなんですけども、大人になってどっちも東京にいたんです。丁稚奉公と女中奉公で。それで、東京で一緒になって。

父の上の兄貴と、母の姉が一緒になって、たまたま東京で「俺のところに弟がいる」「妹がいる」「くっつけちゃえ」。そういうことなんです。そこで一緒になって私らが出来たんです。

いや、私は親が戦争で疎開してから生まれました。

おふくろの実家が植田なもんで、両親はそこに身を寄せたわけです。そこで私が生まれた。姉もそうです。あ、あと、その間に兄貴がいて、それは一歳で亡くなったんだ。肺炎です。ペニシリンがなくて。それでね、亡くなった。

疎開していたのは農家でした。けっこうそれなりに土地を持ってて。

だから、あんまり食べ物での苦労話って聞かなかった。

それで、私が生まれたのは終戦後です。昭和二十三年。

その時植田町の北にある内郷《うちごう》に伯父さんと伯母さんがいて、古本屋をしてた。ですから私らの本屋の流れはそこで始まったんですよね。

ええ。私が生まれた頃はもう古本屋をやってたんです。そのへんの記憶はないですけど。ですから、ええとですね、最近こういうものを引っ張り出してきたんです。これ、当時の注文票ですね。古いものです。ここに植田町の住所が出てきたんですね。ちなみに伊藤整からの注文も書いてあります。どんな資料を買ってくれたのかわかりますよ。貴重です。

それでこれが……ああ、これだ。注文票の住所が植田駅前になってますよね。まさにそこから始まったわけです。これが最初の岡田書店。私の伯父さんが始めた。

なんで古本屋だったのか、私もあんまり知りません。親父のことはあらかたわかるんですけど。伯父さんがなんで植田で店をやってたか、私にはまったくわからない。

ともかく、それが内郷というところに移った。私らは二世帯で一緒に住んでたんです、内郷に。伯父さん伯母さんがまずいて、そこに我々が転がり込んだ、一家で。親父、おふくろ、姉さん、私、弟。五人が来て、七人で一つの家に暮らしてた。六畳二間くらいのところに。すごいですよ。よくあんなところに住んでたなと思うくらいですね。たった二間ですから、奥に伯父さんと伯母さんの部屋と、その手前に我々五人の部屋。そして入口に店があったんですよ。

細長い家なんです。これ、炭鉱住宅なんですね。ええ、福島の炭鉱なんですよ、内郷というのは。常磐炭田《じょうばんたんでん》ですね。炭鉱の家というのは本当に小っちゃくて、まだ町のなかは商家が多かったので大きめにとれたんですけど、私たちは炭鉱住宅を借りたようです。

だからよく、まあ、夏休みなんかで、ある程度はっきりした記憶というのが、とりあえずごろ寝というか、空ばっかり見ていたんですね。奥に台所があって、その台所の先はもう外です。その裏に私らがいなくなってからトイレが出来たり、あと風呂場を継ぎ足したり。まあそんなことはあとからわかったことですが。

いや、風呂場は最初はなくてもなんとかなったんですよ。銭湯というか、炭鉱には風呂があるんです。要するに仕事でみんな真っ黒になりますから、そこでひとっ風呂浴びてからじゃないとみんな帰らないんですね。そのためにタダのお風呂があるんですね。私たちもそこへ行きました。でっかい風呂です。本当に、うん、子どもの頃の記憶ですからあれですけど、一周すると百メートルくらいあるかなってくらいの。

近くに集会場とかそういうものが並んでいる広場があって、風呂がドーンと真ん中にある。その周りを住宅が囲んでるんですよね。それが炭鉱町の形です。

それでね、炭鉱町のなかでも内郷というところは特別なんです。私は幼稚園の時、その内郷からさらに北の四倉《よつくら》に移ったんですけど、それまでは幼稚園に行けなかったんですね。というのは、内郷では炭鉱の従業員の子どもでないと幼稚園に入れないんです。入れてもらえない、一般の人は。そしで、たまたま幼稚園に行ける年齢の最後の半年くらいの時に四倉に引っ越したんですよね。そしたらば「はいどうぞ。いらっしゃい、いらっしゃい」ということになって。まるで違うんです、炭鉱を中心としたあり方が。充実してるのは炭鉱の人のための福祉で、一般の家にはない。

炭鉱自体はまず湯本《ゆもと》が有名ですね。常磐炭田の中心。それで内郷があって、うちの親父が東京から引き揚げてきて最初に勤めていたのが、植田の駅前の大正炭鉱というところだった。

ええ、もう各駅に炭鉱です。南から言うと植田にあって、泉《いずみ》にもあったはずです。各駅にあったはずで。その隣が湯本。湯本は当然中心でその隣が内郷。あとは四倉まではなかったな。それから逆に離れてって楢葉《ならは》ですね。

そうですよ、今いるここ楢葉はもともと炭鉱だったんです。常磐炭田の一番北ですね。ただ石炭質が悪いし量も出ないんで、すぐやめちゃったみたいですけど。だから電車の引き込み線があったはずですよ。

そうですね、このへんはずっとエネルギーに関連してたことになりますね。まあ、炭田自体の炭質は悪いんですけど。

いや、そのかわり量があったというよりも、単に東京に近いからってことが言えるんじゃないですかね。結局、東京に資源を送るための炭鉱なんですよ。ほんで、そこから北の炭鉱と言ったら北海道です、夕張《ゆうばり》。あのへんは最後までやってた。今でも多少出てんのかな、よくわかんないけど。結局、炭質がいいんでずっと残ってるんです。こっちがあっという間になくなったのは質が悪くて、煙ばっかり出て火力がないって。それでも必要だったんですね。

ま、そういう炭鉱の世界で伯父さん、伯母さんは古本屋をやってたわけです。それでそのうち親父が新刊屋に、本が好きで好きで本屋になりたくて新刊屋になったんですよ。伯父さんのツテを頼りにしてです。

ええ、その気持ちの動きはわからないですけど、とりあえず新刊屋をやりたくていたんだけど、たまたま伯父さんがどこからか情報を耳にして「日販が書店を募集してるみたいだよ」ってことで、それでなんとか潜り込めそうだからということで登録したらうまくいっちゃったんだね。それで親父の新刊屋が始まったんです、四倉で。伯父さんは内郷で古本屋、親父は四倉で新刊屋と。

だけどね、その息子の俺は本屋になんかなりたくなかったんです。サラリーマンになりたかった。やっぱり親父見ててね、嫌でした。つらいです。納金の日が迫るでしょ。もう目の色が、親父の目の色が変わるんですよ。何日までに金いくら作らなきゃいけない。そうすっとお得意さんところ行って集金してきたりね、もう一生懸命で。それが私は嫌で、子ども心に商売ってよくないなって思った。確かに自分で好きなように出来ることもあるかもしれないけども、やっぱり生活はサラリーマンの方が楽だよなと思って。

新刊屋は前払いです。ですから請求書を送ってくる。なおかつこっちの注文というよりも、もう定期的に送られてきますから。そして送られてきたらあっという間に請求がきます。請求がきたらすぐに金を払わなきゃいけない。

それで店を大きくしたくても、次の月の支払いに追われるんで広げられないんですね。それが見ててつらそうでしたね。前もって本を送ってくるんだから、それをどんどん受け取ればいいじゃないかと思うんですけど、受け取った分、まずは支払いがきますから。そっちが先なので。うん。ある程度資産のある人でないと出来ない商売だなって。なおかつ私が一番ガクッときたのは、公共の施設やなんかではね、小さい本屋からは注文を取ってくれないんですよね。大きいところじゃないと買ってくれないんです。やっぱりその人たちは力をもってますから。

たまたま親父ががんばってがんばって、ある高校の先生に信用をつけて、すると先生たちが……昔は学校で辞書とかそういうものを一応推薦したんですね、「これを買ってください」って。そうすると「先生が同じものを使ってるんで、わかりやすいですよ」ってことでね。で、こっちは入学式の前に売り出しをかけるんですね。その時にたまたま親父が、町の大きい本屋さんに独占されてたのを、買ってもらえることになって……。

それで何年か売ってたのを私、手伝った覚えがあるんです。ええ。その時はそれでね、よかったんですけどね。でも、それだってその先生がいなくなったら終わりなんですよ。だから常に不安ですよ。

ああ、はい、私の話に戻りますけど、簡単に言うと、高校を卒業してすぐ埼玉の熊谷に行きました。そこで三年間くらい工場勤めをして。でもたまたま親父がバイクの事故で入院したもんで福島へ帰ってこいというので、その時点で私、親父とおふくろを見るということに。

二十一歳の時です。しょうがないから戻ってきて新刊屋の手伝いつうか、まあ、親父が入院してますからね。だからおふくろと二人で配達やって、いろいろそういうことを。そうやって手伝うなかで多少は新刊屋のことはわかりましたけど、ほとんどのことはおふくろがやってくれてたんです。

それがまあ二、三カ月って感じですね。

でも工場辞めちゃったんでそのままいわき市に帰ってきたんです。それで、まだやっぱりどこかに勤めたい、勤めるんだって、二、三カ所、行ったり来たりしたかな。

いわき市のなかの鉄工所に二、三カ月勤めてみたり、あと車の修理もやってましたね。で、そのうち私の恩師が部長をやってた会社に拾ってもらった。そこへ勤めるようになったんですね。設備です。水道とか空調関係の仕事で。

そうです、そうです。エンジニア関係。私、工業高校卒業してたので。

結局はやっぱりそういう機械とかが好きだからその道に行って、身を立てようと思ってました。

ところが、それがまた挫折したんですね。

やっぱり親父なんです。親父が健康診断か何かで肺に影があるというのを、医者が「これは絶対肺ガンだ」って診断したもんで、それを本人かおふくろに言えばよかったんですけどね。それは親父が肺結核をやった病なんですよね。そんなの一発でわかったはずなんです、二人とも。それをあの頃は、ガンというと本人には絶対言わないですからね。

だから伯父さんたちに言ったらば、後で、騒ぎになって……。

それで私のところに来て「お前、大変だ、そういうことだ」って。だから「帰ってこい」って。私ちょうど一番脂が乗ってる時で、「現場でうまくことを収めれば、次は本社に戻って主任な」って約束したあとで。ほいで、しかもそれは本当に飛び級で。私もその前、三年以上ブランクあったりして、いい年で入ったわけですよね、その会社に。入ったら若い連中が上にいるわけですよ。それを一気に飛びこす話だったので、もう燃えてたんですよね。

それが全部オジャンなんですよ。燃えた火が全部一気に消えちゃって。社長も「そういうことだったらば、もとには戻れないけど、本社にいろよ」って。本社がいわきなので、「がんばってもう一回やれば」ってことで社長は受け入れてくれたんですけど、でも一回すぐ目の前にあった夢が消えちゃったっていうのがやっぱりショックで。

なおかつ一番上に行けそうだったのが一番下に行ったというか、仕事的にも今まで何億という仕事をしてたのが、いきなり一千万、二千万の仕事を二つ三つ掻き集めてやってるようなことになっちゃったので、ちょっとやっぱり自分としてもガクッときちゃった。

ええ。それでどうしようかということになった時に、ある悪魔の一言で……。ある下請けの人が「一緒にやんない?」って。つまり「独立しないか?」って。それでつい悪い気持ちが……。世話になってたところを辞めて、自分でやっちゃおうと。

はい。その人が社長で、私が専務みたいな形で始まったんですけども、まあ、話は端折《はしょ》りますが結局はうまくいかなくて。そこまできてもまだ技術職で勤めるとか、私出来ないんで。バカなんだね。一本気つうか。だからもういらん！って。この道は行かない！って。そこには知ってる人がいっぱいいるんで、自分のやったことも知ってるし、だから辞めるつって。

そこで何をしたらいいだろうっていうことになったら、ああ本だなって。それは子どもの頃から本に囲まれて、あっち行っても本、伯父さんとこ行っても本ですからね。何とかやってけそうかなっていうくらいのもんですけど。それで迷ったんですよ。さて新刊屋をやろうか、古本屋をやろうかと。

たまたま仕事がしばらくブランクになった時、伯父さんの手伝いもちょっとやらされてたんですね。伯父が栃木の方によく仕入れに行ってたもので、「車乗っけてってくれよ」って言われて。私車持ってたんでね。なので古本屋のことも少しはわかってた。だからどっちにしようかな、と。結局、新刊屋の先の見通しの立たなさを痛感して、じゃあ古本屋の方がまだマシかって。

その直前でしたが、知り合いの自転車屋さんに遊びに行って、冗談言いながら、表のメインストリートを見てたんですよ。そしたら人っ子一人通らないんです。ああ、四倉町、だめだ、死んでると思って。もうちょっと大きいとこ行かなきゃだめだと。しかも新刊屋は大変だろうと。

だったら古本屋で、今みんながやってないことっていうと、まだ郊外店つうのが、ようやく車を相手に商売するってことが始まった頃だったんですね。ですからむしろ郊外でやろうと。四倉と平《たいら》の間、いわきの中心ですね。だから通勤の車っていうのがけっこうあるわけです。そこに店を構えました。しかも四倉だと旧知の人間がけっこういるんで帰りに寄ってもらえるんじゃないか、とそんな甘いことを考えて、ただそれだけで。

はい、ある程度うまくいきました。まだ景気が悪くなってなかったんでね。なおかつ、あと、何て言うんだろうな、やっぱりあの頃、郊外店で本屋をやってるっていうとエロ本屋さんですね。いわきでも何店かあったんです。すべてそっちの方の本屋なんですね。

そうです。最初は私も多少燃えていろんな品ぞろえというのを考えたんです。そして周りの家に挨拶回りをしたんですね。でも古本屋を始めますって言ったらば、変な顔されるんですね、奥さん連中に。それにやっぱり店に入ってくるお客さんもみんなそう思ってるんですね。エロ本があるんだろうと。これはいかんなと思ったけども、どうしようもない。

そういう本を置かないと食ってけないんです。そっちの方の客筋もつかまえとかないと基本的に食べられない。それじゃやるしかないと。するとそっちの方の仕入れが主力になって。

自分が理想としてることとからはかけ離れてるけど、食べるためには仕方ないです。それをやってるうちにそれなりのお客さんがついて、それなりに食べられるようになって。で、そこの店が狭くなっちゃって、ほいで新しいところを探したらたまたますぐ近くにあったんですね。なんと倍くらいの。

息子　あ、ちょっと補足しますけど、ただそれの原因がね、ただ店が狭くなったからじゃないんです。なんで移動したかってことなんですけど。道が出来るからだった。ね？

父　うん、そう。店の目の前に道が出来た。バイパスが出来て、そのバイパスにつながる……店が面してる道路に中央分離帯を造るってことになって、つまり片方向からは入れるけど、もう片方向からは店に入れない。

息子　だから仕方なく店を移動したんですね。しかも補償もなく。つまり決していい話で広い店になったわけじゃないんです（笑）。

父　ですから一応、住民説明会とかで「それは補償になるんでしょうね」って言ったんですけど、「いや、一切なりません」。「じゃあ、分離帯のここ切ってください」と言ったら、それも「出来ません」。そしたら「移転してもらうしか」……と。

　向こうは勝手に道路を敷いて。「じゃあどうすればいいの、うちに入ってくるのは？」と言ったら、「そっち、信号がありますよね。あそこの交差点、ぐるっとまわってもらってください」って。「ええ！」って。一応はあれこれ話したけど、結局は国と喧嘩したってしょうがないかと思って。

　それで歩って五分もしないところ、ちょうど中央分離帯が切れるちょっと先に移転しました。相手の言いなりです。

　せっかく仕入れが二倍になってたんですけどね、それまでは。はっきり言ってエロ本の仕入れが、茨城に行ってもナンバーワンだったんです。そういうのを早めにもっとうまく伸ばして今の商売につなげられなかった。アホですね、私は。

　つまり、やっぱりネット販売とかに乗り換えられなかったんです。福島県の組合員の一番の親友で、もう亡くなっちゃったんですけども古書ふみくらというのがいて、そいつはもういち早くそっちに乗っかって、ほいで外売りも自分が中心になって積極的に出かけていって。今は息子に任せてますけど、私も当時は仙台とか、茨城も行ったし栃木も行ったし、福島県内は当然ぐるぐるまわってました。ええ、古書市みたいなものですね。ああいうのをやってた。今は一カ所だっけな、仙台でやってる。

息子　お父さんはね。僕は八王子《はちおうじ》に行ってます。

父　え？　エロ本でない本ですか？　私が置きたかったのは、やっぱり歴史物かな。この年代はみんなそうですよ。歴史書、出来れば地方史ですね。そういう古書を扱いたいんです。

実際、移転してからそっちの方を少しがんばっていたらば、やっぱりそういうお客さんがついたんですよ。例えば四倉の下の小名浜《おなはま》で出張販売した時に、そこに何人か地方史研究家みたいな人がいて、つかまえたというか知り合いになって。いわきはもう自分の店で商売つうか、ここでお客さんを待ってれば何とかなるみたいな考え持ってたんだけど、そうじゃなかったんですね。あっちこっち動くと変わってくる。小名浜とか、あとどこだったかな……。

息子　フジコシだね。今はもうないんですけど。

父　フジコシっていうチェーンのスーパーのちょっとしたスペース。入口のワゴンみたいな。そういう場所を何軒かぐるぐるまわってるうちに、小名浜はちょっと大きめにやらせてもらえるようになって。そうやってちょこちょこやってるうちに知り合いが出来て、なおかつ自分で店番やってますからお客さんと話が出来る。本を求めてる人とです。

そういうお客さんは、自分で研究したりするために「こういう本が欲しい」って言うんです。表題がどうこうじゃなくて「こういう系統の本が欲しい」って。歴史書とか哲学書とか、寄ってくれるお客さんはそういうものが欲しいんだっていうのを、つまり私は知らねえでやってたんですよね。ただ自分の好きな本を置いてるだけで。

息子の世代となると、本屋になる前に生まれてました。この悠《ゆたか》とその上の兄貴と二人です。

息子　僕は親父がすごく怖かったです。兄と二人で親父に震えてました。その頃はさっきお話しした自分で会社やってた頃で、ピリピリしてました。
　それが本に携わってから、ころっと変わりましたね。なんとなくは覚えてるんですけど、あれはおじいちゃんの新刊屋の手伝いみたいなのをしてた時かな。
父　新刊屋はお母さんが主に手伝ってて、俺はどっちかといったら古本屋の方をやってたんだよ。
息子　それでボヤッと親父も古本屋を始めたらしいんですけど、とにかくそしたら人を怒鳴らなくなった。
父　怒鳴る相手もいないしね（笑）。あの頃、だいぶ大きくなってたかな。
息子　小学校高学年。小二、小三まではまだ新刊屋のおじいちゃんの家に僕らはいたんです。毎日学校終わったらそこに帰ってた。そのあとは古本屋の方です。
　だけど、例の国道のバイパスが出来て、店を移転してからというもの、そのバイパスで車の流れが変わったんですよ。お客さんがどんどん減っていって。
父　ひどいもんです。十分の一。景気もちょうど下がってきて。みんなバイパスに乗って平の町の方へ行っちゃう。もう八割方、そっちに行っちゃうんです。
息子　帰りもそのままバイパスで帰るから。
父　それでも何とか十五年やりくりして、その頃には独立して外に出てた息子たちに手伝ってもらって、それで店を閉めたんです。ちょうど商売がいい頃に家を建ててたもので、それを売り払って、最終的には。それでこっちに引っ込んだんだ、この楢葉町に。書店のすぐ裏に家も建ってますけども、もともと女房の実家があった土地なんです。要するに私は食い詰めて、子どももいないし。

あの時は長男は四倉の市営住宅に住んでいて、お前は？

息子　僕は平にいたね。

父　ということで、四倉に私が建てた家を売りました。息子たちには一回訊いたんですよ。「ここに住むか？」って言ったら、「家もぼろいし、いらねえよ、そんなとこは」って言われて、それでまあ、一応借金も清算して、ようやくこの女房の実家の楢葉にひっそりと引っ越してきて。

店はなくて、倉庫だけ。それで外売り専門みたいになったんです。それからネット。その頃もまだ俺は甘かったんだね。ネットまではめんどくせえなあって。

息子　それで僕だけがネット販売を専門にやって。

父　俺はもうネットはめんどくさい。店はなくなっちゃった。ほいでまあ、外売りだけを必死になってやって、そこにしがみついてたんですね。当然先細りですよね。あっちはだめ、こっちもだめって、やってたとこが全部だめになっちゃった。福島県内ではどんどんお店が方針変えることが多くて、つまり「催事屋さんは入れません」みたいな話が出てきて。

社員の方に負担が多くかかるんですよね。そういう余計なことをしたくないと。「お前を呼べば俺は仕事が増えるんだ。だから来ないでくれ」と。すでに何回か予定表に入ってるのに「来るな」って。本社から予定表が来るんですよ。その予定表どおりに「大丈夫ですよね？」って確認しに行ったら、「いや、来ないでくれ」って現場で断られたり。古本業界、大変な時代になりました。

息子　ただ、その頃、今も仙台のジェイルハウスブックさんと荒蝦夷《あらえみし》さんとやっている古本祭りがあるんですけど、それがあって何とかぎりぎりという感じだったんだよね、親父？

父　とか、たまたま「一カ所テナントビルのなかが空いたからちょっと埋めてくんない？」ということから始まって、あのふみくらがぐっと入って、それで私らを引き込んでとかね。

息子　そういう話は何度かあって、あ、いけるな、というところだったんですよね、震災前には。また何とかいけるんじゃないかって。同じように店を閉じてた人が、また出店したり。ああ、なんとなくまたこれで食べていけるかも、という感じになったんですよね。それで、ええ、そこで震災ですから。

父　私はあの日、この楢葉にいました。そこに役場があるんですけども、その年の確定申告をして、終わったとほっとして、ちょっと買い物があったので隣の町の富岡《とみおか》に行って、買い物して帰る頃かな。

ちょうど第二原発の前を通って帰ってきてたんです。当時はわけわかんないから。あとから考えたら、よくあんなところ通って帰ったなと。門が見えるんですよ。それをちらっと見ながら運転して帰ってきたらば、その二、三日後に原発があぁだって話になって。え、俺、第二原発の前通って帰ってきてたよ！と。

だから揺れには車のなかで遭いました。あれ？って感じで。ただね、電線。電線が上下に揺れてたのと、電柱が左右にこんなんなって揺れてて。で、携帯が鳴った、ビービービービー。それまで鳴ったことない音。初めて鳴って、何だろう、何だろうと思って取り出したら……地震速報みたいなのが出てきて。これは一体と思った時にグラグラッときた。それで慌てて停めてしばらく様子見てたらば、みんなもおかしいっていうんで停まったので。

で、すぐもう帰らなくちゃって。家どうなってるんだろうかって。たまたま私はこの楢葉のなかで近くの住宅を借りてそこで女房と二人でいたもので、とりあえず女房がどうしたろうと思って。

しかも、その頃はこの家を長男が新しく建ててまだ三カ月目だったんです。ほんで次の日かな、その長男の学が「逃げよう、逃げよう」って。奴は子どもが小さかったからね、もう逃げるぞってことになって、じゃあ俺らも行くわってことで。それで長男の嫁さんの実家が郡山の近くの滝根《たきね》というところだったので、そこに逃げることになった。実家にはすし詰め状態でお世話になって、二晩くらいいたのかな。それでこの次男が電話よこした。

息子　僕はいわきにいて避難とかの警報は何も出てなかったんですけど、「やっぱり怖いよね」という話を妻としてて、「どうしようね」って父に電話したんです。

父　その時に俺はもうふみくらと話がついてたんだな。ふみくらとしょっちゅう連絡とってたので、「じゃあ俺のとこ来れば」ってことになって。実家が旅館だったんですよ、昔の。要するに商人宿《あきんどやど》ってやつで、小さい宿なんです。本当に五人も泊まればいっぱいっていうくらいの。要するにセールスマンとか何かが泊まり歩く宿です。四倉あたりにも小っちゃい宿がいっぱいあって。

そう、昔のビジネスホテルだね。私もあれ、出張販売しながらそういうところに何軒か泊まったことがありますけど、小さいところに本当に常時数人くらいしか泊まってないです。そこを定宿にしてたんですね、みんな。

ふみくらさんの実家がそれだったんだけど、営業はやめてたんです。だからむしろ「布団や何かは何組もあっから、好きな時泊まれるぞ」って。部屋がいくつあったか。六部屋かな、二階に。で、一階には特別室があって、蔵を改造した奥に広い部屋があって。そこに避難することにしました。

息子　僕と妻、妻の母含めて三人もそこに一週間以上泊めてもらって。場所は須賀川《すかがわ》の奥の、長沼《ながぬま》という地名なんですけどね。郡山からちょっと左側だよね、須賀川。その山奥です。

父　そこを過ぎるともう会津なんですよ。ですから天気が違う。三月でも雪がちらほらするんですよ。そこに息子たちは一、二週間。私は三カ月いた。

息子　僕たちが二週間なのは、妻の母が「やっぱりもう帰りたい」って言うのでいわきに帰ったんです。

父　はい。いわきはもう大丈夫だろうって。でも、もちろんここ楢葉はもうシャットアウトです。原発事故で立ち入り出来ない区域になってしまった。どうにもならないから、しばらく商人宿に置いてくれって言って、私と女房と、あとおふくろがまだ生きてたので……。

息子　おばあちゃん二人とも生きてたでしょ。

父　だから女房のお母さんと、私のおふくろと妻と、四人でずっと世話になってました。とはいえ、やっぱり商売出来るところに泊まってるんだし、三カ月後出て行くことにして、少し払っていかないと悪いよなと思って、ほいで行政に一生懸命働きかけたらば「補償が出ますよ」ってことになったので、まあ、お礼を払ってこれてよかったんですけどね。

ああはい、楢葉にはそれはもう帰りようがありません。ですから私は小名浜に……。

息子　小名浜にアパートを借りたんです、親父たちは。

父　それはなんとか個人で見つけたんですよ。まだ誰がどうしてくれるというわけでもなく。それがあとから借り上げ住宅という話が出て、「私はこういうふうに借りたんですけどどうですか」と言ったら、「じゃあ、それも借り上げにします」ってことになった。

息子　小名浜にも古本を売りに来てたって言いましたけど、その関係でたまたま知り合いになったお茶屋さんがあって、そこの人がアパートを紹介してくれたんですよね、「ここ空いてるよ」って。

父　お茶屋さんのお客さんにその持ち主がいて、その人が何か貸すみたいだって話でね。その当時、いわきのアパートがすごい勢いで埋まっちゃってたんです、避難で。全然空いてるとこなくて。

息子　みんな退去して。

父　まあいつまでそこにいるかわからないという状態ですけどね。私、なんで個人で一生懸命住むところを探したかというと、まだいわきで仕事したかったんです。古本屋の店は閉めたけどそれ以外の方法でなんとかやれるんじゃないかと思って。それで店から歩いて十分くらいのところにけっこう大きい倉庫を残してあって。あそこ何坪あったかな。五十坪くらいあったかな。そこを借りてたんで。

息子　実際そこを拠点にしてイベントに出たり催事をやったり、あるいはネット販売をやったりはしてたんですよ。

父　私はそこに戻りたくて、まずアパートがないと通うの大変なんで。長沼からだと一時間半くらいかかっちゃうのかな。もっとかかるな。二時間くらいかかっちゃうな。そんなんで、住むところをいわきあたりで探してたらオッケーということになって。

倉庫はいわきにありましたので、住めなかったり、在庫を出すのに不便はありませんでした。在庫を出すことは出来るようになって、そこで皮肉にもけっこう売れましたね。いわきの地方史的なものとか、あとはいわき出身の画家ですね、中央でも多少という、そういう人の画集を売ったりなんかしたらばけっこう喜んでくれるんですよね。

それまでは、店に座って売るんだ、地方に関する本はという考えだったのが、がらっと変わって、自分でお客さんの話を聞いて、それで薦めないとだめなんだなと初めて気がついたというか。そういうことをなんとなくみんなにくっついていって気づいたんです。
それが震災のあと、六十歳くらいだな。だからそんな時になってこんなことわかったって商売に活きねえよなって（笑）。

息子　正直、それまでは店も母がかなりやってましたから。

父　私はお客さんの顔も覚えてないの（笑）。女房はね、「お父さん、あのお客さんね、誰々なの。あっちの店によく来てくれてたよ」なんつって。俺はまったくだめで、お客さんの顔を覚えられない（笑）。
そう、女房がお客さんとしゃべるんで、私もそうするようになって。ああ、お客さんとの対話ってこういうものなんだって。

息子　本来、店で勉強しなきゃいけないところを……。

父　避難生活しながら覚えたというか。ネットでも、あ！と思うようなものが売れたりね。意外といわきのものが他の県で売れたり、注文が多いんですね。よくよく調べてみると秋田の岩城町《いわきまち》だったりね。そういうところからも注文が来たり。だから、昔は俺、いわきとか福島県関係のものを全国発送の目録に出す人がいると、何すんだ、こんなもの売れるのかいと思ってた。他人の町の資料なんか必要なのかなって思ってたら、欲しい人がいるんですね。まあ、どっかでつながってたりするんです。そこまで調べるなら江戸期のことまで見ないとわかんないですもんね。
あ、はい、小名浜はずっといて、だけど借り上げ住宅という制度がもうすぐ終わりですとなって、どうしてもこっちが故郷なもんで離れがたくて。というのは、長男が郡山にも家を建てたんですね、ほんでこの楢葉に戻れることになったものの家が空いちゃって、空いた家はすぐだめになるっていうから「住まない？」って次男に言ったら「いいよ」って言うから。その頃、荒らし……何て言うんだ？

息子　ああ、泥棒というかね。

父　やっぱり窓こじ開けられて。窓交換すればいいかなと思って頼んだらば、五十万かかったんだな。これが高い。「壁全部一面壊さなくちゃいけないからだめだ」って。だから高いの。いやあ、がっかりした。

帰ってくるのも大変なんですよ。そもそも倉庫の棚が全部崩れてグチャーッと。これなんかは二つ目に閉めちゃった店、そこに合わせて作った棚です。もう二棹《さお》、あったな。それを使おうと思って大事にとってあった。それが完全にもう全部倒れちゃって、折り重なっちゃってた。

息子　大変だったよね。

父　だけど、とりあえずやんないと片付かないし、それで頭きて何を考えたかというともう、鉄骨の倉庫だったからね。鉄骨が剝き出しになってたので、そこに滑車をかけて無理やり引き上げた。もう無理やり戻した。本棚だめになってもいいと。とりあえず片付けをって。とにかく入るか出るか、それが出来るようになるまでがんばろうって。

息子　一カ月近くかかったんじゃない？　お父さんがなかなか来れないから。自分が出来るだけ一人でやって、重いのだけ二人でやろうってなったんです。

父　そういうものを使ったりするっていうのは、結局俺も仕事が工業系だったので、そういうものをやったり作ったりするのは好きだった。道具もひと通り持ってるし。だからけっこうそういうのでね、やりましたね。

いや、そうは言っても私はもうここにいないんですよ。長男のいる郡山に移ったので。

息子　ここはもう完全に僕の店なんです。

いやあ、僕も嫌でしたよ、古本屋は。本当に父と同じで、周りが本だらけだったので、子どもの頃から。本読まなかったんですよ、全然。

本のありがたみもまったくわからず、それこそ子どもの頃って僕が大好きだったのは『ボンボン』『コロコロ』だったんですよ。毎月くれるんです、おじいちゃんが。だから本はもらうものだと思ってて、好きなマンガは親父に言えば全巻そろいでくれて。読みたいものだけ読めばいいという考えだったんで。

そうですね。いろいろふらふらしてて、東京にいたんですけど、親父に「ふらふらフリーターやってるくらいだったら戻ってこい」って言われて、ちょうど戻ろうかなって思ってた時期だったんで。

そうですね。違う仕事をしてるのは親父と同じですね。僕は古着屋とかで、専門学校出てから働いてました。それが戻ってきたのは二十四歳の時ですね。で、この商売ずっとやってこうって決心したのは、結局僕は結婚したからだと思うんですよね。三十歳ちょいくらいかな。

地震のほんのちょっと前くらいか。

結婚して、よしやろう！と思ったら揺れがきちゃったという感じです、たぶん。

父　それまでは「手伝え」って呼び戻しても、まだぷらぷらしてた。はっきり「やめろ」って俺は言ってたんだよな。お前は古本はやれないだろうと。だからとりあえず仕事を探せって。何でもいいから、サラリーマンでも何でもいいから、とにかく仕事を探せって。

息子　そう言いながらずっと父は僕を手伝わせてました（笑）。

父　メシの分くらい働けって、搬入とか手伝わせたりして。今は逆に手伝わされるけど。

息子　それがなぜか本屋が面白くなってきちゃいましてね。震災後、仙台とかいろんなところで催事がなくなって、どうしようもないから僕は関東まで行こうと思いました。関東の催事をいっぱいやりまくろうと。

それまでの間に、仙台でけっこうこれで食べていけるって感じになったのが、自分でマンガを専門的に、古いマンガを専門的にやれる知識がついたからで、ああ面白いなって。

知識がまったくなかったので、東京の古本の市場に毎週通いつめたんです。特に古いマンガが面白いなと思ったので、古いマンガの専門店さんとかに「これいくらするんですか？」とか訊いたり。それで毎週通っていろんな人たちと話せるようになって、あれこれ覚えていって、ああ面白いなと思って。かつ、食べていけるかなという感じになって。そこからですね。

そこで大震災があって、僕もそれこそ逃げて、日本やばいじゃんって思って。……それでしばらくして落ち着くじゃないですか。落ち着いて商売のこと考えたら、仙台の仕事なくなってて、地元の催事もなくなったりして、これやばいなって思って。なんで今度は関東の催事をメインでやり始めたんです。ええ、もちろんネット販売もやってます。

ええ、避難指示解除が……ああ、解除が出てもう七年か。震災の影はかなり薄れましたね。むしろ僕の子どもの頃の記憶で、このあたりはおじいちゃん、おばあちゃんの家じゃないですか。もともと若い人がいなくて老人ばっかで、車が全然通ってないなっていう場所だったんですよ。それが今すごいですもん。車渋滞しますし。

はい。住んでる人も増えてんじゃないかなってくらい、逆に。うちのお客さんも多くなってて、復興作業の作業員さんとか。あと戻ってきた人もいる上に、なんか新しく移住してくる人がいるんですよ。

買い物とかに行っても家族連れが多いんです。若い家族連れとか多くて。立命館大学とかのボランティアで若い人がたくさん来てくれてたらしいんですよ。今も来てくれてるんですけど、そういう若い子たちがそのまま移住してるみたいなんですね。こっちでいろんな仕事を始めたりして。だから人が増えてる気がするんです、昔より。はい。

本の品ぞろえは、そうですね、うちはもちろん古いマンガはたくさんあって、ただそういうのを目当てで来る人は町の人じゃないです。県外からけっこう来てくれますね。あとは近所の奥さんもやっぱり来ますし、多少子どもも来ますけど、どちらかというと作業員さんが多いです。

作業員さんはコンビニ本だったり、古いマンガをコンビニ用に再版して出してるやつがあるじゃないですか。あれが一冊百円なので、そういうのが売れていきますね。あとはやっぱり多少アダルトは。

基本そうですね。僕が心がけてるのは店の維持ですね。あとは自分の専門としてのマンガをどれだけ集められて、どれだけお客さんを呼べるかというところ、でしょうね。小さい書店ですけど、はい。

父　だから跡を継ぐというよりもまた新しくって感じなんだろうね。

息子　なにしろ置いてあるのは、親父が一番苦手だった分野ですからね。ただ、やっぱり歴史書関係のお客さんも何人か来てるから、まったくないとあれなので親父が集めてた郷土史、地域史を全部倉庫から抜き取ってもらって。

父　ですから値付けもそのままです。俺こんな高くつけたかなと思うけど（笑）。僕はもうここにいないからわかりませんが、町の広報とかそういうものを見ると、例えば大学と協力して何かやってるとか、なんだか新しい感じがつかみとれるんですね。

息子　震災後はいったん中学校と小学校がひとつになっちゃったんですよ。子どもが少なくて。それが今はやっと独立しましたね。小学生が二倍に増えたのかな。

そういう町に店を出して、役場の方とかに話聞くと、そもそもは大昔に貸本屋があったらしいくらいの、ここは本がない町だったらしいんです。だから「本という文化を持ってきてくれてありがとう」と言われます。

あ、ほんとですか。入口の見栄えはがんばって考えたので、伝わってよかったです。まず看板が木で、向かいの建具屋さんがタダで作ってくれたんです。で、そこの周りに絵で草を生やしました。「自然のなかの本屋さん」というイメージにしたかったんで。

最初はあんまり考えてなかったんですけど、妻に「何かやりなさい。何かお客さんが来るような工夫をしなさい」ってずっと。

はい、代々うちは妻が強いです（笑）。

そういうありかたはずっと変わらないのかもしれませんね。

宮 城

a man at home

2022年

うん、佐藤悦一郎、今七十八歳です。震災が起こった時は六十六歳。これこれ、この河北新報の記事でもわかるけれど、「チーム王冠」っていう在宅被災者を支援する法人があるわけよ、石巻に。そこの伊藤健哉さんいう人が、私を新聞社やテレビ局などに紹介してくれたのね。

私のことが新聞に掲載されたら、あっちこっちから電話がかかってきた。「わかんなかった」って。「いい記事だったねえ」「びっくりしたあ」って。これが一番評判いかったね、なかで。

これは結局、真実だからさ。それを石巻で見た人は電話くれて、「佐藤さん、わかんなかったよ。そういう苦しみあったんだねえ。震災なってからね」って。うん。

テレビでもNHKとかも三回かな、出たの。あと東日本放送とか。ミヤギテレビも今年の三月に来て。新聞社も、河北新報の他にもけっこう来てんだよ。毎日新聞とか中日新聞、その次は朝日新聞とか。「取り残された在宅被災者」って紹介された。

つまり、家は残ったけどね、津波の被害に遭ったわけ。大規模半壊って判定された。ほら、家のなかにも、あそこまで水が上がった。ここから見えるあの階段のなかくらいまで、うん、二メートル近く。

この地域は震災から三日間、そのまま水引かなかったんだよ。庭のそこにあるのは新しく買った小屋なんだけど、前のは津波で流されて。

あと西側、すぐそこはギフトショップで店舗だったのよ。それも流されてね。でも、その建物がなければ、この自宅さ全部水が入って、もっとめっちゃくちゃになったと思う。店がちょうど道路の方さあったたから、そんで助かった。

そういう被害から十一年以上にもなって、まだ「在宅被災者」ってものが残っていることが伝わってないのよ。それもね、一軒や二軒でないんですよ。今、約百二十世帯が石巻でいるの。壊れた家で今も生活している。一人暮らしが約百六十人。

なぜ、そのままかって？

お金がないから。支援が足りてないわけ。壊れた自宅を直せない。

しかも、震災から八年経つまで、市役所はその状況を全然わかってねくて。ようやく仙台の弁護士会と、あと在宅被災者を支援している団体の、さっき言った「チーム王冠」の伊藤さんたちが石巻を調査して、ほんで全部書類関係を作ってくれた。

ほんで初めて、私も市役所さ持って行ったの、書類を。震災八年目でよ。そしたら、市役所では知らなかったって言うわけよ。そんで新聞やテレビが、「在宅被災者が残ってる」って騒いだ。それでようやく、市は五十万円までは出すとなった。

それまではね、国の支援金が、ここ「大規模半壊」だから、百五十万円しかないわけよ。「全壊」だと三百五十万円だったかな。そして「大規模半壊」、その下が「半壊」。そこまでは補償してくれた。

うちの場合はもともと天井が高いの、普通の家より。普通の家は天井が低いから、天井まで水上がった。そうすると全壊っていう判定になる。あと家を流された人ね。うちの場合は二メートルの水でも天井が高いから、大規模半壊って判断されたわけね。全壊だともっと支援金があるのに……。

ここの住所、石巻市貞山《ていざん》って言うのね。仙台藩主の伊達政宗公の別名が貞山。その政宗が仙台に掘った運河が貞山堀、貞山運河と言われていて、その運河がずっとこっちまで延びてきてて、正式には北上運河って言います。その運河から震災の時、海からの津波より早く、水があふれてきたわけさ。

それで私らは被災したんだけど、大規模半壊で家が残った。一階が水浸しになっていても二階に住めるならって、仮設住宅にも入れないし、補償が大してなかった。それで柱などあちこち腐っていても直す資金もないまま、八年が過ぎてやっと多少の補償の話になったけれども、上限が五十万円までだ、と。それじゃとても、直せなかった。

うん、そもそも平成三十年になって初めて、実は在宅被災者という人たちがいることが浮き彫りになってきたんです。家があるからって仮設にも入れない人のことですね。

震災の時ですか？　あの時は防災行政無線のスピーカーで、うんと騒いだの。「大津波来るから避難してください」って。ところがその前に、すんごい地震で揺れたわけよ。昼間、午後三時前だから私はテレビ見ていて、この居間にいて。すると、ダッダッダッダって すごい地震だった。

それで、家具だのなんだの、みんな吹っ飛んできたの。なかでも棚が吹っ飛んできて、私の膝を直撃したわけよ。頭さ当たって、膝さ当たって、私、その棚に挟まれて動けなくなった。もう両足がだめで、結局歩けないような状況になって。あとで病院に行ってレントゲン写真を撮ったら、膝にひびが入っていた。

動けなくなったあと、町内のスピーカーが「大津波が来ます、大津波が来ます」って。「避難してください」と叫んでいた。

その時息子が二階にいたわけよ。そう、家族二人でいた。んで、息子が飛んできて「避難すっべさ、お父さん。スピーカーでずっと言ってるよ」って。もうすぐ大津波が来っからって。でも、私も歩くに歩けねえから……。外を見たらみんな避難しているけれど、うちだけ残ってしまった。

そんで息子から手を肩にかけられ、家の門まで出たら、ドーッとすごい雷みたいな音して、その堀、北上運河から水があふれ、車が二台も三台も水の上を走ってるんだっちゃ。流されてるわけ。あとから知ったけれど、堀には車が何台も沈んでいて、亡くなった人もいたんだよ。

私？「ああだめだ、だめだ」ってすぐ二階さ行って、二階のベランダから見てたんだけど、もう何台も車がここの前の道を流されていった。車のなかに人がいて、窓のなかから手を振っていた。うん。助けてくれって。私もどうしようもねえわけよ。うん。そのうちにダダダダダーッと音がして、庭にあったギフトショップの店が壊れて、車と一緒に流されていった。

電気も水道もみんなストップなの。仏壇にろうそくあったから、夜は二階でろうそくともしていたわけ。すると今度は、ヘリコプターがドドドドッって何機も飛んでくるわけよ。避難したかどうか、ヘリコプターで確認してたんでねえの。私ら手振ったけれど、ヘリコプターはそのまま旋回をして、戻っていったわけ。

そのヘリコプターが無線で連絡したんでねえかな、ここで二人が残っているって。次の朝、自衛隊がゴムボートで来て、水とおにぎりとパンをくれたの。そんで助かったわけよ。うん。ゴムボートでここさ、階段の途中まで入ってきてくれて。階段のなかほどまで水あったから。そこで食料を受け取った。

それまで水も飲むものもねえんだもの。冷蔵庫だって、テレビだって全部吹っ飛んで。水かぶったまま踊ったんでねえの、ダダダダダッと家のなかで。壁さ穴が開いてね、いろんな物が刺さって。

そんな状態のところに、自衛隊が二日間来たわけ。で、おにぎり四個とパンと牛乳、二日目には余計に置いていったわけよ。やっと四日目に水引いたあと、見たらこの辺、もう何もかも流されてきてて、道路も片側通行でしか車が走れねえわけよ。そこに自衛隊の車が放水してたね。私らは近くの貞山小学校まで行って、バケツで水くんだりした。こっから自転車で五、六分ぐれえのところ。

自衛隊がゴムボートで来た時、一緒に避難所へ連れて行ってくれればよかったんだけど、管轄があるんだろうね、それはしないんだね。食い物だけ渡すって決まってんでねえの、うん。

ほいで避難所っていうのはあくまで、災害に遭う前に避難してけろっていうことで、私らみたいに避難が遅れた人は我慢して、特に二階が残っている家はそのまんまでいろってことだったわけ。

一カ月くらい二階で生活して、私も市役所へ行ったの。「仮設住宅さ入りたいんだけど」って。仮設だと食べ物も心配しなくていいんでねえのって。そん時、市役所の人が「佐藤さん、だめだ」って。「なんでしゃ、だめなの」って。「今の家、見に来てください」って言ったの。「一階はヘドロだらけで、物はガタガタで、やっと二階で寝るだけなんだよ」って。

するとこう言うわけよ。「佐藤さんは二階で避難してたんだから、二階で我慢しなさい」と。「仮設に入れる人は全壊とか、住めない状態の人だ」って。ほんで初めてわかったわけよ。避難所さ行った人は優先的に仮設さ入って、そんで公営住宅さ入る、と。それが基本なんだと。自分みたく自宅にいて避難所さ行かなかった人は、やっぱり仮設も入れないんだ、と。

それで二階で我慢することにしました。

仮設住宅にも入られないいし、お金もとにかくないんだからさ。石巻に入ってくれたボランティアが炊き出しで、焼きそばだとかラーメンだとか、うん、牛丼だとか出してくれた。石原軍団だとか、うん、ああいうとこが総合体育館さ来て、炊き出してくれてるのを、とにかくもらいに行って。食べ物、毎日のように並んで食べたわけよ。

ある牛丼屋さんは無料で一週間、一人に一個配布していたし、スーパーでもお弁当一人一個とか配ってくれていたし……。

仮設住宅に入れたなら、冷蔵庫だ、洗濯機だ、テレビだって、家電がみんなそろっているっちゃ。そういう部分にお金があまりかからない。ところが、私たちみたいな在宅被災者はそういうわけでもないのよ。自宅があっても壊れていて、自分でともかく修理して、少ない補償金で生活しなきゃいけねえの。その違いなのよ。

家を直したくたって、大工さんが石巻にいなかったから直せない。うん、大工さんや建設関係の人たちも津波で被災したし、石巻で家が壊れた人があまりにも多かったから、人手が足りなかったんだと思う。やっと初めて来てくれたのが、震災から四、五カ月は過ぎていたかな。

それまで？　被災したままの家の二階で何とか過ごすしかなかったわけ。

まず畳を全部替えて、そして床を直して。震災の時に三日も水に浸かってたから、床も全部腐ってたんだからさ。そんでヘドロも取らなくちゃいけない。

うちの場合は八畳間が三つ、六畳間が二つ、部屋が計五つあるわけよ、一階の部屋だけで。だから余計にお金かかった。でも、広い家だから支援金が多く出るってわけでねえのよ。だから、私みたいな家の人はお金、間に合わないのよ。畳直すの一畳一万円。八畳だったら八枚で、そったら八万円でしょう。

うちは大規模半壊だったから、国の支援金は百五十万円って決まっている。

いろいろ資料を取ってあるから全部見せるけれど、ほらほら、こっち、ほら、この紙。震災で支給されたお金が書いてあるわけ。被災者生活再建支援金として百五十万円ってあるけれど、平成二十三、つまり二〇一一年八月十二日に支給されたのが五十万円で、九月二日に百万円。別々に支給された。

どういうわけなんだかわからないけど、いっぺんには銀行に振り込まれなかったのね、結局。二回目が来なきゃ、家も直せねえなと思って、それまで我慢してたわけよ。

そうそうそう。結局、居間の床とか直して、あと壁も全部、壊れたところは修理して。震災前にあった五十万円の貯金まで下ろして、義援金などもあって三百万円で直した。

それでも、大工さんは「佐藤さん、ここまでだよ」って。「これ以上やるなら、さらにお金かかるよ」って言われて……。「何とか出来ないの?」って言ったって、大工さんも仕事だから仕方ない。

あと、お金の足んないところはここだよって言われて残ったのが、台所と風呂場。こっちこっち、ほら、当時のままなわけ。床もベコベコだし、壁のこれ、黒いのはヘドロのカビなのよ。カビ落ちないの。

ほんで台所の床の、保管庫って言うの? 野菜とか入れとくところ。ここ開けるとね、ほら、下が土むき出しで、床板が散らばって全部腐ってるわけよ。台所の床だって部分的に抜けていて……。

つまり震災から十年以上、あの時のまんまなのさ。そのまんまで今も暮らしてるわけ。あちこちの隙間には全部ガムテープしてね。柱が腐って虫がぼんぼん出てきて、テープを貼って虫が来ねえようにしている。

この風呂場の柱も、ほら、こう腐ってんだよ。亀裂が走って、こいつが折れて落ちれば、風呂場の扉も開かなくなる。大工さんも「ここまで穴あいたとこは、取り換えられねえから」って言って。ぎりぎり直して帰っていったという感じでした。

一階の他の部屋もね、ふすまの上の棚の、ほら、あそこまで水が入って色が変わってるわけ。ね、普通より天井高いっちゃ。それでも浸水が届いたわけよ。それで、いったん何日も染み込んだら線が取れねえの、拭いても拭いても。

在宅で被災して苦しんでいる人たちは皆、大変なわけよ。その在宅被災者を支援してくれるのが「チーム王冠」っていう石巻の一般社団法人。そこの伊藤健哉さんという代表が面倒を見てくれたんです。

伊藤さんがいろいろ、事情を聴いてくれて。米や缶詰を持ってきてくれたり、悩みを聞いてくれたり。弁護士にも手続きなどを頼んでもらって。ええ、今でもお世話になっています。

震災からどのくらい過ぎてからかな、被災者がお金足りないのがわかって、自宅を持っている人への支援金として百万円が出たわけ。石巻市だったか、国だったか、行政が補修費を最大百万円助成したんです。あとで弁護士さんが来て、「それ、もらわなかったの?」って。「もらってないよ」って私は言ったの、だって、そんな制度、知らなかったんだから。でも、もらった人はいるのよ。ところが、私はもらってないわけ。

なぜかっていうと、うちは固定資産税を震災後に払ってなかったのよ、お金がないから。そしたら市が、税金を納めていない人には支援金は出しませんよ、と。震災前は税金、遅れないできちんと納めていたんだよね。

震災で壊れた家を直すのにお金がかかるから、結局、固定資産税を納められなかったんだけど、それ、市役所では理由にならないのよ。確かに納税は義務なんだけれど、でも、ないものは払えないっちゃ。うん。「チーム王冠」の伊藤さんや弁護士さんが市に掛け合ってくれたんだよね。その百万円から税金の分を差し引いて、残ったお金で家を修理させてくれって。でも、だめだった。

仕事？　私はもともと船さ乗っていた。マグロ船さ。一年半に一回ずつ帰ってくるわけよ。石巻のマグロ船っていうのは、うんとお金が入ったのよ。ほんで、それを家に送金した。家が貧しかったからね。私は中学を卒業して高校を出ていないんですよ。それでも、マグロ船で冷凍長になったこともあるのよ。船さ乗ってから家を建てて、それから船降りて、石巻の隣、女川町《おながわちょう》の原子力発電所さ勤めたの。

女川原発では溶接とか鉄鋼関係の仕事だね。船を降りてから、溶接やガス関係などいろいろと資格を取ったから。うん。前は一日一万五千円の日当をもらっていた。女川原発は五十五歳で卒業だったから、それまで働いて。表彰されたこともあったんだよね。

でも、震災になってから働けないの。けがした脚が痛くて。うん。そう、生活が大変になっちゃった。震災がなければ、貯金もあったし。でも津波で家がやられて、貯金を下ろして家を直して、そんで税金もたまってしまって……。そういうことなんです。

ああ、ほら、これ、固定資産税の滞納の紙。未納が三回で、合計五万二千三百円。これを払えば、百万円もらえたわけよ。

私ね、年金が二カ月に一回、約十四万円なわけよ。一カ月にすると七万円なの。それで電気料だ、携帯電話の代金だ、何だって払うととっても足りない。「チーム王冠」から米や野菜などを一カ月に一回もらって、何とかやってるんです。

宮城県が震災から三年ほどで被災者の国民健康保険の医療費免除を打ち切っちゃって、石巻市はそれでも、被災者の切実な声から免除を再開したんだよね。それも二〇一八年三月には、免除をやめちゃったのよ。

それじゃ、生活出来るわけない。医療費は生活保護を受ければタダだから、生活保護受けなさいって、弁護士さんからアドバイスされて、それで一八年四月から受けたわけさ。

ところが、二年ちょっと経ったら、介護保険料が千円弱減って、結果、収入が増えたからって、生活保護が取りやめになった。これなのよ。ほら、この書類。「廃止したので通知する。医療扶助」って……。いきなりこの通知が来て、そのあとで生活保護の廃止の知らせが来た。平成三十年三月十六日に「第一号により」ってあって、理由が「介護保険」って書かれてんだ、「介護保険の減額」。

つまり、介護保険が千円ばかり下がったからって、その分だけ楽になったろうから、生活保護取り止めるって。理由がそれなのよ。ほんで弁護士さんさ見せたら、何だ、全然意味わかんねえな、と。介護保険料が減ったから収入が増えたと見なされたわけ。生活に回すお金が増えたでしょうと。

そんでね、今年の六月から年金は六百三十三円下がってんの。ははははは。ひどいでしょう。

うん、震災の時の激しい揺れで棚が吹っ飛んできて、脚をやられたでしょ。けがして私、病院さ行きたかったけれど、石巻の病院はどこもだめだったの。津波でほとんどがやられてるから。それで、石巻専修大に各県から、医者の先生が来ているのを娘に調べてもらって、診てもらったわけよ。レントゲン写真ないから、痛み止めをもらって点滴して、脚の治療はそのぐらいだったわけ。

ところが、頭にガラスが刺さってるって。脚の方ばかりが痛くて気になっていたけれど、一週間、頭にガラスが刺さりっぱなしで放っておいたらしいんですよ。結局、飛んできた棚のガラスが頭に刺さっていたんだね。それを抜いてもらって、三針五カ所を縫った。それで先生から紹介状を書いてもらって、石巻赤十字病院に行ったわけさ。病院に行ったら、駐車場がテントだらけで、患者がたくさん待ってる。待合室ももういっぱいで……。

でも、紹介状を書いてもらっているから、すぐ受けつけてくれて、診てもらったら膝にひびが入っていることがわかったんです。

そういうわけで、二〇一五年以前は歩けなくて、車椅子でした。送り迎えしてもらったりしながら、ずっとリハビリをしていた。だから、働きたくたって働けないのよ。

病院にもずっと通ってるしね。脚のけがで整形外科さ行って、今も十二種類の薬を飲んでるわけ。うん、膝の痛み止めもそうだし、血圧が高いし、肝臓の薬も。その他にも、難聴炎って耳鳴りすんのよ、シーンって音が鳴って。前よりも今は低くなったけどね。病院の先生が言うには、神経からきてんだとさ。

先生からは「佐藤さん、震災のあと、心配事ばかりだから。いいこと考えなさい」って言われました。でも、暮らし大変だし、行政からはいじめを受けているようなもんだからね。

白内障で目を手術したんですよ、右目を。二〇一八年四月に生活保護を受けるようになってから。医療費は免除だって聞いていたけれど、保護眼鏡の代金は払えって、市役所に言われて……。泣く泣く払いましたよ。そして、生活保護も打ち切られてしまって……。

震災の前は、病院さ一回も行ったことない。病気したことないんだもの。あっ、以前、一回だけ、東京の首都高速で後ろから追突されて、車が炎上しちゃったことある。両肘、やけどして皮膚の移植手術など受けて入院したの。その事故の時、助手席に乗っていた娘が亡くなっちゃってね。高校一年生だったのよ。だから、子どもは全部で六人いたの。

震災の時、一緒に暮らしていた息子？　息子は震災のあとすぐ、石巻では仕事ないからって仙台に行ったの。震災の前は石巻で営業マン。会社が津波でだめになって、仙台で仕事してるわけ。ネクタイしてセールスのような仕事は仙台しかねえって言うので。だから今はまったく一人で暮らしています。

もう自分でも諦めてんだ。死ぬまでこのまんまだ。だってどうしようもねえもの。本当は市や行政から支援してほしいけどね。税金を納めて、そしてこんなんになったら、行政は助けてくんねえ。たったいっぺんのことなんだ。震災、大震災が襲ってきたからこういうふうになったんだから。その震災で被災した者を助けるのが、国や市じゃないのかねえ。生活ひどいんだからさ。何もあんた好き勝手にさ、仕事しねえわけじゃねえんだから。

脚けがして、働けるような状態でないし、高齢者にもなったし。そういうのは私ばかりでねえ。石巻でもたくさんいっと思うよ。騒がないから、結局目立たないけど。おらみたく騒いであれすっから、ようやく「在宅被災者」ってのが知られてきたんだもの。

けど、解決まだしてないの。なんにも解決してないわけ。

岩 手

a volunteer

2022年

手塚さや香です。一九七九年の三月三十日生まれです。

私は出身が埼玉なんですけども、大学の頃は自宅から立教に通っていて、はい、池袋に。それで法学部で法律を専攻してまして、刑事訴訟法と少年法というわりとマニアックな分野だったんですけども、その時から新聞記者になりたいなっていう思いと、あとまあ、司法職というか法律にも関心があって。

で、法律の道にという線はそこまではないかなっていうことで、新聞社の方にシフトして就職活動をしました。

そもそも新聞記者への思いは、たぶん中学生くらいからあったと思います。ひとつには文章を書くことが嫌いじゃなかったのに加えて、読書感想文とか弁論コンクールで入賞したこともありまして、書くことがもし仕事になったらいいなっていうのが漠然と。

ああ、あんまり話したことがないんですけど、中高の時とかはノートに小説を書いてました。A4のいわゆる大学ノートにけっこうびっしりと。

その頃は本当に、なんですか、濫読《らんどく》という感じだったので、太宰とかドストエフスキーとかも読みましたけど、今でいうライトノベルみたいなのもけっこう読んでましたし、あと赤川次郎さんとか、ミステリー全般ですね、有栖川有栖さんとか綾辻行人さんとか。綾辻さんはその後、インタビューする機会があったのでご本人にもお話ししたんですけど。

むしろノンフィクションをあんまり読まなかったんですよね。ただ、弁論コンクールみたいな時には、ノンフィクション的な社会的な視点のものを書きました。

それで就職活動で全国の新聞社を受けまして、大手の他にも西日本新聞とか中日新聞とか、河北新報にもエントリーを出したと思います。

そうです、そのなかで毎日新聞が決まって。プロセスはたぶん普通の企業とそんな変わりなくて、一次が筆記試験と作文。千二百字だったかな。それが通ったら二次面接、三次面接、そして最終面接みたいな感じですね。それも東京、大阪、福岡くらい、三カ所でそれぞれの新聞社が一次、二次をやって、最終面接だけ東京でやるとかだったと思いますね。

はい、それから配属ということになるんですが、それがたぶんこのあとの話にもつながってて、岩手の盛岡支局だったんです。一応、第一志望、第二志望を聞かれるには聞かれるんですけど、考慮されたという人は同期にもいなくて、私の場合も仙台と長野と書いたんですけど、盛岡になりました。

長野は母方の出身地で、諏訪なんですね。あ、ああそうなんですか、母は岡谷の方にもいました。

仙台は自分が行ったことのある北限というか、それが宮城県だったのでなんとなく想像がつく範囲で、と。かといって首都圏、都市部で取材してもあんまり意味がないんじゃないかなという気持ちはあったので、地方には行きたかったんですね。

自分が埼玉で生まれ育って、その地域しか知らないというのはまずいなっていう意識は新聞社に入るにあたってあったので、首都圏からは離れたいなと思ってましたし、それが、うん、ここまでその後に影響するとは思ってなかったですけど、結局自分のなかで一番大きかったことになります。

そのまま盛岡支局には四年いたんですけど、だいたい新人の記者って地方に行ったら四、五年いて本社に戻るみたいな仕組みがなんとなくあって。たぶん読売、朝日とかも一緒だと思うんですけど。で、一年目に何やるか、二年目に何やるかというのも大まかには似た感じではあって、一年目はそれこそサツ回りと呼ばれる警察署と裁判所の取材担当です。

それと会社が主催する高校野球。毎日の場合、おもにセンバツですけど、春夏の高校野球の取材と高校ラグビーの取材と、あとはいわゆる町ネタというかほのぼのするような話を拾ってきて、今日はこのくらい紙面が……「甘い」「辛い」っていうんですけど、新聞って情報が少なくて余裕がある時は「甘い」、記事がいっぱいでもう載らないよっていう時は「辛い」っていうんですね。「今日は甘いんで、写真が大きく使えるようなのを拾ってこい」みたいなのが一年目でした。

はい、町ネタを拾うのは楽しかったんですけど、やっぱり警察の取材は、なんていうんですかね、一体私は何のためにこれをやってるんだろうと思うことはけっこう多くて、何の目的で私は朝晩警察官の家を訪ねているのか、みたいなことはけっこう思ってしまいました。

ええ、というか、ひとつには当時の岩手県はすごい平和というか、大きな災害もなかったですし、大きな事件とか事故もなかったんですよ。なので、それこそ「クマが出ました」とか、あったとしても公務員が覚せい剤の取締法違反で捕まったとか、地域面、岩手県版のベタ記事とか、せいぜい二段というくらいの記事になるようなものしか……「しかない」っていうのは平穏で良いことなんですけど、でもそういうなかだと他社の記者に特ダネを書かれるっていっても全国版には載らないような特ダネなんですよね。だとすると、何のために取材をして書いてるのかな……みたいなことは思うことがありました。

はい、二〇〇一年入社なので、二〇〇〇年代です。岩手の牧歌的な日常って感じでしたね。その比較的平穏な四年間の岩手での記者生活で一番強く感じたのは、人間の暮らしの豊かさって何なんだろうな、ということでした。岩手は、東京や埼玉に比べると都会ではなく、すでに人口減少や過疎が進んでいて、廃校になる分校の子どもたちを取材したり、人よりも牛の数が多い町で酪農の取材をしたりもしたんですけど。そういう人たちが貧しくて生活に困っているかというとそんなことはなくて、子どもたちは親だけでなくまわりのお年寄りにもかわいがられて育っていたり、大人たちも自然のなかでたくましく生きている。そういう暮らしを見た時に、都会とここどっちが豊かなんだろうな、と疑問に思って、そういうテーマでコラムを書いたりしましたね。

岩手で感じた都市と地方の関係性というかギャップというか、なんでしょうね、一次産業が盛んな地域の豊かさや力強さと、それに依存している都市の生活者というか、あまりまとまった記事には出来なかったんですけど、そういう漠然としたことはよく考えていました。

それで、私が岩手にいたのは二〇〇五年までなので、震災のだいぶ前なんです。なので、いったん東京の本社に行って、学芸部っていう、それこそ作家さんの取材とか芥川・直木賞とかも取材するような部署に行き、そこに三年いたんですけど、そこから大阪の本社の学芸部に異動になり、そしてついに三月十一日を迎えたという感じです。

そうですね。盛岡にいるなかで事件とか事故がなかったということもありますし、自分自身が法律を勉強してきたとはいえ、そういう事件とか事故を取材したいわけではない、つまり社会部に行きたいんじゃないかもしれないって、一年やっていくぐらいで気づき始めて。一方で興味を持ち始めたのが、盛岡って文化的な町なんですよね、南部鉄器の工房が町のなかにいくつもあったりとか、古い町並みが残っていたりとか。

そういう昔の建物を保存するのか解体するのかみたいな課題が出てきたりとか、やっぱり中心市街地が空洞化してきて、シャッター通りまではいかなかったんですけど、そうなりつつあるみたいな。なのでいわゆる町づくりとか地域づくりみたいな方に関心が向いていって。それもさっき言った暮らしの豊かさというテーマともつながってるかもしれないです。

それが入社二年目、三年目くらいですね。取材していくなかで、それこそ江戸時代の建物、明治時代の建物、いろんなものが重なり合って盛岡という町が出来ているんだなみたいなことをすごい感じるようになって。でも、それだけを取材するような部署は新聞社のなかにはないので、比較的親和性がありそうなところで学芸部という部署に行きたいなと思い始めて、そうしたらたまたま本社に席が空いて、すっと行けたという感じでした。

そして大阪で東日本大震災を見た、というか、見ていなかったというか。そうですね、はい。そうなります。

あの時のことは今もたまに思い出しますけど、原発事故もあったので、あの、新聞社って出来事の大きさによって、社内に鳴るチャイムの音が違うんです。たぶん映画の『クライマーズ・ハイ』のなかでも新聞社の編集部でいくつかのチャイムが流れてたと思うんですが、本当にその通りで、一番重大な、それこそ墜落事故とか原発が爆発したみたいなのだと、カランコロンって鐘みたいな、海外の教会の鐘みたいなのが鳴るんですね。

低い音でガランガランっていうか。もうちょっと小さい小さいニュースだと、ピーコって呼んでたんですけど、昔のファクスみたいな音だったりとか、いくつかのパターンがあるんですけども、号外が出るような一番大きいチャイムがあの時はずっと鳴ってて、しかも共同通信のニュース速報で「宮城県の海岸に二百体の遺体」みたいな情報がひたすら流れてるという感じでした。

で、全容がわからなかったあの日の夜、金曜日の夜の時点では、自分が担当している分野で記事を書くとすれば、文化財の被害はどうなっているのかみたいな視点だったんですけど、徐々にそれどころじゃないっていうのがわかってきて。

ただ一方で新聞社ってけっこう東京、大阪、福岡って別々に作ってるページがあるんですね。大阪本社でどれだけ独自の紙面を作り続けて、どの部分は震災のニュースにするのかっていうのが見えなかったので、とりあえずは、今でも覚えてるんですけど、私、翌日の土曜日は前から予定していた取材に行ったんです。次の週の紙面を作らないといけないかもしれないので。

はい。現代アートの取材だったと思うんですけど。その一方で、歴代の盛岡支局の支局員のメールグループみたいなのがあって、そこに「誰々さんの安否がまだわかってない」とか「誰々は宮古市の市議会議員の取材に行っていたらしい」みたいなのが流れてきていて、自分の知ってる人も被災地でどうなってるかわからない。一方で自分は大阪の紙面を作んなきゃいけないかもしれないから、取材に行かなきゃみたいな状態が何日か続きました。

いや、歴代支局員のメールの方は知ってる人の個人情報しか流れてないという感じでしたね。社内にいるとニュースとしての速報はたくさん入ってくるので、あくまでこっちは関係者の安否という感じで。

　そのうち、まずは社会部を中心に「いつからいつの期間はどこに誰が入って」という緊急時のシフトを組むことになったので、私も所属の部長に、自分はかつて盛岡にいて土地勘もあるので早い段階で行かせて欲しいと相談してたんですけど、やっぱり社会部とか機動力のある方が優先な上に、東京本社が優先なので、たぶん大阪の学芸部から行けるのは早くても六月になるんじゃないかみたいな感じで。そんなに先まで私は行けないのかという気持ちで、悔しかったです。

　やっぱり自分が取材したことのある土地というと岩手県の沿岸部になるので、その沿岸に十くらいの市町村があるんですけど、どこにも行ったことがあったので、やっぱり岩手に入りたいなというのはありました。

　結局六月まで行かれないって思った時に、ちょっとこれは他の方法を考えた方がいいんじゃないかと思って。そこで四月の末、ゴールデンウィークですね。学芸部はわりと休みをとれる部署だったので、その時期に行こうと自分で決めて。盛岡に住んでた時の友人がいるので、その友人に「沿岸に行こうと思う」と相談して、彼女の車で盛岡で合流して行くということにしました。ボランティアで。
　五、六日休みをとったんですけど、二日間は「遠野まごころネット」という団体を通じてのボランティアで入って、それ以外の日は自分が新人だった頃にお世話になった記者、同じ会社の記者が釜石にもいたので、その人に個人的に物資を持っていくみたいな。
　ええ、すごい状況でしたけど、ただまあ、すでにその前日にボランティアバスで陸前高田《りくぜんたかた》に入っていたので、たぶんこの状態が沿岸部でずっと続いてるんだなというのは、想像はつきました。バスでは内陸の遠野市から住田町《すみたちょう》というところを抜けて陸前高田市に入っていったんですけど、ぱっと見なんともない遠野市を出て陸前高田へ入っていって、すると川沿いにいろんなものが打ち上がってるんですね。瓦礫といってしまえば瓦礫なんですけど。そういう場所が少しずつ出てきて、気づくともう色がないんですよね。ほこりというか、土気色というんですかね。

もう一色。あんなに色がない……地面は……瓦礫が流されてきてるのでいろんなものがあるんですけど、本当にその土気色一色になっていて、それに言葉を失って。はい、陸前高田を通り抜けて小学校に行って、そこで瓦礫を撤去するというボランティアをしたんですけど。以前の陸前高田をまったく思い出せないくらい、何もなくなってしまっていて。

四月末でした。もう乾いていて、つまりほこりですよね。他に記憶に残ってるのは、こんなに人がいないのかというか、色がないところにまったく人がいないんですよね。よく考えてみれば、避難所って津波がきてないところに開設してるので当たり前なんですけど……高田って平らな町なので余計そう思ったんでしょうね。みんなどこに行ってしまったんだろうって。

高田市内は滞在出来る状態ではなかったので、遠野に戻って泊まって、翌日は高田のなかでも南側の長部《おさべ》地区というところで冷凍倉庫が流出してしまっていたので、そこから出たサンマとかサケとかを回収するという作業をしました。

徒労感……本当そうですよね。うん。いや、本当にその通りで、サンマを一匹一匹トングでつかむのがめんどくさくなっていって、軍手で蛆虫とかが湧いてるサケとかをつかんで、ネコ車、台車に載せるんです。そうしてる時に、これって重機がきたら一瞬で終わるよなと思うんですけど、道が塞がっていて重機が来られない。福島から岩手までが延々とこんなことなのかっていう無力感というか、本当に途方もないことが起きたんだなと感じました。

最近思い出すのが、十日くらい前に精神科医の中井久夫さんが亡くなったんですけど、私、大阪の学芸部にいたので、震災の直後に中井先生にお話を電話でうかがったんです。その時に中井先生が「ボランティアっていうのは行って必ずしも役に立つか、力になるかどうかはわからない」と。でもそれでも行くということに意味があって、それはやっぱりこれだけの人たちが東北のことを思ってるんだよっていうことが伝わるんだと。その存在に意味があるんだというお話をしてくださって、記事にもまとめたんですけど、それを思い出して、自分が拾えるサンマなんてたかが知れてたわけですけど、それでもいるということに意味があったと思いたいなと。

そうですね。ちょっと高いところにあるお家の方がね、気にして声かけてくれたりとか、そこで長靴を洗わせてもらったりとかね、見てくれてる人はいらっしゃったわけで。でもとにかく事態は途方もないし、人の力には限りがあるとも感じましたね。

その時に、中井先生のお話ともうひとつすごく支えになった話があって、阪神・淡路大震災の十年後くらいに設計事務所を辞めて神戸で防災のNPOを始めた方がいらっしゃるんですけど、その方がご自身、阪神・淡路大震災の時にすぐに現場に行けなかったと。で、私と同じように何週間後だか何カ月後だかに被災地に入ったと。たとえ直後でなく一カ月後だとしても現場にいたっていう経験があるからこそ、のちに防災のNPOを立ち上げて活動するモチベーションになったんだと話してくださって、それを聞いた時に私もやっぱり、何が出来るかわからないけど現場に身を置くことは必要だなと思ったんですね。そのふたつのお話に背中を押されて、まず行ってみようと思って。そうやって現場に行って大阪に帰ってみると、大阪は計画停電とかもしてなかったので、ほとんど従前どおりだったんですよ。そのギャップにはけっこうさいなまれました。

社内を見渡しても、やっぱり関西だと東北とか岩手に行ったことがない人もけっこういるんですよね。一方でたまたま自分の部署の部長が青森の八戸出身だったりとか、隣の部署でわりと親しかった先輩に岩手出身の人がいたりして、そこでは妙な連帯感みたいなのは生まれてたんですけど、それ以外の人たちからは東北ってすごい遠いんだなっていう事実を目の当たりにして。私はこんな平穏無事に暮らしていていいのかなみたいなのはすごい感じましたね。

しかも、新聞社としては被災地へ大量の記者を送り込んでいるので、私が紙面に何かをアウトプットする機会はほとんどなかったと記憶してます。

そこから五月末、いや、六月か。わりと時間が経たないうちに、学芸部でも公式に取材出来そうなテーマを見つけて被災地に入るようにしたので、二カ月に一回くらいは取材かボランティアで行くようになったという感じです。

ええと、例えばたぶん一番最初は、仙台の確か太白区にある朝鮮学校が被災をしてしまって、その学校を支援する活動が関西でも、関西ってやっぱりコリアタウンもあるので、関西からもそういう支援をしてるみたいな話でした。何かしら大阪と結びつけないと取材に行けないので。

そういうふうに話を見つけては宮城に行ったり、私がかつて盛岡にいたことを知ってた人は東京本社の上司とかにもいたので、そういう人に声をかけてもらって取材に行ったり、藤原書店から出た『鎮魂と再生　東日本大震災・東北からの声１００』という、百人に聞き書きする本の話もいただいて岩手で被災した五人の方に取材に行ったり、そんな感じで一カ月おきくらいに出かけましたね。

はい、ボランティアにはそれとはまた別に行ってました。真冬、水道管が凍結した時期とかも行ってましたね。一カ月おきに取材かボランティアのどっちかに出かけていた感じです。大阪が東京ほど忙しくなかったのが幸いでした。

ボランティアに関してはずっと「遠野まごころネット」というところを介して行っていたので、陸前高田と釜石と大槌《おおつち》、そのいずれかの地域です。

やっぱり夏くらいになると仮設住宅が目立ち始めたり、私自身も仮設とかみなし仮設に入ってる方に取材をしたりするようになったのと……今思い出したんですけど、ホームセンターが山田町で開いたんですよね、九月に。その建物に入った時に仮設住宅の規格に合わせたカーテンとか仮設住宅に適応した商品がたくさん並んでいて、仮設とはいえそういう新しい暮らしというか、一応暮らしが、避難所よりはね、よくなってきてるんだなとは思いました。

それで私、もともと大阪の水が合うというか、東京本社よりも大阪本社の方が楽しかったんですね。なので、当初二年いれば会社の制度的には東京に戻れたんですけど、すでに三年目になっていて。その三年目の終わりで東日本大震災があったんですけど、震災の前はそのまま大阪本社にいようかなと思ってたんです。でも震災があって大阪から岩手に行くのは遠いなと痛感して、これは通い続けるにも限度があるなと思って。

なので、ちょうど震災から一年のタイミングでやっぱり東京の本社に戻ると。戻るというか、戻りたいと言って、そうさせてもらいました。それで近くなったので、東京から岩手に通えるという感じになりましたね。

ただ東京は東京で今度は仕事が忙しいので、そうそう行かれないんですよ。それに、紙面のなかで震災に割く割合っていうのもやっぱりだいぶね、減っていって。ええ、一年経った時点ではもう圧倒的にね、記事が減ってましたし、そういうなかで、岩手へ通う頻度は東京に戻ったから上がったというわけではなかったです。

そこから一年半東京にいて、実は会社の転勤で盛岡に戻ったんですよ。自分から手を挙げて。東京から通ってはいましたが、自分が被災地で見聞きしてるものってどこまで本当……本当というと変ですけど、どこまで実態を感じられてるんだろうかとか、話を聞けてるんだろうかみたいなモヤモヤがずっとあったので。

もう一度岩手に住んで、そこで取材をした方がいいのではないかと思ったんです。そうしたら、ちょうどたまたま盛岡支局に欠員が出たという噂を聞いたので、地方の支局を取りまとめている部長に「ちょっとお話があります」と電話をして、異動させて欲しいと言って。

はい、嬉しかったのと、うーん、そうですね。反面、自分が希望した学芸部という部署に行って、当たり前なんですけど、東京に戻りたいといって東京に戻って、それでたった一年半で違う部署へ出るので、けっこう厳しいことも言われたんですよね。

もちろん「がんばってきてね」と言ってくれる人が大半だったんですけど、きついことも当然言われたので、自分が進みたかった学芸部という部署にはもう戻ってこられないのかな、戻れないという選択をするんだなとも思いましたね。でも当時はそれよりも、やっぱりその時の被災地のことっていうのは、当たり前ですけどその時にしかないし、その時行かねばと考えて。

東京にいた一年半で岩手に取材に行くなかで、釜石とか隣町の大槌にけっこう知り合いも出来ていて、そういう方たちともっと密に会ったり話を聞いたり出来るんだなという部分では、どんなものが書けるかはわからないけど、楽しみというと語弊がありますけど、なんか、納得はいくというか。

とはいえ、それでも盛岡から沿岸部までは片道二時間くらいかかるので、引っ越してもそうそう毎日は行けなかったんですけど。今は少し道も新しくなったのでだいぶ近くはなりましたけど、当時はだいぶかかりましたね。

そうやって盛岡にもう一回戻って、新聞社を辞める前の年、二〇一三年のことですけど、当時被災地で何が問題になっていたかというと、工事の人件費とかコンクリートの値段が上がって、建設費がすごく上がって、県とか市町村が復興の工事の入札を出してもどこも落札しないという問題なんですよね。

それで「二〇一五年に完成予定だった災害公営住宅の完成が二年遅れます」とか「このままだと一年遅れます」ということが判明し始めて、私もそれの取材を力を入れてやってたんですけど、何ていうんですかね、これがのちに新聞社を辞める話にもつながるんですけど、取材をしたいとか書きたいと思って岩手に戻ってはきたんだけど、書いたからといって解決しない課題が多すぎるなということに今さらながら気づいたというか。

行政の方も少しでも早くもちろん災害公営住宅を造りたいと思ってるし、一方で建設会社だって金額が合わない工事を請けるわけにいかないということはよくわかって、そういう実態を新聞記事を書いたからどうなるものでもなくて、なんかやっぱりそれはそれで無力感というか、報道の力って限界があるなって。

社会を少しでもいい状態にしたいと思って記事を書いてきたつもりでいたんですけど、そういう課題っていうのはなかなか、世の中の人が知ったから改善されるというわけでもない複雑な課題なんだよなって。

大雑把にいうと、自分が記者として出来ることに限界を感じたというか。新聞自体に限界を感じたわけじゃないんですけど、自分が出来ることに限界を感じたんですかね。

なんか違う立場……もちろん当事者にはなれないんですけど、私は被災したわけではないので、ただ復興に関わる一員というとおこがましいですけど、どうせ微力なのであればもっと直接復興に関われることがしたいなと当時は思いました。

話がちょっと前後しちゃうんですけど、震災後に東京にいた時から、岩手出身者の東京のコミュニティみたいなのがあって、東京にいながらも地元の岩手を応援していこうみたいな人たちともつながることが出来たので、そういう人たちに復興に関わる仕事がしたいという相談はしてました。

びっくりはしてましたね。うん、復興もね、未来永劫続くものではないですし、だから心配してくれる人はいました。でも、自分のなかでもうほぼ方向性は決まっていて、じゃあどこの地域に行くかとか、どういう方法があるかっていうことを考えてる状態でした。

二〇一四年の十月ですね。ちょうど盛岡に異動して一年です。そこで会社を辞めました。「復興に携わる仕事がしたいので」という理由でした。

一昨年度で組織自体も一応終わったんですけど、岩手・宮城・福島の三県で復興支援員という制度を総務省が運用していて、その制度を使って釜石市が釜援隊という組織をつくっていて、そこに加わるという形で働き始めたんですね。

その前にはもちろん、けっこうあちこち復興の仕事の説明会に行ったり、どんな仕事があるのかは調べたんですけど、やっぱり地域の一次産業を再生させないことには再生ってないんじゃないかなっていう思いは、震災後いろいろ取材をしてるなかで感じていて。それで一次産業の復興に関わる仕事を絞り込んで探してたんですけど、最初は岩手県内の別の町で水産業とか漁業の復興に関わる仕事があって、ちょっとそこの自治体ともお話とかしてたんですけど「来月から来てください」みたいな話で、「一カ月以内にはまだ会社を辞められないんです」ということで、ちょっと時期的にマッチングしなくって。

当時って被災地で活動した人がけっこういっぱいいた時期で、今はそんなにいないですけど、なので私たちみたいなそういう人材と、地元の企業とか自治体をマッチングするような仕組みもけっこういろいろあって。そのマッチングをサポートしている会社の人が「釜石市の釜援隊という組織であれば三カ月後くらいに着任するメンバーを募集する予定があるので、興味があれば説明会に来ませんか」と声をかけてくれて、それがちょうど結局私が行くようになった釜石地方森林組合という、山を扱っている組織が津波で被災してしまったので、その組織をお手伝いするという仕事だったんです。

なので当初は三陸で一次産業といえば漁業、というふうに私自身も思っていたんですけど……森林の世界へ行くことになりました。最終的には直感といえば直感なんですけど、ひとつには私自身が釜石と大槌という町に一番取材とかボランティアでも通っていたので、そういう意味でその地域の力になれればいいかなっていう気持ちと……うん、とにかくそれが大きいですね。

林業がどうというよりは、釜石で働けるということが、当時としては大きかったですね。ただ三陸ってご存じのように、海があって、平地があったら今度はいきなり山になるじゃないですか。その意味では、圧倒的な面積の山は無事なんですけど、逆にいうと漁業や水産業がものすごい壊滅的な被害を受けているなかで、森林がほぼそのまま残っているので、その森林という資源で雇用を生み出していきたいというビジョンを持っている組織だったので、そこに惹かれたというのもあります。

それと、結果論なんですけど、森林組合の方が本当に素晴らしい方で、私が生涯会ったなかで一番尊敬してる方でもあるんですけど、そういうご縁もありましたね。ただ採用の時点ではその方は登場してないんですよね。釜援隊の人たちが面接をしているので。なので、本当に縁とタイミングでここだなと思ったところに決まったんですね。

森林組合は、釜石市内の街中にあった事務所が津波で流されて、職員と役員と五名が亡くなったという組織だったので、大きな打撃を受けたんですけど、その私が尊敬している方、高橋幸男さんという方が職場のリーダーとして生き残って、他に生き残った職員たちとやっていこうと決めて。そう考えた時に、さっき私が言った話に戻るんですけど、無事だった山林をちゃんと手入れというか間伐をすることによって地域の雇用も生み出せるし、ちゃんとした産業にしていけるということで、そのためには人材育成が必要だと考えたんですね、高橋さんは。

それを外資系のバークレイズという金融企業があるんですけど、そこにプレゼンをしたところ、スポンサーになりますということになって、さてスポンサーは決まったんだけれども林業の人材育成を回す人がいないということで、高橋さんが釜援隊に相談をして募集して、そこに応募してきたのが私だったというのが大まかな流れです。

ですから私の一義的な役割としては、人材育成事業をちゃんと回していくということで、いわゆる間伐の計画を立てるとか事務をやるっていうのは、母体である森林組合の職員がみんなでちゃんとやっていて、その脇でそれまでは森林組合としてはやっていなかった部分を担っていくという感じでした。

「釜石・大槌バークレイズ林業スクール」という人材育成事業を二〇一五年にスタートさせて、結局全国から百十五人くらいの人が受講してくれたんです。

なかなかそこが理想と現実のギャップみたいなものなんですけど、もともとバークレイズさんがお金を出して始めた時点では釜石・大槌という地域の林業の担い手を増やすということだったんですけど、それは難しかったです。

というのも釜石も大槌も漁業、水産業と製造業の町なので、そこまで林業が主要な産業ではなかった。一方で、徐々に地方創生とか言い始められてて、林業自体に関心をもつ人がけっこう都会でも増えてきて、自伐型林業という動きもあって、なので林業スクール自体にはけっこう全国から受講しにくる人がいて、北海道から広島までだったかな。ですけど、その人たちが釜石・大槌に定着するというよりも、そのノウハウを各地の林業に活かすみたいなことになって。

私自身も最初、これでいいのかなと思う部分があったんですけど、森林組合の高橋さんは驚くほど視野が広い人で、地域の林業をよくしたいというだけではなくて、日本の森をよくしたいと、そういう思いを持っていらっしゃったんです。それと、全然関係ない都内のメーカーに勤めてる人が林業スクールを受講しにくることによって、それまでにはなかったような木材の販路だったりいろいろなヒントなんかをもらえるということで、この林業スクールは結果、とても意味があったんじゃないかと思います。

はい、その釜援隊が二〇二〇年度末までやりましょうと途中で決まったんで、去年まで都合六年半やってたことになりますね。その途中から、私が以前は新聞記者だったということを知っている人から取材の仕事に声をかけてもらうようになって。釜援隊の特徴が、個人事業主として働くというものだったので、一定程度は副業もオッケーだったんですね。なのでそういう取材の仕事もするようになりました。

一方でその頃から地方移住も注目されて、国の政策としても始まった時期だったので、私自身が外から来たということもあって、移住促進の事業、岩手県の事業とかもやり始めたんです、任期中から。その流れもあったので、釜援隊が終わるにあたっても、それまでやってきたことをベースにしながら釜石でやっていけるかなと。

地元の新聞社の方から取材されたり、いろんな人からも聞かれたりして、自分でも、なんでここにいるんだろうってことをたまに考えるんですけど、ひとつ思うのは、例えばなんですけど、岩手から東京に上京したとして、その人って周りの人から「いつまで東京にいるの？」とか「いつ岩手に帰るの？」って言われないですよね、親とか親戚以外から。でも都会から地方に来ると「いつまでいてくれるの？」とか「いつかは帰っちゃうんじゃないの？」みたいに思われる。

確かに私自身も釜石に来て最初の三年くらいって、毎年度末に何十人も復興のために来た人を見送ってきたんです。でもそういう、都会から地方に来た人はいつかは帰るのが前提になってしまうのってやっぱり淋しいというか。地域の目線に立つと、都会から来た人はいつかはいなくなるという固定観念が消えなくて。

特に復興のプロセスがずっとそうだったからというのはあるんですけど、その流れのなかで自分も同じように復興の仕事が終わったからいなくなるということに違和感を感じるんですね。結局はそういう違和感なんです、自分のなかで何かする時の原動力みたいなものは。

あとは、人に恵まれてますよね。それに私程度の経験とかスキルを持ってる人間っていうのは東京とか大阪にはなんぼでもいて、たぶん私なんか埋もれるくらいなんですけど、こういう地域にいるといろんな人が見つけてくれる。

例えば誰かが「ホームページを作りたいんだけど、記事を書いてくれる人が……」と言えば「手塚さんって元新聞記者だったよね」と思い出してくれて声をかけてくれるみたいなことがあるので、その意味では、言い方は悪いですけど、そこまで抜きん出ていなくても声をかけてもらえるということが、人口の少ない地域だとあるんですよね。

それに、これはたぶん人によってだと思うんですけど、どこに行っても知ってる人に会う感じなので、そういうのが嫌でこっち出身で出て行く人もいますけど、逆にそれに支えられて生きていけてる部分が私には大きいです。

うーん、そうですね。被災地であるということと同時に、普通の過疎地域であるということがどんどん顕在化していると感じます。もちろん震災で亡くなった方がいるとか、被災地特有といえる部分と、そうでない部分と、それが日常の暮らしのなかでけっこう入り混じっていて。

となると、本当の問題点は過疎地であることなのに「被災地だから」で終わっちゃうこともあるし、その逆もある。だから手を打ちにくくなりますよね。そこが難しいんです。

その切り分けはこっちにいる自分がやっていくしかないですね。それは釜石だけというか、被災地だけの問題ではなくって。

はい、じゃあずっといられるのかってことですよね？　一方で、うちも親が埼玉にいるんです。だんだん放っておけなくなりますよね。私がこっちに来てから八年ですけど、そうやって自分だけじゃなくてみんなのライフステージが変わってるなってことは、この一年くらい釜石の同世代ともよく話になるんです。

　震災後に中心になって動いてきた団体、地域づくりの団体も、コロナもあったりしてここ一、二年、ちょっと活動が下火になっていて、でもそれは実はコロナだけの話じゃなくて、三十歳だった人は四十歳になり、五十歳だった人は六十歳になっていくと。そうすると、子育てだったり介護だったり、あと会社のなかでの立場とかも変わってきて。

　なので、震災から九年の時期にコロナ禍が始まったことによって、次の世代に引き継ぐタイミングを逸してしまっているという話が、たくさんあるんです。

　しかも、だからというわけじゃないんですけど、この一、二年の地域を見てると、震災からの約十年は、ほぼ何もなくなったところから復興に向けて右肩上がりでしたよね。だけど、ほぼほぼ復興が終わったこの先は一体どうなっちゃうんだろうみたいな、復興の先は何を目指せばいいんだろうってそういうフェーズなんですよね、今ってたぶん。

　ええ、そもそも地域のために活動するって素晴らしいことだし必要なことなんですけど、震災後、時間もお金も余裕がないなかで時間を捻出して復興のためにやってきたと思うんですよ、たぶんみんな。だけど時間が経つなかで、自分自身の暮らしとか家族の暮らしもやっぱり大事にしなきゃねっていう部分もそろそろ出てきているのかなと。こうして時間が流れたからこそ、今はそういうことも考えるし、つまり直面するようになったんですかね。

はい、ありがとうございます。

最後にひとつだけうかがってもいいですか？

すごく脈絡なく話したんですけど、全体を通じて記憶に残ったことって何かありましたか？

……ああ、確かに（笑）。私はふらふらふらっと人を信用して、おかげで痛い目も見てるのかもしれませんん、自覚はありませんが。でもおっしゃる通り、それが逆に力になってるかもしれないです。

そうですよね。ありがとうございます。是非機会があれば釜石の方にも。

はい、楽しみにしています。

宮 城

a folk tale listener

2022年

小野和子です。こんな遠くまでわざわざお越しいただいて。

はい、これまでに民話を語ってもらった人の数ですか。数を数えたことはないけれども、どのくらいなのかしら、ねえチナツちゃん。こちら、『あいたくて　ききたくて　旅にでる』を出版してくれたパンプクエイクスの清水チナツさんです。

そうね、これまでに会って民話を語ってもらった方は、きっと何百人にもなると思います。ただ一回きり会った方の方が圧倒的に多いんですけど、それ以上のお付き合いに入ってしまった人の数も少なくありません。

今度また、チナツちゃんに出していただく二冊目の本は、『忘れられない日本人——民話を語る人たち』と題しています。何百人も民話を聞いた人のなかから十五人の方を……いや、十五人じゃない。そう、八人に絞りましたね。半分です。サバ読んじゃった（笑）。

その人たちのことを書きました。これがまた、お一人お一人、大変な人生なんですよ、その八人。なかにはね、憲兵やっていた人もおられます。小学校しか出てないんですけど、戦争中ですから体力があると上にあがって、それで憲兵になった。この人が憲兵だったのかって信じられないような柔和なおじいさんですけどね。その方の生涯も、そして語ってもらった民話も書きました。ぜひ読んでいただきたいですね。

わたしは、誰に頼まれたわけでもなくて、勝手に歩いていただけなんです。それはとてもいいことだったと思うんですよ。三人子どもがいて、三人目の子どもが歩き出した頃から、休日になると子どもを夫に預けて、今日まで、ずっと歩いてきました。

たまたまね、「みやぎ民話絵本をつくる会」というのが仙台にあったんですよ。わたし、絵本や子どもの文学に関心があって、大学の卒業論文も小川未明という童話作家について書いたんです。それでね、民話絵本と書いてあったから、その「絵本」のところに惹かれて、仲間にしてくださいって言いに行って仲間にしてもらいました。しかし、「民話」について何も知らなかったので「みやぎ民話絵本をつくる会」を出て、民話を語ってくださる方を求めて、その話を聞きに歩こうと考えたの。

ただ、わたし、ほんとに宮城県には知り合いも一人もない。親戚もいないし、友だちもいない。結婚してここに来ましたが、出身ははるか飛騨の高山市なんです。

それで知り合いも何もいないまま、無手勝流で、ただただ歩いたんですよ。あれから年月が経って、今地図を見たら宮城県のなかを、ほとんど隈なく歩いていたことに気づきました。それは一歩足を踏み入れただけの土地も数に入ってるからすこしオーバーよね（笑）。

それでもとにかく、歩き始めてから五十年ほどのうちに、ほとんどの土地に足を入れています。夫の生地である宮城県にしかツテがなかったんですけど、のちに山形県のおばあちゃんだの、岩手県のおばあちゃんだのにもご縁ができて、こうした方たちからも、すごくいい民話をたくさん聞きました。山奥の小さな集落に眠っているたくさんの民話に触れるたび、心がときめきました。驚きました。『遠野物語』みたいなやり方ではないものですから、わたしは、その人の持ってらっしゃるものを全部聞きたいというやり方だったんです。ですから、まわりに迷惑をかけずにはやれない方法だったんですよ。何回も聞きに出かけては話をせがんで、せがんで聞かせてもらったの。

東北の民話をテープに収めて何冊も民話集を編まれた佐々木徳夫先生に、二回くらい一緒に連れていってもらいました。五十年ほど前のことになりますが、先生は大きなテープレコーダーをリュックに背負って行かれました。そして、語り手の話が始まると、パチッとテープを回す。でも、おばあさんが急に自分の子どもの頃のことを思い出して話し始めたりすると、彼はパチッと切っちゃうんです。語りが始まるとまたパチッとつける。わたしはそれがすごく残酷な感じがしたんですよ。けれど、当時のテープは高価だったんですね。それで、わたしはしばらくはテープレコーダーなしで、ただただ手で書いていました。

ですけど、初めて民話を聞かせてもらったおばあさんのところに行った時、それは三回目におばあさんを訪ねた時だったのですが、その時に、わたしの夫が大学にいたので、大学の備品としてあった肩から下げるテープレコーダーを借りていきました。そしたら、今度はそっちの操作の方が気になって気になって、おばあちゃんの話の方に身が入らないの。機械が大丈夫なのかどうか（笑）。便利な機械というものを、どういうふうに考えたらいいかと……それからしばらくは迷いました。ええ、わたしは話が別のところにいっても切らないんですね。だからテープがたくさん要りました。

この間ね、NHKの人がわたしのことをテレビで取り上げてくれました。「こころの時代」という教育テレビの番組でした。その時、ディレクターの方が、わたしのテープの山から、わたしが最初に出会ったおばあさんのテープを見つけてくれたのね。たくさんあるわたしのテープの山から、よく見つけたと思ってびっくりしました。

でもね、それは本当は公開出来ないんです。わたしを信頼して、嫁の悪口も姑の悪口も夜の営みもみんな話してもらっているから、安易に公開出来ないの。わたしが死んだら、これらはみんな処分してねって子どもに言ってあるんですよ。

そういうものだと思うんです。信頼して語ってくださったし、何度も通って関係をつくりながら、こいつはあんまり悪いやつでもなさそうだと思って、わたしに話してくださったんですからね。

ええ、わたしはそういうやり方だったんですよ。それしか出来なかったんです。民話を語ってもらった部分だけをちょん切ってね、切って並べていくというやり方に、わたしはとても耐えられないというか、出来なかったですね、お話があまりにも魅力的で。

いやいや、そんなこと、なにも素晴らしいってわけではないんですよ。そのようにしか出来ない人間っていうのもいるんですよ。わたしは、ただそのやり方を貫いてこつこつやってきたというだけのことです。

聞いてきた話の一部を文集のようにして、せめて何らかの形であとに残そうかなと思った時に、チナツちゃんに出会ったわけですよ。やっぱりね、神様がね、そうさせたというか。そうでなきゃ、わたしは書いた原稿を四十部ほどコピーしてね、友だちや子どもに配って終わるところだったんです。『あいたくて　ききたくて　旅にでる』という、このような立派な本になるとは思ってもいませんでした。

はい？　テープの扱いについてですか、それは家に帰ってきてから基本的には文字に起こします、全部。昔のテープは六十分ですね。百二十分のテープが出来たのはそのあとだから。最初の頃は六十分のテープでしたね。

全部やったとは言えないですけれども、だいたい起こして文字化しましたね。それはやらないとわからないわけですし、本当のこと言うと、わたしは最初は宮城県の言葉がわからなかったんです。特に田舎の方で、相手の方が民話なんか語り始めるとけっこう早口になられるんですよ。岩出山のおばあちゃん方もそうでしょう、ねえチナツちゃんの義理のおばあちゃんだって、興が乗ってくると早口になるでしょう？　そういう時普通の話のように聞けなくてね。はじめの頃は、それで夫に通訳してもらっていました。

そうなんです、古い言葉も出てきますしね。でもね、のちにはわたしの方が夫よりわかるようになる。ほんと、これは威張ってるの（笑）。はじめは説明してもらわないとわからなかったのにね。

耳に慣れないとわからないのね、東北の言葉ってね。しだいに慣れてくると流れのなかで理解出来るようになって、それが嬉しくてね。ほかの人が「わからない」なんて言うと、「わたしはわかったわよ」って威張っていたものです。

そして、文字に起こしたものは共有したいと思って、すごく粗末なものなんだけど資料集という冊子をずっと作ってきたんです。こういうふうなものです、ほら、手書きで。

下手な字よね。昔はね、ワープロもなかったし。ただただガリ版をがりがりがり切ったわけですよ。これは百九十冊目。少なくともここまでには百九十冊あるわけですよ。やっぱ馬鹿じゃないと。賢い人はこんなことやらない、ばかばかしくて（笑）。

嫌になったことですか？　ないですね。やっぱりなにか、変な言い方だけど、導かれたという言い方はおかしいですけれども、話を聞きに行くことがちっとも苦痛じゃなかったのね。聞いた話をガリ版で切っていくことも苦じゃなかった。

そうですね。だからわたしね、最初のうちはすごく間違ったまま冊子にしています。東北弁がわからなくて。今読んでみるとね、昔作った資料集はね、すっごく間違えています。何だっけ、チナツちゃん。ほら、こっちで「とじぇん」って言うのね、退屈なこと。いい言葉でしょう。とぜん、とじぇん。「徒然草」の徒然ね。

けれど、「おれ、とじぇんだから」って言われると何のことかわからないわけですね。暇で退屈してるからってことなのよ。いい言葉でしょう。でもわからないっていうのはつらいことでね。最初はいくら言われてもわからないわけですよね。きょとんとしてると可哀想に思ってね、説明してくださるわけですよね。

でもそうやってお話を聞いた人には、作った資料集の冊子を見せに行かなかったんです。恥ずかしいんですよ、間違いがいっぱいあるから。持っていけないわけです。だからこれはもう「手の内」の資料として、外には出しませんでした。公にしちゃいけないような悪口とかも聞いて、それを書いていますからね。だから内々の資料として会の内部の人にだけは分けますけどもね。

そうですね、「みやぎ民話の会」のなかでこの資料集を作ったのは、わたしが一番多かったです。こんな粗末な手書きのものですけど。わたしが一番聞いて歩いてるから。わたしはね、勤めも何もなかったですから。民話の会の仲間って小学校の先生が多いから勤めがあるわけですね。その頃まだね、週休が日曜だけ。土曜日は学校があったんですよ。だからほんとに日帰りで行くことが出来るのはひと月に一回とか。わたしはしょっちゅう平気で行くけど、みなさん方は勤めをもってたからそれが出来なかったんですね。

多い時はほんとに毎日のように行ってました。そうでなきゃ三週間くらい休む時もありますよ。ただ子どもがいたので、出かけても、日帰りで帰ってこなきゃいけない。それで宮城県が中心になってるんです。行って、その日のうちに帰ってこられる距離のね。

そうなんです。子どもたちがまたいい子で。一番上の娘なんかもね、我慢の子ども時代を送って、いい子になりました。ええ。やっぱりその頃は地場産品とかそんなのがないんですよ。田舎にはなんにもないの。帰りにお土産になにかお菓子買おうと思ってもね。だから、「話」を土産にして帰りました。文字どおり「土産話」です。

でも、何も話が聞けないまま帰ってくることだってあるわけですね。そうすると、「バスを待ってる時、隣におじいさんが来て座ってね。そのおじいさんときたら……」なんて、そんなような話でもない話を聞かせていました。

まあ、無意識のうちにね、そうやって語ったということはとってもいいことでした。子どもというよりもね、わたしにとってよかったと思うんです。

わたしが語り手になるということもね、大事なんですけど、そもそも聞いてきたことをもういっぺん話すと、場面をきちんと復活出来るという利点もあったんでしょうかね。他愛もないわたしの話自体も面白がって聞いてくれました。

例えば、便所ですが、大きな桶に板が二枚わたしてあって、そこへ上っていって、板にこうやってまたがっておしっこするわけです。大便なんかしたら、ドボンと返ってくる。びっくりしますよ、さすがにわたしだって。でもね、そういう話を子どもにしてやるの。するとそこに、なんて言うんでしょう、ひとつの異なる文化みたいなのを子どもは感ずるのね。だから、毎回「今日のトイレはどうだった?」って(笑)。

几帳面なお百姓さんの家に行くとね、トイレに紙を捨てないの。肥料だから。その頃は人糞肥料だから汲んでいくでしょ。紙が混じっていると、困るんですよ。それで、使った紙は別の場所に入れるようになってる。でもね、わたしは習慣で、用を足した紙をついつい下に落とすんです。すると、わたしが落とした紙が白々しく下に落ちてるのね。取るわけにもいかないしね。その光景は今も焼きついてる。紙が混ざると肥料として撒きにくくなるのね。それで分けてあるんです。悪いことしちゃったと思ってね、そこの家の方に謝ったりしたこともありました。

その黄金《こがね》のように輝いていた大便と、そこにポンと落としてしまったわたしの白い紙の姿はね、絵のように脳裏に焼きついていますね。生きている文化の違いが出ちゃったという気がして、もう、ほんとに悲しかった。忘れられないですね。

はい? 飛騨高山にいた時は、民話のことなんかなんにも考えてないですよ。普通の子どもで。飛騨高山のね、真ん中へんにあった家で、商売やってましたので、商人の家ですね。ですから昔話を聞いたことないんですね、わたしね。

ええ。店があって、そうですね。店で働いてる丁稚さんたちも一緒に住んでました。飛騨高山というのは行かれたことがあるんならご存じかもしれないけど、一之町、二之町、三之町って、昔ながらの商人の町が中心に並んでるんですよ。

わたしの家は下二之町《しもにのまち》だったんですけども、この一二三之町の上《かみ》と下《しも》を分ける真ん中に大きい道をつけて、敵の飛行機が爆撃にきた時にみんながそこを通って逃げるようにするというわけで強制家屋疎開がおこなわれました。戦時中の話ですけどね。

家屋疎開というのは、あちこちで中心地の家を、敵の空襲があった時に逃げやすくするために壊したんです。わたしの家はちょうど下二之町の頭に位置していたものですから、その対象になったんですね。

友だちの家や何かがどんどん壊されてなくなっていって、そしてわたしの叔父がフィリピンだったと思いますけども、学徒動員で行って戦死してお骨が帰ってきたんです。祖父が叔父の葬式はこの家から出したいっていうんで、期日の八月十五日もまだ壊していたの、家を。

そしてほとんど壊し終わって、昔の家だから、商人の家ですから土蔵があるわけですね。土蔵が二つ、これ壊すのが大変なの。二階建ての土蔵ですから。これを二つ残して、ほぼ壊し終わった時に、あの天皇の放送を聞いたんですよ。今思うと、父や母や祖父たちはどんな気持ちだっただろうと。そしてその頃はお国のために壊すんですから、何の保障もないんです。一人一升五合の特別配給というお米をもらうだけで、ほかにお金をもらうわけでもなかったというんですね。

みんな先祖伝来の古い家だったんですよ。蔵もね。それは戦争というか国の命令で八月十五日までに壊しなさいということで、みんな壊したんですね。黙ってね。文句も言わず。

ええ、『あいたくて　ききたくて　旅にでる』にも、わたしが聞いた戦争の話がありますね。それも民話だと思うんです。むしろ、わたしが今ぽろっと言ったような話を拾わなければいけないんです、本当にあった話を。それを拾う人が必要なんです。

軍の命令でみんな黙って従ってやったことですから、表に出てこないのね。それに従ったのはたいてい庶民なんですよ。商人とか何とかそういう人だからね。誰かが、家屋疎開のことを調べてくれないかなと思うことはありますね。

黙ってね、家を壊したんですからね。大黒柱なんかを引く時に念仏の声が上がったのをよく覚えています。「なぁむあみだぶつ。なぁむあみだぶつ」って言って柱を引っ張っていったんですよ、縄つけてね。うん。やっぱり家を壊すってそういうことなんですね。別に古くなったからとか虫が食ったからとかじゃなくて、まだ住めるのに壊してるわけですよね。しかもお国のために。

わたし、そういう話を聞きたいと思うんですね。話って突然に出てきたんじゃなくて、やっぱりどこかで連綿とつながりながら、何らかの塊のようにしてときどき吹き出してくる。そういう姿もあると思うんですよね。ですから、そこらへんをほんとに残したくて。

わたしのこういう話が面白いってチナツちゃんに言っていただいたからね。わたしはただ、自作の冊子を四十冊作ってみんなに配ろうと思ってただけのことだったんですけどもね。それを本にまでしていただいてね。売れないだろうなと思って心配してたんです。でも売れたんですよね。びっくりしたの。わたしね、チナツちゃんに損害かけちゃいけないと密かに思ってて（笑）。

ええ、そうだと思います。さあっと書いたんですよ。ただただほんとに、心に浮かんでくること、これだけは書いておきたいと思うことを帳面にいくつか残してあるわけですね。そのなかのいくつかをね、こうやって書いて、みなさんにお目にかけてもいいなと思ったんですよ。

こんなふうに民話を語る底辺の人たち……わたしはこういう言葉を使って注意されたことがあるんですけど、「底辺」という言い方をしたら怒られたんですけどもね。やはり世の底辺を生き続けた人たちの暮らしのありようと、そこから生まれてきている不思議な物語の群れですね、それ全部を書き残したい。普通は民話集ですとね、物語としてきちっと成り立っているのしか入れない。半端な話は残らないんですよね。でも、半端な方が実は多いんです、わたしが聞いた話ではね。だからその半端な切れっ端を集めたい、そういう気持ちがあるんですね。少しずつ書き残していこうと思ってね。

もう自分のことも書いていこうと思ったのが、八十歳の頃ですかね。今が八十八歳です。心境の変化？　そうね、やっぱり年取って先がないから、そろそろ残しておこうと思ったんでしょうね(笑)。可笑しいね。

はい、東日本大震災ですか。

いいえ、山の方ばかりでなく、聞き取りには海の方もよく行ってるんですよ。小さい浜などにね。ですから東日本大震災が起きて真っ先に頭をよぎったのは、あの浜で会った人たちはどうしているだろうかということでした。

ほら、この冊子に出てくる千葉剛さんも雄勝《おがつ》の大浜というところの方ですけども、この方は亡くなったんです、震災の前に。話が飛びますけど、わたし、震災の翌年に、話を頼まれて行ったんですよ、被災地へ。その浜で生きたおばあちゃんの語りについて聞きたいということで。それで、わたしは行って話をしたんです。

その時に「千葉剛の息子です」って方が来てくださって、その朝に獲った牡蠣をこんなに持ってきてくださった。そして、大浜でその息子さんも家を全部流されたって、船も全部。だからもう大浜に住めないから松島の方でこれから住むことにしたって聞きました。そんな大きな集まりでもないのに、息子さんよくわかったなと思うけど、来てくださったんです。

で、もう一人は、岩崎としゑさんっていう、やっぱり女川《おながわ》のおばあちゃんがいたんですね。民話を語ったおばあちゃんが。この方は松谷みよ子さんが本になさったんだけど、松谷さんが女川に来られるたびに、わたしは一緒にくっついていったり、何かというとお世話みたいなこともしていました。

それで、そのおばあちゃんに女の子ばっかり四人いるんだけど、三番目の娘さんだったかな、その方が来てくださったのね。わたしほんとに感激しましたよ。誰も知らないような小さい集まり、雄勝の大浜の脇の方の小さい喫茶店みたいなところでやったものに、お二人が来てくださったのね、わたしに会うためにね。ほんとに驚きましたけどね。

としゑさんの話は松谷さんが本になさっているのがあって、わたしはその時持っていって話したんですよ。この浜の人ですからね。で、そのとしゑさんの娘さんは、家から何から全部流されたというから、わたし、その本を置いてきました。

ええ、わたしが作りました小さい「みやぎ民話の会」という会は、まず話を聞いてくると一回自分の言葉にして出して、さっき言ったみたいに小学校の教師が多かったので、教室で使ってもらえるような形にまでがんばって書いてみる、と。そういう活動をしてきました。

二〇一一年には、津波の話をいっぱいいろんな方がしてくださっているものを集めました。もともと、わたしどもは一九七七年から、聞いてきた話を自分のものにして教室で語りましょう、と。そういう意図で、会報という形で、聞いてきた民話を発表してきたんですよ。それをまとめて、今日までに「みやぎ民話の会叢書」として、十四集まで出しました。

素晴らしい話も多くてね。この民話集ね、もうちょっと説明させていただくと、話をまず聞く。聞いてきた話を文字にしてみる。その文字を広く読んでいただける形にする。ここまでが一つの仕事ね。

その他にね、素晴らしい語り手の方々に実際みんなに触れてほしかったんです。わたしがいくら口で言ってもだめなの。まず民話を語るおばあさんなり、おじいさんなりを見ていただくことが一番なの。それでね、「みやぎ民話の学校」というのを開いて、そのおじいさんおばあさんを呼んできて、話を実際に語ってもらう学校にしたんです。その学校はすごく有名になって、全国から人が集まるようになりましたね。

たいていはね、すぐれた語り手に出会うと、自分だけのものにしてしまう。それで表に出してこないことが多いんです。でも、わたしにはそういう発想がまったくないから、こんな素晴らしい人がいることを一人でも多くの人が知るべきだと思って、語り手を呼んできてそこにずらっと十四人ほども並んでもらったりして、そしてその人たちに語ってもらうんです。一晩泊まり、二晩泊まりでね。

最初、全員に一話ずつ語ってもらうとね、参加した人は「あの人の話をもっと」とか「こっちのおじいさん、もっと」とかって。それで夜もみなさん方にお部屋に分かれて座ってもらって、自分が行きたいお部屋に行って民話を聞くの。そんな画期的なことやってたわけですよ。

それは全国に広がって、むしろ断るのが大変なくらいね、人が集まってきました。みんな語り手に出会う機会がなかったんですね。民話の勉強したり語りをやってる人もそういう人に会ったことがないまま民話に興味を持っている。わたしたちはそういう方に会って聞いてるから出来た「学校」でしたが、ほんとに楽しい学校だったんですよ。

それがほら、ここに「第七回みやぎ民話の学校」って書いてあるけども、七回目を開こうとして準備してる時にあの震災が起きたんです。しかもこれは偶然なんですけども、その時の学校は海辺の語り手を呼びましょうということにしていたんです。山の方の語り手ばかり今までお呼びしてきたから、海辺の語り手を呼びましょうって考えていたわけ。そして何人かの語り手に来ていただくことを決めていました。それはまだ三月のことで、学校は八月開校でしたから、そろそろほかの方にもお願いに行きましょうかという時に震災が起きたんですね。

で、今年は学校を開くのは無理だろうっていうふうになって。でも、わたしはね、こういう時こそ開こうって言ったの。こういう時こそお話を聞きましょうって。もし開くなら静かな山の方にみなさんをお連れして、そこで語ってもらうのがいいという意見もありましたが、そうじゃなくて海のど真ん中で聞きましょうって言って、海のど真ん中のホテルで開いたんですよ、民話の学校を、震災の年の八月に。

そして海辺で被災された、六人だったかしら、チナッちゃん。六人だったね。民話の語り手の方に来ていただいた。津波で奥様を亡くされた方もいるし、お兄さんを亡くされた方もいた。みなさん全員が家を流されてる。床上浸水の方が一人いらしたけど、あとは全部流されたんです。

わたしが頼みに行ったわけですよ。「みなさんの過酷な体験を語ってください」って。三月に被災された人に、四月頃行ってお願いしたんです。行ったって引き受けてもらえないんじゃないかと思ったんですけどね、みんな二つ返事で引き受けてくださいました。わたし、このご恩は忘れられないですね。

ね、すごいでしょう。「やりましょう」って、むしろ被災された方がわたしたちを元気づけてくださって。それで「形あるものはみんな流したけど、気がついたら胸に民話は残ってたよ」って、こういうすごい台詞を言っていただきました。こんな言葉言われてごらんなさい。ほんとうに胸が痛いほどの感動でした。

それで、そういう方々をお招きして、お話を聞くことにしました。やっぱり全国からあっという間に二百人。でもね、二百人以上はわたしどもの小さい会では扱いかねるものですから全部断ったんですけども。南三陸町のホテル観洋という海のそばのホテルを会場にしましてね。あら、小説の舞台になさったの？　あそこを？

当時、あそこにもまだ水が来てなかったんですね。直前まで断水で水が来ないから、案内書には水を自分でペットボトルで用意してくださいって書いたんですけれども、幸いぎりぎりで水が間に合ったんですよ。来たんですよ、水が。そうでなきゃ、トイレだって大変だったんです。

ただ、全国のみなさん、それでもいいと言って申し込んできてくださって。これはやっぱりね、日本人も捨てたもんじゃないと思いましたね。そしてその時の語りは被災された語り手たちの、「あの日」を体験した話なんですが、それらすべてが民話みたいになっていました。

例えば家も畑も全部津波に流されて、息子さんに連れられて東京にいかれた語り手がおられました。すぐ帰っていらしたけどね。東京にいたくないって、マンションからこっちの仮設住宅に帰って来られました。小野トメヨさんです。その方が東京に移ってすぐ、友だちに電話かけるんですって。「わたしの家はどうなりました？」って言うとね、「なんにもありましぇん」って向こうは答えるんですって。「そんなことないでしょう。家もあったし石垣もあったし、門もあったでしょう？」と言うと、また「なんにもありましぇん」。「そんなことないでしょう。大きな柿の木があって、みんなであの柿を食べたでしょう？」「なんにもありましぇん」。そういうふうにね、まるで民話みたいに語られるわけです。わかる？　つらい体験が、みんな語りになって生き返って……。

すごいと思うのね。参加した人たちは泣きながら笑いましたよ。涙こぼしながら、でも笑っちゃうの。

そうなの、なんともいえないおかしみがね。民話を語る人たちのすごい力だと感じましたよ。家屋敷流されて、奥様が流された方もその時の状況を語ってくださいました。途中まで車で奥様と行って、学校の校庭に停まったら、奥様が「車で待っててもいいべ」って言うから「ああ、いい」って言って、奥様を車に置いて自分は教室へ行った。そこへ津波が来て、奥様がその時にこうやってね、こうやって静かに手を振って流されていったって。もうこれはね、涙なくして語れない。でも淡々と言われるの。こうやって手を振ってね、まるで「行ってきます」みたいにして、そして流されていったっていう、その姿を語ってくださるんですよ。

わたしは語る力ってすごいと思います。語りながら自分を浄化しておられるんですよ。ですからね、泣いたり喚いたりしないで、静かに話をなさる。わたしはそこに、人間というものの存在に、一種の尊さが漲《みなぎ》っているのを感じました。

民話を語る人たちってね、無意識のうちにこうやって自分をある意味で客観化して生き抜いておられるんだ、と。語りの力ですね。なんともいえない語りの力をこの時に参加してくださった全員が感じました。

庄司アイさんは、家ごとドーンと流された方でした。部屋のなかにご主人と自分と孫と犬がいて、家ごとコトコトコトコト流されていくんですって。今度、引き潮が来たら助からない、沖の方に流されるって時に、どこかの建物にぶつかって助かったんだって、そのいきさつをね、まるで面白おかしく語られた。ご主人は、テレビをね、買ったばっかりのテレビがあったんで、テレビにご主人はこだわって、テレビばかり押さえてる。そういう様子を話されるわけ。

そうね、なんともいえないユーモアが入っちゃうのね。「わたしはテレビなんかどうでもいいのに、夫は『テレビ！　テレビ！』ってテレビ押さえてる」って。ええ、そこに来てる人を悲しませたくないって。自分が体験したそのことを、みなを笑わせながら語ってくださったんです。みんなに写し鏡のように伝えておきたいっていう思いがよく伝わってきてね。みんな、そうした話に笑いながら泣いたんです。

男の方二人と女の方四人、語り手は六人来ていただいたけど、お一人お一人がそういう話をされる。これはやっぱり民話それ自体の力と無関係でない気がするんですよ、どこかでね。そしてほんとにね、人間ってすごいもんだなと思わせられましたね。

ええ、すごいと言えば、ここで語っていただくことを頼みにうかがった時からそうでした。震災のあと、再会した時、わたしも相手の方もこうやって抱きあったまま、お互いに泣いていて話せないの、しばらくは。ただただ泣いてる。生きてたかっていうことでね。その時、映画監督の濱口竜介さんも傍でその様子を見ておられたの。わたしたちみんなで抱き合って、おいおい泣くものだからびっくりしてね。濱口さんは人と人はこういうふうにつながれるんだってことを、それを見て初めて思ったなんてあとで言ってくださいました。

そんなことないの、人はこうやって簡単につながれるんだとわたしは言ったんでしたけどね。もうね、わたしたち、顔見ただけで、おいおいと声あげて、抱き合って泣いてしまいました。おたがい元気でいたから嬉しくて。

それで民話の学校にね、「来て、そこで話してください」って頼みました。そして、そこに出ていただけることになって。いろんな語り手に来ていただいて、それぞれの部屋でいろんな語りがおこなわれていて。語り手同士もそれぞれが遠方に住んでいらっしゃるから、普段顔を合わせる仲じゃないんですよ。それで、再会を喜び合ったりしてね。あんな素晴らしいことはなかったんです。ただ、もうその方たちみなさん、亡くなりましたけどね。後継ぐ人たちがいないのも現実なんですね。

みんなテレビを見るようになっちゃったから、子どもも孫も。昔の人はそれしかないから一生懸命ね、聞いて覚えて、その楽しさを伝えようと思って語ってきたんですね。

ちょっと本にも書いたけど、「テレビが来たから昔話はぶん投げた」って、惜しげもなく言う方もいて。もう泣きたくなりますけどもね。子どもたちもね、ばあちゃんやじいちゃんの話よりはテレビの方が面白いし、テレビのあとには何かまたいろんなゲームが出てきたでしょう。そういうものをやってた方が面白いわけですよ。

でも、いざ何かに出会った時、語る力はもうなくなってますよね。なくしてると思います。なにか機械に助けられなきゃなにも出来なくなってる。可哀想な気はするけどね。それでも、希望は持ちたいと思います。

せんだいメディアテークの方にチナツちゃんなんかがいてくれたので、「民話ゆうわ座」という民話の大事さというか面白さを伝えるようなイベントをやらせてもらってます。

語り手から話を聞く時ですか？　じっと待ちます、話が出てくるまで。でもたいていは切り上げて帰ってくる。そしてまた行くんですよ（笑）。そうするとね、不思議なんですけど思い出していてくださるのね。「一つ二つ、あれから思い出したよ」とか言ってね。ほら、孫も今は聞かないし、誰も耳を傾けないのに、なんか得体の知れない年配の女が行って、「民話聞かせてください」なんて言えば、怪しまないほうがおかしいですよ。こいつは最後には何か品物を出して売るに違いないと思われてね。「早く売る物出しなさい」と言われたこともあります。

でも売る物さえないという情けなさといいますかね。そういう時「はい」って売る物でもハンカチでも鼻紙でも出せればいいんだけどね、それもないですからね、「売る物はないんですよ」と言うと、やっぱり非常に不思議な顔をされましたね。とても正気の沙汰では出来ないことだったと思いますよ。

でも、みなさんが結局は正気に扱ってくだすって、わたしは感謝しています。わたしのようなおかしな人間が行って、ときにはうるさいくらいああだこうだ言ったりしても許してくださったんですよ。それをわたしは忘れられない、ほんとに。

わたしは飛び込みですので。言葉も違うし、いくら東北弁を真似して使おうと思っても出来ないんですよね、やっぱりね。ですから普通の言葉で話すから、さっきも言ったけど不思議な顔をよくされました。でもね、最終的には信頼されましたよ。そうですよ、ほんとにね。それは、感謝してもしきれないことなんですよ。得体の知れない顔がある時玄関から入ってきたらパシンと戸を閉めますよ。でもそうしないで、ときには家に上げていただいてごはんまでご馳走になったりしながらね、話まで聞かせてもらってきた。そういう人の情けというものは、やっぱり忘れられないですね。それに支えられて歩いて来たのだといえます。

ああ、そうです。そうです。それはそうですね。「うん、うん」って聞く人がいないと成り立たないところもあるんですよ、民話はね。語る人だってね、ちゃんと聞く人を見てるんですよ。いい調子で「うん、うん」って言ってるか、えらくびっくりして「うん、うん」って言ってるかわかるわけですね。

田舎の方は素朴だけども、人を見る目は鋭いところがあってね。だからこっちが裸で「もう何も知りません。お手上げでここに立ってます。どうか何とかしてください」みたいな姿でね、ぶつかっていくよりしょうがないんですよ。そうやっていくとね、とりとめのない話から何からしてくだすってね。その話がわたしには面白かったということですよね。

あ、実はね、わたしは今、二人の語り手に注目してるんですよ。自分が年取った時の仕事に取っておいたんですけど、宮城県内じゃなくて、一人は山形の新庄の方、そして、もう一人は奥会津の方です。このお二人はわたしより若い語り手です。それまではわたしより年寄りの人ばっかりでした。わたしは自分の晩年にこの若い二人を……その人たちがね、わたしのことすごく信頼してくれるものだから、それで年取ったら聞きに行くからと言っていたんです。

すでに奥会津の方の語り手、七重ちゃんからはだいぶ聞いたんですよ。全部ではないけどね。この頃はチナツちゃんにも一緒に行ってもらってるんです。わたし一人だとやっぱりこんなばあさんになってますしね。山形の新庄の豊ちゃん。豊ちゃんもすごい語り手です。

豊ちゃんは十七年生まれだから、いくつですか？　昭和十七年生まれだから、わたしよりは下。八十歳ですね。奥会津の七重ちゃんは昭和二十年生まれ。覚えやすいの、終戦の年だから。とにかく二人とも若いし元気だから、わたしはね、この人たちは自分が晩年に足腰立たなくなったら聞きに行こうって考えてたの。それで近頃、チナツちゃんなんかも誘って一緒に泊まりがけで行ったりしています。

それがもう聞ききれないくらい、まだまだ話があるんですよ。すごいです。ほんとにすごいことなんですよ、これは。

わたし、この二人の語りを、出来れば心ある人たちに教えていきたいわけね。とてもおかしいけど、むしろね、チナツちゃんとかね、こういう民話に関係なかった人たちの方がパッと殻を破って相手の心に入ってくれてね。

ええ、相槌は打ってますね。子どもみたいにね、語り手の方を前にして話を聞いてる時に誰より一番わくわくしてね。何度も聞いてるから知ってるはずのお話も、やっぱり初めて聞くような感じになって。民話採訪者になるとかいうんじゃなくて、たぶんそれぞれ自分なりの方法で人と向きあうことなんです。

そうですね。今度またチナツちゃんにお願いして出していただく本は、わたしが聞いてきた語り手のなかの素晴らしい方たちを選んで、女の方四人と男の方四人とね、その方々のことを書きました。

またすごいんですよ、こういう人たちが。たいてい小学校卒業の方なんです、出てる学校が。でもね、この人たちが持ってるものこそが「文化」なのだと思います。誰にも気づかれない文化といったらいいかしらね。それを持って慎ましく暮らしてらっしゃることにわたしは強く心打たれますね。

写真あるけど、例えばほらこの本の表紙になってる方ね。このおばあちゃんの顔見るだけでも価値がある。だから、わたしね、「おばあちゃん見に行こう」ってみんな連れて行ったものです。民話に興味がない人も連れてった。自分の子どもも連れて行ったら、子どもたちは何しに山奥の集落に連れてこられたのか、わけがわからない（笑）。

山形の飯豊山の麓の、戸数十四戸の村で生まれ、そこで育ち、嫁にいって、子を産み、そして死んでいったおばあちゃんですけどね。この人がこんなに豊かな物語の文化を持っている、そのことを誰かが知らなくちゃならないと思うと焦ってしまうの。せめて、その物語を書き残したいと思ってやってきました。

はい、聞き取りを始める前？　わたしは翻訳をやらせてもらってたの。評論社っていう出版社の仕事をさせてもらっていました。英語ですね。そんな関係があって、わたしは評論社にこのおばあさんが話す民話の原稿を持ち込んだの。これは日本の宝で、誰かが本にしなきゃいけないって。でもね、翻訳書が専門の評論社ですから、わたしが持ち込んだ山形のおばあちゃんの語った民話の本は「出せない」と断られました。その後、千三百部を買い取りという条件をのんで、出してもらいました。でね、その本を、うちの玄関に積んでね、毎日あちこちに持って行って売ってたんですよ。

どこに行くにも背負っていって売ってたの。その頃、わたしに民話の話をしてくれって頼まれることもあって、どこへ行くにも本を背負って行きました。表紙の写真いいでしょう。友人の写真家小野成視さんに撮ってもらいました。この上なくいい写真でしょう。

このおばあちゃんに会わせたかった、あなたたちにも見てるだけでいいから、見せたかった。わたしは友だちに「見るだけでいいから行こう」って端から誘って連れていきましたよ。この方が訥々と語るの。それはそれはいい語りなの。

こういう宝がね、日本のあちこちにあったんですよ。誰も気がつかないままにね。おばあちゃんだって、わたしが知らなきゃこのまま死んじゃって、本も何もない。そういう人たちが無数にいたということをわたしたちは認識すべきだと思う。その土台があるから、やっとこさ今立ってるんですよ、この国は。ほんとの話。偉そうなこと、わたしも言ってるけども。

こういう人がすべていなくなっちゃったら、どうするのって思います。そこに目をつける人があまりにも少ない。口承文芸の学者なんかは話だけもらっちゃうと、この方たちの暮らしがどうかなんてあまり考えないわけですよね。わたしはそのことをね、ほんと、声を大にして抗議したい気持ちです。だからこのばあちゃんもこうやってね、本にさせてもらって、みんなに知ってもらいたかったの。それで、とにかく千三百冊買い取っても世に出したかったのね。

家族は呆れてました。でもね、わたしの子どもたち、三人とも立派に育ったんですよ。「どうやって子ども育てたの？」って言われると、「蹴飛ばし蹴飛ばし育ててきたのよ」って言うんですよ。ほんとに子どもたちは被害者なんですよ。でも、それなりにとにかくね、人並みのことやってるからいいと思っています。

子どもたちは邪魔しなかったし、それどころか協力してくれた。夫がまたね、誰よりわたしの味方で、夫が協力してくれないと何も出来なかったと思います。夫がわたしを愛してくれたということと、そして、わたしがやることを、わたし以上に理解していたということ、やっぱり夫の協力がないと出来ないことでしたね。

そう、そういうことです。そうです、そうです。うん、うん。わたしはね、ひとりぼっちで民話を聞いて歩いていたんじゃないと思います。子どもも三人もいたし、夫もいた。みんなで話を聞いていたんだと思います。

それが素晴らしいかどうかは別問題で、このようにしか出来なかったの。人にね、こんな迷惑かけながら生きてきたわけですよ。

ああ、次の本の話だったわね。チナツちゃん、タイトルは終戦直後に出た宮本常一さんの名著『忘れられた日本人』をもじったわけじゃないんです。こういう日本人がいるんだ、いたんだと、わたしはそのことが書きたかったのです。

ええ、よく「宮城県ってなんでこんなにたくさん民話があるんですか」と訊かれるんですけど、民話が多くあるんじゃなくて聞き手がいたということなんです。それは本当に今でもそう思います。聞く人がいて聞きに行けば、今でも聞けるんですよ。

わたしはこんなよたよたですけど、先月も石巻の漁師さんのところへ話を聞きにいきましたよ。チナツちゃんも一緒にね。

昔は、わたしもしょっちゅう車で村の奥まで入っていったものです。わたし、五十三歳で免許取りましたから（笑）。その頃から、村々に自家用車が増えて、村のバスの本数が減っていったの。当時はまだナビもないから、地図見ながらです。わたし、土地の人間じゃないから、わからなくてね、前の日に一度練習してから行きました。次の日に備えてね、やっぱり練習しないと間違うし、人なんか乗せると危険でしょう。一人でひっくり返ってる分にはかまわないですけどね。

はい？　子どもの頃ですか？　わたし、ものを書く人になりたかったような気はするんです。でもうちは商人の家で読む本があんまりなかったから、『主婦の友』とか何とか、小学生なのにそういう大人の婦人雑誌読んだりしてね。本格的に子どもの文学なんて読んだのは大学に入ってからだから、おかしいでしょう。大人になってから大人の本じゃなくて子どもの本読んでたの、みんなに笑われて。

それが結局、やむにやまれない気持ちで、今度は語られる民話を聞き歩くことになって、長い年月が経ってしまいました。

今も残しておきたい人のことを一生懸命に聞いて、書いてね。そうやって生きています。

せっかくいらしていただいたのに、なんかとりとめのない話で、ごめんなさいね。

福 島

a folklorist

2023年

はい、川島秀一と申します。ようこそいらっしゃいました。

現在は東北大学の災害科学国際研究所というところの所属です。シニア研究員っていうんですけど、とはいえまあ用事のある時にしか行ってません。

いつからシニア研究員かというと、前の仕事を退職してすぐだから……、こっちに移って来た時と同じです。二〇一八年の四月かな。

ええ、宮城からこの新地《しんち》というところへ来ましてね。宮城寄りの福島です。で、東北大学では五年間教授をしていました。災害文化という看板を一応立てられて、そこで研究を続けて。研究所が立ち上がって文系が欲しいということでね、民俗学で災害を考えるというような感じで話があって。

それで、もう七十歳になりました。ですから新地には六十五歳で移ったんですね。

その前、つまり東北大学の前は神奈川大学に一年間いました。日本常民文化研究所というところです。そこに一年いて、さらにその前が気仙沼市のリアス・アーク美術館。副館長でした。そこで私は被災してるわけです。

生まれは気仙沼市ですね。学生時代はちょっとそこを離れましたけど。

東京の法政大学に行ってたんです。大学を出て、東北大学の図書館に非常勤の司書で勤めましてね。だから約十年くらい気仙沼を離れています。

その気仙沼で市史編纂室が始まったのが一九八〇年でして、その時臨時職員で入って、二年して正職員になったという感じです。そのまま市史編纂室には十八年いました。その後、市立図書館に七年、リアス・アーク美術館が七年です。

はい、一応ね、民俗学ということで市史には関わってきました。学生時代からそんなにはっきりした志みたいなのはなかったんですけど、そちらの方が、まあ、好きだったというか、外を出歩いてるのが楽しいというだけのもんで。

気仙沼の市史編纂室では、もう司書という肩書きではないんですよね。図書館ではないから。どちらかというと古文書の解読です。たまたま東北大の図書館で、近世文書の解読をする講義を受けていましてね、当時の仕事してるよりはいいかなという程度で、毎週受けてたんです。それが気仙沼市史の方で誰か文書を読める人はいないかということで募集があって、私の故郷だから、そういうこともあって採用されたんじゃないですかね。

その文書というのがね、もうミミズのような崩し字の、はい、近世文書ですね。地方《じかた》文書と言いますが、江戸時代の行政の記録ですね。そういうのを読みながら、合間に民俗の調査みたいなのもちょっとやっていました。

ええ、その当時はけっこう資料が残ってました。だから面倒くさい仕事でしたね(笑)。津波でなくなった資料も、もちろんあります。いっぱいではないけどね。だいたいコピーで収集してたから、内容自体はわかるわけです。

例えばひとつは、あの、小々汐《こごしお》というところの、日本常民文化研究所が現地から持っていった古文書です。ちなみに、それを九四年に網野善彦先生が返しに来たんですが、その仲介役をとりました。

でも返してもらったおかげで津波で流されたんですよね。原本をね。

まあ、昔の研究者たちって地域から資料を持っていくとなかなか返さないんですよ、デジカメとか当時はないから。それがたまたま借用書がね、残ってて、小々汐の尾形家に。で、なんとか返してもらいたいと言ってたので、乗り込んでいったんです（笑）。尾形家は昔の網元といいますかね。イワシ網漁を経営していた古い家です。

で、まあ、何年かかかったけれども、すべて戻ってきた。でもそれが八割は流された。ですから少し悔やまれたんですよ、本心はね。だけども、とにかく持ち主に返した時の、主人の喜んでた顔がね、それが一番だったから、それはそれでしょうがないことじゃないかと言われて。

尾形家では、返ってきた文書のために石蔵を建てて、そこに保存してたんですよ。けども、もう石蔵もろとも、です。そういうことがね、ちょっとね、まだ少しは後悔してます、やっぱりね。

私自身はもともとそこから車で十分か十五分くらいの距離のね、尾形家が本家である第一別家のおじいさんのとこに通ってたんです。それで昔の漁のことをあれこれ聞いていました。その縁で本家の借用書みたいなものが見つかったと聞いていたんでね。行李籠で何籠も持っていかれたという話があったので、それでは尋ねてみますかということだったんです。江戸時代のね、イワシ網のことが書いてありました。その文書にはね。

私ですか？　家を流されましたね。仕事場の美術館が高台だったから、自分は無事でしたけど。

震災の日はリアス・アーク美術館にいました。だからそっちのお客さんを無事に帰すことしか頭になかったですね。当時、一生懸命でね。

津波が来ているということはわかってました。それで、屋上まで行って、見ようとしました。六メートルくらいって言ってたかな、防災無線で。だからちょっと大変なことにはなるなと思ってました。

細かい記憶はないけど、とにかく屋上で津波がどういう状況か見たいと思ってたら、町中から砂煙がどんどん立ち上がって、もうだめだなと思いましたね。

広い範囲で次から次へ、海の方からどんどん一つ一つ煙が上がっていくんですね、土煙がね。仕事場は高台ですけど、私の自宅は魚町《さかなまち》だから、少し埋め立ててしてあって、海からは百メートルか離れてるけど、昔なら本当にすぐ海です。だからチリ地震津波の時は高いとこへ逃げてるんですね。小学校二年生の時でした。一九六〇年ですね。ランドセル背負って屋根から逃げた覚えがあります。

昔はちょうど裏山と接してたのかな、上の道路に。我々が住んでたのはちくわ工場の跡地でした。コールタールの屋根から藪を越えて、弟と逃げた覚えがあるんです。そのイメージがあるから、津波の水が屋内に入っても一階の大人の背くらいかなと思ったんですよ。チリ地震の時そうだったから。でも今回は家ごとなくなったからね。

母親一人が家に残っていました。その母親も一年ちょっと過ぎてから見つかって。

ああ、DNA鑑定でわかったのが一年という意味です。あの年、六月にはもう申し込んでおいて、それで半年以上かかった。

で、私の方は震災後、職場に泊まっていました。幸いに職場が残ってたし、車が残ってたということで。すごくね、不幸中の幸いで。だから、そこに一カ月くらい泊まってたのかな。もう行くとこないですからね。それから仕事もしなくちゃいけない、ある程度ね。ああいう時でもいろんな仕事が入ってきました。例えば、支援物資の倉庫がわりを担わされてね。美術館は安全な場所に建ってますから。

最初はね、美術館を避難所にする計画が持ち上がったりしたんですが、そうするには狭すぎるので、うちの学芸員たちができないと言ったんです。ただ倉庫はあるから、物資は保管してくれないかということになって、それは引き受けましたね。ただその物資の届き方がね、深夜の二時とか。受け渡しは立ち会わなきゃいけないから。対応が大変でしたね。

それと、教育長からこの状況を写真に撮っておけという命令が出たので、学芸員二、三人で一緒に外回りをしましたね。被災の状況を残しておかねば、と。

ええ。まあ、通称「瓦礫」と呼ばれているものですよね。それを撮り歩いてというか、もうあの時でないと写真は撮れないなと思ったんです、自分のなかでもね。あとは更地になるだけだから。だから、範囲が南三陸町までだったけれども、くわしく写真を撮りに行きましたね。

それにいろいろと被災物も拾って持ってきたんですね。写真も被災物も今、リアス・アーク美術館で展示してあります。説明も加えて。

説明というか、客観的な情報ではないんだけどね。現リアス・アーク美術館館長の山内宏泰学芸員の、主観的な思いで書いてあるんだけれども、訴える力がありますよね。

はい。私も撮って歩きましたよ。それしかできなかったからね、美術館を開くわけにいかないし。

それから津波のすぐあとはレスキューをしましたね。それこそ尾形家は百メートルくらい動いてとどまってた。電信柱に引っかかって止まったんで、そこの家に入り込んであれこれの生活用具のレスキューをしましたね。

ええ、気仙沼湾はね、あの日、燃えたんです。燃料タンクが壊れて、湾内に油が流れて、それに火がついて。ほんとに火の海ですよね、あれは。ときどき爆発もしました。

私は家に行こうとしてそれで諦めたんです。どんどん火の粉が飛んでくるような気がしたから。それで家の跡には翌朝行きました。流されてましたけどね。

なので、私自身はリアス・アーク美術館には一カ月くらいいて、あとはアパート、みなし仮設というのかな、それを無料で借りられるから、アパートを探してですね、借りましたね。アパートは夕方、残った町を歩いて、電気がついてないところを探したんですよ。つまり、そこは空いてるなと思ったから。

よくあの時期に見つかったと思いますね。空いてるアパートなんてね。

それで四月頭には入ったかな、そこに。

着の身着のままです。何も持ってなかったから。全部流されたわけですから。

翌日に自宅を見に行った時も、門がひとつ、ぶらぶらしてて、あとは敷地がわかる程度。間仕切りというかね、あれがわかる程度の石が残ってて。

唯一、鉛筆削り器を見つけたかな。鉛筆カスが入ってたから重かったんでしょうね。流されずにあったので拾ってきた覚えがある。本とか資料とかね、全部なくなったこともショックでしたね。

なかでも一番はカセットテープかな。聞き取りをしてきた記録ですね。お茶箱にね、入れてたんですよ。大きめのお茶箱三箱くらいかな。びっしり。

三十年くらいかかった聞き取りの記録ですからね。火にも水にも強いと言われたからお茶屋さんからお茶箱買ってきて入れてたのが、すっかり全部なかったですね。

ただノートはね、一応心配だからコピーは作ってました。それは職場に。職場で使うノートだったし、個人的な日記とかなんとかではないんでね。それは残ったんです。それからネガフィルムが残った。たぶん、そういうことが来るかなとは心のどこかにあったんだね。ただテープだけはね、重いから、お茶箱を職場に持っていくわけにはいかないから、家に置いてあって。それが流されてしまった。

はい。私は新しい部屋から美術館に通いながら、記録の写真を撮ったり、レスキューしたりしていて、その年の暮れ頃かな、神奈川大学から書類出してくれないかということで。日本常民文化研究所の特任教授です、名称は。そこに勤めてみないかということで。そうですね。神奈川大学は七十歳まで勤められるから。

私は定年二年前くらいだったんですよね、震災の時。それで、翌二〇一二年の三月で退職したんです。一年少し残してね。退職金は減らされますが、まあでも、やっぱり心機一転したいというのがありました。

ただおふくろが出てこなかったから、それだけが心に引っかかっていた。けれども、ちょうど神奈川大学に勤めるためのアパートを決めて、不動産屋でハンコを押そうとする時に電話がかかってきました。おふくろが見つかったっていう。宮城県警からでした。それで、ああこれはと思いました。

新しいところに行けと言われたというか、背中を押されるような、そんな感じがしました。それまではね、まだ母親が出てきていないところを去っていいのかというのが、一番気になってたところだったから。それで一年間、私は神奈川大学に定年までいるつもりで行ったんですけどね、一年すると今度は東北大からまた受けてみろって。新しい研究所を作るから、書類出してくれって。

私はどっちでもよかったんです（笑）。災害科学に特化してしまうのも嫌だなと思ったし。自分はあくまで民俗学だから、とか。ただやっぱり教授だから、特任ではないから、身分も安定しますしね、給与の面でもよかったんで。とにかく書類だけ出しちゃえ、落ちたら落ちたでいいやと思ってたら受かって。で、東北大学のある宮城に戻って。

ですから、引っ越しの三年間でした（笑）。毎年引っ越ししてたような。引っ越し貧乏もいいところです。そんなこんなで五年勤めて退職で、ついに福島の、こっちに来たという感じですね。

結局この新地に来たのは、私もいまだに不思議なんですけどね。

安くて済む大学の宿舎は追い出されるわけだから、次の場所を探してはいたんです。すると、ここに一軒家があるって、残ってるって、災害公営住宅で。私は罹災証明書を持ってるから安く借りられるんですよ。当初は三万円くらいだったかな。

その制度は県を跨いでも大丈夫でした。だから宮城に一番近い福島の新地に来ることになりました。ありがたかった。

しかもここに来たらね、たぶん福島だけの制度かな、五年間くらいね、病院無料でした。だから漁師さんたちにね、とにかく悪いとこあったら病院に行けって言われて（笑）、全部検査してもらって。最近まで病院は無料でしたね。

私はあちこち転々としながらも、ずっと海と人との関わりの民俗研究みたいなのをやってきたんですけど、そこで震災があり、津波があって、研究者として何ができるかと思った時に、当初はね、なんというか、心が挫けたというか、若い時は三陸沿岸をベースにしてまわって研究してたのに、津波となるとそこで一人の命さえ助けることができなかったんだなっていうのは、非常にショックでしたね。私は自分の母親さえも助けることができなかったのですから。

で、もうひとつは、今思うと非常にぞんざいな考え方でしたが、もうここで研究はできないなと思いました。人もいなくなり、古文書も流され、集落自体がなくなって、ここで歴史とか民俗学とかできるかなと。それでちょっともう無理だなと考えました。

ただある時、初めて瓦礫だけでなく、そこに人間が関わる風景を見た時に、ああまだここでやれると思った。

人が関わるっていうのは、要するに、その、海に向けてね、海に向かってちょっと板切れみたいなものが残ってたところに、お茶とお菓子が供えられてありました。で、たぶんこれは海で亡くなった人にわざわざここに来て供えていったんだなって、そう思った時に、人が関わる風景がある以上はまだ自分はやることがあるだろうなって思ったんですよ。そこで、なんかこう、自分は杖を拾ったような感じで立ち上がった気がしました。

あと岩手県大船渡市の綾里《りょうり》に行った時にね、防潮堤が、今回は津波がそれを越えてきたんだけれども、その入口にね、貼り紙があって、集落はほとんど流されたんですけどもね、「なんとかがんばっぺ」という貼り紙がしてあって、それが綾里というところの集落だけど、田浜契約会っていう人たちが貼ったんですね、集落の入口に。全戸が入るような契約講、古くからの組織なんだけど。

それを見た時もね、集落は目の前からなくなっても、社会は存在してるなと思った。

はい、田浜です。綾里の。大船渡市三陸町ですね。あそこにも友だちがいたからね、心配だから行った時に、それを見て、今も自分は仕事ができるんじゃないかって思ったんです。

それから、あとは宮城県が主なんだけど、復興計画が出されてくるわけですよ、五月から六月頃でしたか。それが全部ハード中心で、例えば漁港の集約化とか言い始めるんですよ。全部大きい漁港に集中しようとする。以前の生活のことを全然考えてないでハード中心でやってるなと思った時に、震災前の三陸知ってるのは俺だけだなと思ったんです。きちんとメッセージをしなければだめだろうという気になって、なんとかこう、やる気を起こしたというかね、がんばろうと思ったというのが正直なところかな。

研究者として何かできるんじゃないかというか、むしろ言わなくちゃいけないと思った。民俗学で関わってた以上は「違いますよ」って、「こういう方法だけではないですよ」ということを言わなくちゃいけないいって、その時ね。

そうです。以前の生活を知らないで「安全」という観点だけでいろんなものを建ててしまえば、前の生活通りにはならないでしょう、それは。当たり前の話なんだけどね。それが一番奮い立たせたかもしれない。

役所は相手にせず、いろんなところに自分の考え方を書きました。私たちは要するに、目に見えないところをやってきた。それが民俗学でしょう。精神性とかね。だからここでがんばらなければ、今までやってきたことが無駄になると思ったのかもしれませんね。

ええ、私はかつて「オカミサン」っていうね、シャーマンのこともずっと調べていました。実際のオカミサンはもうほとんどいなくなっている状況で、もしこれが震災の十年くらい前だったらば、たくさんの生き残った人が尋ね人みたいにして話を聞きに来てたんだろうなと思いました。そして、それができなくなったからだと思うんだけれども、普通の人が幽霊を見た話をするようになったでしょう。出会ったとか。

それはたぶん、宗教的職能者みたいな方がいなくなったから、自分に憑依するしかなかったんじゃないかと思ったんです。そういう現象が確かに起こった。

あとは死生観、いや生死観ですかね、それに関しては、三陸の昭和八年の津波とか明治二十九年の津波、そういう歴史があるわけなんです。例えば三陸町の話ですけどもね。ええ、南三陸町ではなくて大船渡市の。あのへんの町史なんか見ますとですね、「イワシで殺され、イカで生かされる」とか言われていたといいます。

どういうことかというと、明治の津波も昭和の津波も、津波が来る前はイワシの大漁だったと、その津波のあとはイカが大漁だったということが書いてあって、そういう文書を見た時に、大漁になって、海が人に大漁を与えて、今度は逆に津波で人間の命が海に奪われて、また海によって命を長らえているような、そういう繰り返しがあるのかもしれないと思うようになったんですね。

だから宮古の仮設住宅にいたおばあさんが、昭和の津波とチリ地震と今回と三回体験してる人なんですが、いろいろ話してるうちに、自分も津波の後にイカの大漁で手伝いに行ったという話をしてて、「海は人を殺しもするが生かしもする」と言った言葉がね、まあ、なんていうか、生死観みたいなものをよく表してるんじゃないかなと思った。そういうことでまたね、津波ということも組み込んだ形で、自分は海と人間の関わりを見ようとしてきたかもしれないですね。

うん。だから彼らは離れないわけです、海から。津波になったからってね。ある意味、海を信頼してるということですよね。

そういう意味では、あんな大きい防潮堤というのはやっぱり全然……要らないですよね。海と人間の関係で考えればね。

防潮堤はその関係を断つし、実際に海を見ながら逃げることができたという人はいたからね。逆に防潮堤があって逃げなかったから被害に遭ったという人もいる。要するに防潮堤を建てようが建てまいが同じだったんじゃないかなと思うんです、被害者の数は。人間ってそのくらいしかできないんだなと。

ああ、はい、今は漁師の手伝いで暮らしてます。自分が判断して魚を獲ってるわけじゃないから、あくまで手伝いですね。

二〇一八年四月からです。住居を見つけてくれたのが漁師さんで、引っ越す準備をしてる間に「乗り子にならないか」と言われたんです。乗り子というのは乗組員なんですけど。なんか当てにしてた人がだめになったみたいなんですね。それで急遽ね。手伝わないか、と（笑）。

私も前に調査では船に乗ってたからそんなに抵抗はなかったし、試験操業中でしたから月に八日くらいじゃなかったかな。八日か十日。今は最大十日ですけどね。それくらいなら乗れるかなっていうことで、安易に考えてですね。

六十五（歳）で、乗り子として再出発です。

そうそう。小野春雄さんに誘われてね。もちろんお金ももらえるし、まあ、アルバイトがわりというのもあったし。ただ条件をつけたんですよ。まずカメラを船上に持っていって撮っていいか？

それをまず付け足して、もうひとつの条件は本格操業になったらやめますよと。毎日になったら無理だから。ただ結局本格操業がいつのことか、よくわかんなくなってきて。ちょっとそれは安易だったんだけど（笑）。

そうですね。やっぱり実際にね、聞き書きの限界みたいなものを感じてましたから。参与観察法というのもあるし、船で見ることもできるんですが、それでも飽き足らないものを感じてたんですよ。だからちょっと体験してみるのもいいかなっていう、それで始まったんですけどね。

まあ確かに津波の後で海に出るという判断ですけど、私自身は町を襲うところは遠くからしか見てないんでね。でも漁師さんたちだって被災してるんですよね。ただこの人たち、沖出ししているから、実は津波が陸を襲うところは見てないんですよね、考えてみれば。

沖出しというのは、津波が来る前に船を沖に出すという慣例です。けっこう福島の漁師たち、沖出しをしたんですよね。もうぎりぎりで波を斜めに越えて、沖の方でじっとしていた。海の上であの津波を経験したんです。

私の親方の小野春雄さんも沖出しをした一人ですね。ただ弟さんが出遅れて、エンジンがかからなくなったんです。それで亡くなってしまった。

漁はそうですね。多い時でね、週に三回くらいですね。朝が早いのだけは苦手です。午前〇時ですよ、最近の起床。で、出航。ただ五時くらいには戻ってきますけどね。その日は一日寝たり起きたりして暮らしてますね。

今は十月でも、ヒラメがけっこう多いです。あとガザミというカニもかかってきます。まあ、刺し網ですからね。

網上げるのは機械ですからいいんですけど、私はね、モーターで上げた網から、漁師さんたちが魚を獲ったあとの、シタモノと言われる売りに出さないものを外すのが主な仕事ですね。

ぐっちゃりね、かかる時があるんですよ。ヒトデとか。一反の網全部ヒトデとかもあります。でも面白いんですよ。いろんな生物と出会えるからね。ただ面倒くさい（笑）。カニが一番苦手で。外すのがね。

挟まれますよ。ガザミなんてこのくらいの大きさで、ハサミを直角に開きますからね。で、ちょっと隙見せると挟みますから、逆さにして挟まれないようにして外していくのが、時間がかかるんだ、これ。それが大変でね。

でも民俗学の研究者として船に乗ったりして海の人たちの話を聞くのと、自分が漁師として仕事をやってみるのとではね、ずいぶん違います。一番はね、今のシタモノの話ではないけれども、聞き書きの時はある一種類の魚を獲るということだけを聞いてたと思います。

どういう方法で獲るとか。ところが漁に向かう準備から、魚市場というか競りに出すまでの過程全部を見られたことは大きかったですね。

やっぱり五年半くらい漁師さんのそばにいると、魚の命を自分を介在して人間の命に引き渡す職能者というか、そんな感覚がしますね。だから魚を人間に食べてもらうということが一番なんですよ。口にしてもらうということがね。

そのためのね、努力がすごいんですよ。今年のような暑い時は、ヒラメを船の上で活かすから、最初からね、冷たい水を入れて持っていくの。それに氷を浮かべて、さらに酸素を入れて、そこに獲ったヒラメを入れていく。そういう努力ですよ。氷だって買っていくんですよ、自分で。

あとはガザミだったら同じ水槽に入れちゃうとね、喧嘩するんですよ、カニ同士がハサミで。だからハサミをね、カニの体に畳み込んでね、つまり収納して、輪ゴムをかける。そういう仕事もあるんです。ピタッとこう、ハサミが動かないようにしてね。

それからトラフグだったら、これも喧嘩しちゃうんですよ。だから歯を抜くの、ペンチのような道具で。トラフグ同士が傷つけ合わないように。そういうことを私も知らなかった。それ全体が漁業だったんだ、と。

ええ、もちろんね、そういうふうにきれいにすれば見栄えよく、魚価も高くなるんだけどね。それだけでなくて、やっぱり美味しいものを、崩れていないものを届けるということが、なんか漁師の使命感としてあるんだなって思いましたね。

売りに出せない魚が自家消費にもなるし、だから食文化もつくってきたし、あと「ユイコ」といって手伝いに来るんですよね、やっぱりシタモノが多くかかると。

講とも違うけど、関係性みたいなものがあるんですね。漁師さんたちってね、船が帰ってそれぞれオカの仕事するんですよね。で、自分の仕事が終わったとして、隣の船がまだ作業していると手伝いに行くんですよ。「手伝うから」とも言わないし、「手伝ってくれ」とも言わないでね。そのまま自然と集まってやってくれるの。それはほんとに見事なくらいで、びっくりしましたね。

ええ、農業者が田植えを手伝うことと同じですね。で、ユイコには売りに出さない魚を分けてあげる。「分け魚」といってね、奥さんが持たせてやるわけ。あとそれ以外にも手伝わなくても、「配り魚」といってね、農家とか友だちのところに持っていったりする。まあ、おかず程度になるからね。

だからそういう市場に出さないものが結局、社会を、彼らの社会をですね、支えているんですよ。そうそう。水産経済学者とかは漁協の水揚げ量とか、それだけで日本の漁業を論じる傾向があるけれど、それは実態が全然わかってないということですね。これはやっぱり民俗学の仕事です。だから勉強としても鍛えられました。まったく目を開かれたというかね、やってみて。

そうやって漁師たちが魚の命と人の命を媒介する役割だとすれば、獲った魚は人に食べてもらわないといけないですよね。だから、今のように金銭の補償になってしまうのとは元来違う。対立する原理だと思うんですよ。例えば今でもね、ここ福島ではクロソイが売れないんですよ。売っちゃだめなの。二年前と去年かな、セシウムが基準の十四倍も出て。で、市場に出さないことになった。だからクロソイが網にかかっても、それは人の口に入らない。そういうとこはやっぱりつらいと思いますよ。

ましてや汚染処理水でまた風評の問題がある。今のところは魚価はそれほど下がってはいないですけどね。で、そのクロソイなんかは、今年の正月見たんだけども、仙台朝市に堂々と売られているんですよ、そこでは魚として人の口に入る。でもこことどのくらいの距離があるというのか……そこはすぐ県境ですよ、車で五分も走れば。魚は住民票出してるわけじゃないしね（笑）。それがほんとにオカ者の発想ですよね。海のことがよくわかってない。

魚の目でものを考えないとね、やっぱりこういうのはね、わかんないはずなんだよね。それもあるし、さっき言ったように、人の口に入って喜ぶものを獲る。それが漁師の一番のプライドであり、価値なんだけれども、国と東電の今回の問題って、風評被害が出た時は買い取って冷凍保存するって言ってますね。あのくらいね、人を挫けさせるものはないですよ。誰も冷凍させるために魚を獲ってるわけじゃないから。新鮮なものを食べてほしいんだから。

今回のトリチウム水の問題で、相手にしてるのは経済産業省でしょう。でも環境省も水産庁もノーコメントでしたよ。汚染処理水を流してからいろいろ言い始めたけどね。やっぱり経済の問題にしかしない。ところが魚が汚染された歴史っていうのは日本の近代にいっぱいあって、まず第五福竜丸事件がありますよね。水爆実験、ビキニでね。あの時も「放射能マグロ」という風評被害が出たわけですよ。

うん。築地でもその時ね、シャットアウトされて、わざわざね、銚子沖まで捨てに行く描写を読んだことがあります。漁師さんたちがそのメバチマグロを海に投げる時に「息子を捨てるようなもんだ」と言ったんです。それから餌としてサンマも供養としてあげて、手を合わせて。

供物ですね、供物。息子を捨てるようなものだと語るんですから。財布を投げるようなものだとも語らないし、金を投げるようなものだとも語らない。私はだから、魚というのは漁師にとって単なる水産資源ではないんだなと思います。今でこそ資源、資源という漁師もいますけど、中身はやっぱりちょっと違うんじゃないかな。金に換算できるようなものではないでしょうね。

確かにその時も「鮨にして三十万人分」だとかね、そういう表現はするんですよ。でも、それもやっぱり口に入ることを考えてますよね。そういう気持ちがあって、決して「金を捨てるようなもんだ」とは言ってないところが非常に大事なところではないかなって思ってます。

だから大漁になったら他の人に振る舞うもんだというようなところがやっぱりあるんですよ、沖《おきの》永良部《えらぶ》島《じま》あたりでもね。それをやらないと漁がなくなるって。振る舞わないと次からは漁が与えてもらえないと考えている。

あとカツオ船でよく言われるんですけどね、機械の下にいつの間にかカツオが入って、水揚げしないままになってる時があるんですよ。そうするとね、漁がなくなるって言う。だから不漁が二、三日続くと乗組員に船を洗わせるんですよ。今でもちゃんと魚が見つかったりするんだって（笑）。さらにそれを見つけた時はどう処分するかというと、必ず包丁立てたり手で千切ったりして海に戻す。食べたということにするんです。そうしないと漁に当たらない。

シタモノだってね、「投げる」と私は言ってしまうんだけど、正確には「戻す」と漁師たちは言ってます。「戻せ」って。

だから今でも親方は、小野春雄さんは、魚を食べたあとにアラとか残るでしょう、するとその後、わざわざトラックで浜まで来て海に捨てる。ゴミ箱に入れない。それを食べる魚もいるしね、魚のためになるからって。循環という考え方ですよね、すべて。すべてそう。

汚染処理水の問題はそういうところで対立してるんだと思いますよ。科学的に安全とか安全じゃないとか、そんな低レベルの問題ではない（笑）。もっと哲学的なんですよ、もっと。

そうですね。安全とか安全でないとか、放出して検査したとか。そういうのをさらに、政治問題でも通用すると思ってるんだよね。まったく違うでしょう、政治。中国、ロシアが拒否してるのと、科学的に安全とか安全でないとかっていうのも別なはずなんだけど、まあよくわかんない人たちだなと思いながら私は見ていますけどね。漁師のこともわかんないし、政治もわかってないって。

確かに、私は運よく船に乗ることになってわかった。単に魚を獲るだけではないっていう漁師の世界が見える。頭で多少は理屈として知ってたけれど、やっぱり実際乗ってみて、ああそうだって思うことがありますからね。命の世界というかね。

シタモノでもね、ときどき殺してしか外せない時もあるんですね。最初はね、カニが面倒くさい時、親方に「こういう小さいものはまず、挟まれないようにまずハサミをもいでから外せ」と言われた。それが早いんですよ。でも、なんとなくいたたまれない気持ちがあって、どうなのかなと思って。でもあとで誰かにね、「ハサミってまた生えてくるから」って言われて少し安心した（笑）。小さいのは生えてくるんです。

え？　いやあ、そろそろほんとは船から降りたいんですけどね（笑）。でも乗ってることでこうやって取材もけっこう多くなってきてるから、簡単には「もう乗ってませんよ」と言えないと思う時もあるんですよ。

週に二、三日だったらなんとかなってるしね。疲れるけど、まあそのへんがわかんないですね。体が逆に丈夫になってるのかもしれないし、すごく痛めてる途中なのかもしれないし、よくわからない状態で（笑）。

はい、もともとこの新地にも二回くらい調査で来てました。だから震災前の集落はわかっていますね。そのままユイコが残ってるんですよね。それから三陸とはちょっと風土というか地形が違う。すぐ目の前が沖ですよね。近いところはナダと呼んでるんですが、そのナダという言葉も初めて聞きましたよね。

三陸はリアス海岸だから「浜に行く」というと湾の中なんですよ。その湾から出れば「沖」なんで。ナダという言葉はないんですよ。

新地だとナダはこの遠浅の沿岸のこと。

いや、そこね、私も何回も船に乗るたびに訊いてたんですよ。「ここ、ナダですか？」「ここ、沖ですか?」って。難しいんです、違いが。たぶん頭の中に海底地形があるんでしょうね。だから水深どのくらいだったらナダだとか、そういうのがあるんですね。平面図からだとよくわからない。それが言葉として面白かったですね。

山陰もあるんですよ、ナダが。リアス海岸でないから。ナダと沖っていう区別がね。鳥取、島根あたりだとやっぱりナダって言葉があって。そういうのが面白いなと思う。

我々はね、遠州灘とか日向灘とか大きい範囲でしかナダって感じないでしょう? 違うんですね。実は沿岸のことをいう。

そういう捉え方とかはね、やっぱりここに来て初めてわかりましたね。それから網漁とか刺し網ね。まさか自分がその船に乗るとは思わなかったから。カツオ漁とかを主に調べてました。気仙沼だとカツオ一本釣り漁とか。あと追い込み漁とかね。広域的に漁師自体が動いて漁をする。そっちの方がやっぱりかっこいいんですよ。一本釣り漁とか追い込み漁とか。ところが日本の漁業の八割、九割方は、目の前の海で一年間、獲る魚種と漁法を変えて関わっていくものです。そういうことを見てなかったなという反省点がありました。

ああ、そうね、祭りでも神輿が人に担がれたまま海に入る。そこも少し違うかもしれないね、リアス海岸と。「浜下り」って言うんですよ。今なくなったのを合わせても、このへんには百くらいありますよ、福島県内で。浜下りしている場所が。

つまり神様を海に下ろして、塩水をかけてまた戻っていく。その伝承もね、神社の始まりの伝承も、ほとんど神様が海から流れてくるというもので。だから何年かに一度は原点に戻ってまた始まるという感じなんじゃないですかね。

もちろん清めるということもあるでしょうけどね。だから私の親方なんかはね、子どももった時ね、三人いるんだけど、必ず生まれた日の翌朝に水垢離《みずごり》をとる、裸になって。目の前の海でとったと言ってました。そういう海でもあるわけですよね。

こんなにね、昔のことが聞けるとは思わなかったですね、実際面白いです、それはね。飽きないというか。無線で漁師さんたちが話している会話自体がね、面白いなあと思って聞いてる。この間もその、カニがいきなり獲れなくなったんですよ、ガザミ。そしたら無線である漁師がね、「輪ゴム積むかとか船に乗る前に言ってたから、カニがいなくなったんじゃないか」って（笑）。つまり聞こえていたんじゃないかって。

よく「漁の先駆けするな」って言いますしね。先に計算して動きすぎるな、と。あと「頼まれた魚は獲れない」とも言うしね。私が乗ってる観音丸では、氷をいっぱい積んでいくと妙に当たらない。やっぱり人間が自然をコントロールするなどと思い上がってはいけないということなんでしょうね。そういう考え方がまだ生きてる。

うん。よくボラのことも調べてたけどね。三重県の尾鷲《おわせ》市に行った時かな。ボラって沿岸をまわって歩くというんですよ、日本全国をね。それで「今、湾にボラがいるから、明日ボラ漁をやろう」と計画してると、翌朝いなくなってる。ボラが聞き耳立ててるんじゃないかって（笑）。

魚群探知機だって、上手下手があるみたいでね。空が明るくなってからの方が映ったりする。そういう、これは何だという現象を、事実として確定するのが難しいですね。だから、魚探だけでは決してやれないという。

漁があった時、そこでボタン押して記憶させておくんですけど、そこ、「モトヤマ」っていうんですよね。昔は山の位置で見てたから。それで、モトヤマっていう。GPSになってもずっとモトヤマと言ってるんです。言葉が残ってる。

ああ。はい。ここ新地も津波にやられましたね。駅も壊されたし。役場のところまで波が来たって。

それでやっぱり一番変わったのは、釣師浜《つるしはま》という浜が全部移転してしまったことですかね。昔は浜仕事と集落の人たちの生活が一体化してたから、ユイコの数もすごかったというんですよ。散歩しながらたまたま見かけて手伝ったとかね。

それが、住居が海から離れてしまったから。やっぱりそのへんでだいぶ違ってきたなという感じです。

それでもね、自転車に乗って毎日手伝いに来てるおじいさんもいるんですよ。観音丸の遠縁って言うんだけどね。毎回オカで待ってますね、船が戻って来るのを。で、船着くと手伝って、すぐ網仕事、網をさばく、網を元に戻す仕事とかやってくれてるんだけど、別にそれは「分け魚」をもらうのが目的ではないと思うんですよね。いろいろ聞いてみたら、「自分はこういうことしかできないから」とかって言って。とにかく浜の仕事をしたいというか、海を見ていたいというか。

うん。海のそばで生活する生き方だと思うんですね。それが一番変わってしまったところかな。

東京

a journalist

2023年

東京新聞の坂本充孝です。

そうですね。あの時、たまたま福島支局から東京新聞の本社に来ていて、いきなり別の階でいとうさんが会いたいと言ってると（笑）。

確か弊紙でやっていただいている「平和の俳句」がまだ月に一度というペースで選考会をしていたんですよね？

で、どうも福島取材の連載がしたいという話がいとうさんから出ていて、是非話をさせて欲しいと。

それですぐにお会いして打ち合わせしたものが、あの時に素早く「話を聞きに福島へ」という月一連載になりました。

もちろん最初は急な話でちょっとびっくりしましたけど、あれ、福島支局に私が行って二年半くらい経った時なんですね。ですからそろそろ帰ってこいと言われるのかな、というくらいのタイミングで、そうしましたらいとうさんからこの話をいただいてですね、ああ、ちょっとしめたと思いまして（笑）。もうしばらく福島でやっていられるかなと。ええ、「渡りに船」はお互い同じだったということですね、はい。

ええはい、あの頃、福島支局長というのは私が二人目でしたね。記者がたった一人しかいない支局でして。

流れを話しますと、まず二〇一一年の三月十二日にですね、福島第一原発は水素爆発を起こしたわけですが、あの時点では東京新聞は福島にはまったく足がかりがありませんでした。

当時私は特別報道部というところで総括デスクみたいなものをやっておりまして、事故の一報を見た時にですね、大変な衝撃を受けました。それはあの、会社に詰めておりましたのでテレビで見たんですけども、編集局のなかでですね、地鳴りのようなどよめきが、おおおおお！というような声が上がりまして、これはえらいことになったと。それでその日からですね、若い記者を福島のなかにどうやって入れようかと、その手配に私は追われるんです。

しかし、みんなどうやって行くんだと。交通機関もなかった。全部止まってましたから。ある一隊はですね、北から、岩手からですが、あっちの方から下りていけないかとかですね、バスで乗り継げないかとか。また当時のことを話すといろいろ長くなりますけど。

とは言いながら、あの時最初にですね、福島には入ってはいけないと言われていました。危険だからということですね。

その十年くらい前にですね、茨城の東海村にありますJCOの事故というのがありまして、その時には何も知らなかったもので、当時の水戸支局の記者などが原発のすぐ入口まで詰めかけてしまうみたいなことがあったんですね。その反省がありましたので、それで当時は岩手とか宮城とかにはどんどん行けと。だけど福島には入るなと、そういうお達しだったんですね。だけどですね、やっぱり我々のなかでも、行くなと言われれば行くのが新聞記者なんじゃねえかと（笑）。

そういうやつがやっぱりいるんですよね。それで、親戚がいるから荷物持っていってやるんだとか、そういう口実で入っていった者だとかいろんなのがいました。それで帰ってきてからですね、「行くなって言っただろ」「いや、私は荷物を持っていっただけだ」みたいな喧嘩になってるようなやつらとか、そんなふうに大混乱してる状態でしたね。で、私も、しばらくしてから自分でレンタカー借りて入っていったりしましたけどね。

それはさておいて、原発が爆発した時ですが、よく覚えているのが、首相官邸に記者が一人詰めていたんですよ。そいつが血相変えて帰ってきましてですね、で、「坂本さん、大変なことになった」と。「首相官邸の顔見知りの人が裏でちょっと囁いてくれたんだけれども、『君も家族がいるんだったら西の方に逃がした方がいいよ』。そう言ってるんですよ」。

その時にね、ぞぞぞっとしましてですね。これはもう東京も危ないのかと。ちょうど東京新聞というのは日比谷公園のちょうど目の前にありますよね。あそこを見下ろすようなところにまさに立っていたんですけど、下は節電で真っ暗ですよね、あの時はね。それ見ながらね、本当にこの街は壊滅してしまうのかもしれないなと思った。これはえらいことになったと。

それで、やっぱりその前からですね、我が特報部は原発には反対であるという立場をとっていたので、時々は思い出したように原発のことを書いたりしていたんですよね。だけど書くとですね、翌日、なんていうんですか、恐ろしいまでの沈黙がやってくるんです。静寂というかですね。完全に無視されるという雰囲気。反応が何もない。記事に対してですね。抗議されるより気味の悪い静寂が訪れるんですね。

今ジャニーズの問題でどうしてそれを放っておいたんだみたいな話も出てますけど、同じように、原発というものには触るものではないという雰囲気が間違いなくあったと思います。

それは、なにしろ沈黙なのでわからないですけど、なんかこう、言葉を発してもそれが向こうへ吸い込まれていってしまうような、そんなムードというのはあったと思いますね。そして、そういうことが何回かあるとですね、私もさすがにちょっと挫けてくるんですよね。そのうちにわざわざ原発のことを書かなくてもいいかみたいな雰囲気がちょっと私の心のなかにもあったような気がしますね。

そういうふうなことを福島の事故で思い返しまして、やっぱりこれはまずかったなと。えらいしくじりだったなと思いました。

少なくともあの時、特報部の仲間というのは当時十五人ぐらいしかいない、ただ自分で言うのもなんですけど、精鋭なんですよ、けっこうね。なので、彼らにですね、「原発のことしか書くな」と。それで毎日毎日ね、原発の記事を書きました。ただ当時、何も知らなかったですね、我々は。原発の仕組みさえ知らなくて、それからにわか勉強したみたいな感じで。

それをひたすらやっていたらですね、六月頃ですかね、なんかこう、ええ、ムーブメントというのが起きてきまして、反原発のですね。ちょうど日比谷公園あたりでみなさん集会とかやるんですよ。そうするとちょうど弊社の前に行ってですね、あそこで記念写真を写してる人がいるんです。「東京新聞だ」なんてみんな手を振ってくれたりしてね。それから国会議事堂の方に向けてデモに行ったりなんかするもので。ああ、すごいな、と。こういう大きな流れが生まれるんだなと思いました。

そのうちにですね、七月だったと思いますけれど、弊社でもですね、一番上の会長からですね、福島に行っていいというお墨付きがようやく出たんです。それは在京の新聞のなかでも一番早かったと思います。それまではみんな、こそこそっと入っていったようなのがいましたけど、表立っては福島には入っちゃいけないということだった。

それでだから、東京新聞はあの、ええと、日本ジャーナリスト……なんだ、菊池寛賞をもらったのかな。それからＪＣＪって、日本ジャーナリスト会議の大賞とかいただいて、ちょっとチヤホヤされたんですけどね。ただその時は、ずいぶんやりすぎたんですかね、私はその年の十二月にですね、「お前、大阪に行け」みたいなことで、大阪に行かされちゃったんですね（笑）。で、大阪に三年近くいたんですけど、一応部長の肩書きをいただいてですね、「部長になるんだからいいだろ。向こうに行ってこい」みたいな感じで。

それで三年以上過ぎて「お前、どうする？」という話になって。その時に私、福島をやり残したという気持ちが変わらずあったものですから、行きたいということを言いましたらば、希望が通りまして。ちょっと話は前後しちゃいますけど、福島はですね、もともと東京新聞の支局はなかったんです。が、二〇一三年ですかね、だから事故の二年後ですか、福島市にある福島民報社の社屋のなかにひとつ部屋を借りまして、そこに福島特別支局というのを作ったんですよ。

それはやっぱり福島にですね、足がかりがないとどうにも取材出来ないと。やっぱりその現地のですね、声を吸い上げたいというのもありました。で、福島の人たちは原発取材の直後からですね、かなりこの関東地方に避難してる人もいましてですね。それであの、埼玉の加須《かぞ》とかですね、ああいうところにちょっとした福島村みたいなのが出来ていて、たくさん被災した方がいたんですけど、そういう人たちはみんな東京新聞をとってくれたんですよね。

最初の「東京新聞は原発報道を一生懸命やるぞ」という印象があったんだと思います。それが波及したみたいでですね。あの、加須にいる人たちなんか、あそこは双葉郡の人たちですけども、一方で双葉に残ってる人たちもいて、その人たちが郵送で東京新聞をとってくれたんですよ。数としては大したことないですけど、当時、福島市内へ郵便で届いてるのが千五百部くらいあるとかいう話になったんですね。

そんなこともありましてですね、やっぱり福島をちゃんとやろうということになったんだろうとは思うんですけどね。その二〇一三年に開設された時には、私は大阪に行っていて留守だったんで別の者が一人、私よりもっと先輩の人が行ったんです。

ですから私はその人の次の、まあ、二代目の支局長ということでそれから何年か福島市内に住んでおりまして、それで週に一回ね、「あぶくま便り」というコラムでしたけど、それを週に一回書くということで、県内をですね、自分で車を運転して走りまわっていたんですけどね。そんなところで二年半が経ったところで、突然いとうさんから声をかけていただきまして、それからほぼ一年間ね、いやあ、ほんとにね、一緒にあちこちまわりましたですよね。

そうですね。行った当時はほとんど知り合いという人はいませんでしたから、まあ、一人一人地道にたどって行ったわけなんですけど、……はい、その通りです、あの当時福島の人が抱えてたのはですね、やっぱり大きな後悔だったと思います。ああすればよかった、こうすればよかったというですね、そういうものをたくさん胸に抱えてたと思うんですね。その最大の後悔はですね、やっぱり原発を作らせてしまったということです、あそこに。

だから都会から行った人間がですね、「どうしてその時に反対しなかったんですか」みたいなことを言ったってですね、そんなこと誰よりもわかってるのは自分たちなんだと。それから、あの爆発した時にですね、どうしてもっと南の方に逃げなかったかとか、なぜ子どもをあの日に外へ出してしまったかとかですね、そういう後悔みたいなものを山のように心の奥に抱えていたと思います。

　だから軽々しく原発反対という言葉はですね、あそこに行って言えないなとは思いましたですね。それからやっぱり、直後というのはですね、福島県全土がもう汚染されてるんだというような話がありました。科学者のなかにはですね、福島県の子どもは全員県外に避難させなきゃいけないなんて言う人もいたんですね。しかし、そんなこと言われてしまうとですね、向こうに子どもを残して生活してる人たちはどうなるんだと。どういう気持ちでいるんだと。とてもやっぱり複雑なことがありましたですよね。

　あの頃、子どもが鼻血を出すという話もずいぶんありました。それは今でもまだ物議を醸してしまうかもしれませんけれど、やっぱりその、郡山あたりでしたかね、子どもたちを集めてですね、診断をするんですけれど、そうするとお母さん方のなかには「子どもが鼻血を出すんです」と言う人が何人かいたんですよね。だけれど、お医者さんは「それは放射能とは関係ありません」と。「関係なかったら、どうして鼻血を出すんですか?」。お母さんたちは食い下がるわけですね。それは確かにですね、私も医学者ではないですし、たぶん医学の知見のなかにはそういうものはないのかもしれないですけど、じゃあお母さんたちの気持ちというのを考えた時にそれで納得するのかと。病院だってもう少し言い方があるんじゃないかと、あの時もそう思いましたし、そういうような、なんていうんですかね、簡単にはわりきれないような話というのが山のようにありましたですね。

　それをどうやったら私は伝えられるかということを考えたら、なるたけですね、福島の市井の人たちと広くお付き合いをして、その人たちの話をそのまんま書くのがいいんじゃないかなというような、結局そういうつもりでやっていたんですけどね。

とはいえ、私も単身赴任でしたし、その前の大阪にも三年半ほど単身赴任してました。ですからうちの家内などは私が東京に帰ってくるのかなと思ったら、ちょっと飛び越して福島に行く話になってしまったりしたので。それでもまあ、やっぱりまだまだ福島を見続けたいなというのがありました。さあどうしようと思っていたんで、いとうさんの話に飛びついたと言いますか。

実は今年の年初あたりからですね、当時取材した人をもう一回訪ねる旅というのを、月に一回くらいですけどやってるんです。私はもう二回目の定年で、まず六十歳で定年なんですけど、二回目の定年が六十五歳、それが今度の十二月で本当に終わりねという話にはなったんですけど、なんとかして……そうですね、原稿料契約みたいなね、そういうので少し書いてくれみたいなことも言われてますけど、あまりにも原稿料が安いんで、福島に行く電車賃も出ないぞと文句を言ってるところなんですけどね、ええ（笑）。

はい？　ああ、一番最初に福島へ入った時で五十四歳くらいだったと思います。そして東京に帰ってきた時は五十八歳かな。そのまま浅草にある下町支局に机だけもらってですね、行ったり、行かなかったり。あちこちうろうろして取材して、原稿だけ書いてればいいだろうというのがいつもの自分のスタイルなので、どこにいるか誰も知らないよみたいな感じで（笑）。

ああ、福島でもですね、確かに車のなかには釣り道具がいつもありましたですね。あの、学生時代から山登りやってまして、もともと山だとか川だとか海だとか好きなんですよね。で、隙さえあればそういうところに行こうと思ってるので、福島でも釣れるかなと思っていましたけどね。ただ残念ながら、今でもそうですけど、阿武隈《あぶくま》川とかですね、あのへんはまだ釣りが禁止です。一応汚染されているということで。だから福島で釣りをやろうと思ったら会津の方まで行くしかなかったんですけど。

学生時代ですか？　当時はあれでしたよ、私も早稲田なんですけど、あの頃商社か銀行に行くには優が二十個以上はなければだめだなんて言われてました。でも私は山ばっかり行ってたので四個しかなかった（笑）。そうすると、どこかに就職するというと、優がなくてもマスコミなら試験に受かれば入れてくれるぞという話があって、それ全部落ちたら山小屋の親父《おやじ》にでもなろうかなと思ってたんですけど。

そしたらね、うまく東京新聞というか中日新聞だけ引っかかったんですよね、ええ。ただあの、これがまた四十年くらい会社にいますけど、一度も名古屋に勤務したことがなくてずっと東京にいて、それと福島と大阪ですから、まあそういう傍流をですね、ずっと歩んだということですね。

大学時代は、まあ五年行ったんですけど、最後の一年くらいは、あの、毎日新聞のね、偉い方でヤマザキさんという方がやっている私塾みたいなのが早稲田にあったんですよ。私塾といっても月謝もとらないんです。ただ来たいやつは来いみたいな、そのかわりやる気のないやつはもう明日から来るなみたいな、そんな集まりだったんです。そこに作文を書いて持っていって見てもらうという。そこに一年くらいいましたですかね。

そこはあれです、卒業する時にですね、虎の穴じゃないですけど、「ここにいたことは口外してはいけない」と言われたものですから、そのままこの業界にいますとあちこちでお前もだよなみたいなやつを見かけるんですけど、誰もこの話はしないことになってます（笑）。

それで、中日新聞社に入社して、最初はなぜだかプロ野球担当をやらされたんです。弊社は東京中日スポーツというスポーツ紙をもってるんですが、で、これはあの、他のところと違ってまったく同じ会社なんですね。なので、人事異動で行かされるんですよ。でも大卒で正規で入ってそこに行ったというのは私が第一号とか言われて、なんだかおかしいんじゃないか、これは、と当時から私は思っていましたけど。そのスポーツ紙のですね、プロ野球担当、しかも巨人担当というのをやらされまして。

まあ、そうですね。当時だんだん好きにはなったんですけど、入った時はまったく興味がなくて、たぶん、あの、生まれて初めて生でプロ野球を観たですね。子どもの頃も行ったことがなかったし。なんで俺はここにいるのかなと思いながらもやってました。ただ当時ですね、江川、中畑とかね、そういう人たちと一緒にいましてですね。江川には毎日昼飯食わせてもらったりして、面白かったは面白かったです。

ただ面白いっていいながらもですね、「ここは私のいるところではないので社会部に変えてください」とはずっと言ってたんです。そしたら三十歳の時に社会部に異動出来た。そこから社会部の記者が最初に通る警察担当ですね。そのまま三十六歳の時に、あのオウム事件が起きましたね。それで二年か三年くらいびっちりあそこで缶詰状態でオウムをやりました。

で、まあ、オウム真理教の一件は大きな社会事件で、ジャーナリズムの流れ自体が大きく変わってしまいました。あの、当時はですね、警察担当というのは新聞社のなかでひとつの花形でね。そこでどれだけ特ダネを抜くかでその記者の価値が決まるみたいな、そういう感じだったんですね。そのためには朝も夜もとにかく夜討ち朝駆けですね。それを欠かすなと。寝るなと。一日三時間くらい寝れば十分だろうと。それで特ダネを抜くとね、みんなに褒められて肩で風切って会社のなかを歩けるから、どうだ、ざまあみろみたいな、そういう感じだったんです。

ただそれは結局ね、警察から情報をいただいてくるという話なんですよ。それこそ警察官の靴を舐めてだってもらってこいという話だったんです。それが今、ジャーナリズムの世界では前打ち報道なんて言われるようになりましてね。結局、発表されるものを少し前に抜いただけ、書いただけの話じゃないかということで、これはほとんど評価されなくなりましたね、この十年ぐらいの間で。

それはオウム以降のことです。とにかくこの十年くらいで、そういう記事を書くことは新聞の本分ではありませんみたいなことまで言われるようになりましたね。

ええ。私はだから今でも言ってますけど、夜討ち朝駆けなんてものは単にトレーニングだと思うんです。野球でいう千本ノックみたいなものでね。あれを無駄だといってしまえば、いつまで経ったって外野フライをとるのがうまくならない。やっぱり千本ノックをやったやつとやらないやつとは違うんだということはまだ私なんかは言ってますけど、そうするとラスト新聞記者みたいなね(笑)、言われ方をして。

私一人がというんじゃなくて、私の同世代で新聞の世界にいた人間はほとんどもうそろそろ姿を消そうかという年代ですけど、みんなそんな匂いはまとってますよね。

だからそうですね、私もオウム事件で反省したところがあって、あれは特にまた警察のなかでも公安部というのが主体になって動いてたもんで、要するに公安部からなんとなくリークしてくるわけですよ。我々はそれをあたかもうまくゲットしてきたみたいな気持ちで喜び勇んで新聞記事にしたんですけど、よくよく考えてみると、結局踊らされていたなというのは、私もその後ね、思うようになりました。ですからやっぱり福島の時もですね、一貫して考えていたのは、御上の情報じゃなくて、下からの情報を拾い上げるという、それだけは肝に命じてたつもりなんですけどね。

先ほどちょっと話しましたけど、原発事故があった年の六月くらいまでですね、国会にデモ隊が押し寄せるような「原発やめろ」という流れになるわけですね。あの当時、「あじさい革命」なんて言ってたんですけど、それも民主党政権が崩壊するのと一緒にですね、潮が引くようにその空気というのが抑えられていったわけですよね。ええ。その様子も本当につぶさに見ていましたし、一度、あの当時ですね、うちの特報部の記事でですね、菅降ろし、菅首相ですよね、「菅降ろしの影に原発あり」という記事を書いたことがあったんですね。そうしましたらですね、これはあの、世の中にだいぶインパクトがあったんですけど、ええ、「この通りだ」と言う人もいれば「こんなもん、ただの与太記事じゃないか」と言う人もいましたですね。

で、それを面白がった人たちが、その、日比谷にプレスセンターって日本新聞協会のビルがありますけど、あそこの上で討論会をやるぞということで、私呼ばれまして。当時は私、なんていうんですか、特別報道部の次長というので部長にもなってない。いってみれば兵隊なんですよ。なのにですね、他に集められているのは各社のですね、だいたい政治部長。しかも社会部長じゃなくて政治部長なので、みんなですね、自民党寄りなんですよ、とにかくね。

つまり、その討論会を企画した人が、連中と私とでチャンチャンやらせたら面白いだろうみたいな感じで企画したんですね。で、「この記事はただの観測記事じゃねえか」なんて、某社の政治部長がそんなことを言って、「私から言わせると、政治部の記事なんていうのは全部観測記事なんじゃないですか」なんて反論したりしてですね、なんかそんなことをやったことがありました。でも、そんなことを経てですね、結局反原発の流れは抑え込まれてしまったんです。それでとうとうですね、去年再稼働です。

はい、福島の人たちがこの十二年間望んでいたことというのは、もとに戻ることだと思うんです。原発爆発以前に、ですね。

あそこは本当に自然の豊かなところで、福島市のなかにいてもですね、春になるとみんな山菜採りに車で出かけて行ったり、それから夏になると渓流にイワナ獲りに行ったり、それから冬になると凍った湖にワカサギ釣りに行ったりですね、そういうなんていうんですか、季節季節の、こう、命の営みみたいなものをみんなで大切に大切に守ってきた。そういう場所だったと思うんです。

だから、そういう人たちにとって何よりも残酷だったのは、「うつくしまふくしま」がですね、あたかもこう、汚染された大地みたいにですね、言われるようになってしまったということです。それが本当に悲しかったし、つらいんだと思うんですね。だから彼らはやっぱり、放射能のこと、それから原発のこと、世間が忘れてくれるのが一番いいと思ってたと思う。そのためにも十年以上を費やしてきた。で、そろそろ最近もう忘れるんじゃないかなと思い始めてきたと思うんです。そしたら今度は汚染水の海洋放出が始まったんですね。あれはね、本当に福島の人たちはがっかりしたと思います。ええ。またかよ、と。

ですからですね。これから私は再生可能エネルギーのことをやろうかなと。昨日いとうさんのこの『今すぐ知りたい日本の電力』って新刊を読んで、あの時一年間一緒に福島をまわってですね、そのなかでやっぱり、同じ思いを抱いていたのかなと思いました。それでやっぱりですね、原発反対は大事ですけど言ってるだけではですね、全然前に進まないと。ですから再生可能エネルギー、これを増やしていって強くして、それで原発を弾き出すというようなことを考えないとだめなんだと。

というわけで、私もこれからは再生可能エネルギーのことをですね、書いていきたいなと思っています。あちこちまわって人に会ってですね。

二度目の定年のあとでも、まだ書けることがあるんじゃねえかなと思いまして。

あとがき

たくさんの方のご協力なしにこの本はない。

まず辛い体験を見ず知らずの私に語ってくださった皆さん、積み上げられた時間をなるべく正確に遡ろうとしてくださった皆さん、そこから未来を語ろうと心がけてくださった皆さんに深く頭を垂れつつ感謝を捧げる。

そしてまた、私を東北各地に導いてくれた三人にも謝意を述べねばならない。

インタビューにも登場する荒蝦夷《あらえみし》の土方正志さん。

同じく登場する人物で、そもそもの『福島モノローグ』に並走いただいた東京新聞の坂本充孝さん。

新聞連載ばかりか『文藝』での人選にも力を尽くしてくださった河北新報生活文化部長の古関良行さん（特に「あしなが育英会」取材では、その組織自体の成り立ちにまだ学生だった頃のご自分が深く関わった体験を知り、ゆえにこそ様々な方を紹介していただけたのかと胸を打たれた）。

彼らなしでは、私はどんな声とも出会えなかった。ありがとうございました。

さらに、「『福島モノローグ』では終わらない」と勝手に宣言されてもまったく動じることのなかった『文藝』編集長坂上陽子さん。

単行本化を助けてくれた河出書房新社の町田真穂さん。

常に最高のレベルの書き起こしを素早く仕上げてくれる五所純子さん。

そして、何も伝えないままいつでもベストな装丁をしてくださる川名潤さん。

本当にありがとうございました。

とまあ、そういう次第だが、もちろんのことこれで『モノローグ』シリーズを終わらせる気にはどうしてもなれない。様々な場所に、様々な声がいまだに響き続けているのを聞き知っているから。

白日夢は私にこそ必要なのかもしれない。

と同時に、次に行くべきだと考える場所もすでに複数あって……。

いとうせいこう

初出

「宮城　a speaker　2021年」——「河北新報」2021年9月15日
「宮城　an undertaker　2021年」——「河北新報」2021年10月31日
「福島　a farmer　2021年」——「河北新報」2021年12月27日
「宮城　a publisher　2021年」——「文藝」2021年冬季号
「岩手　an adviser　2021年」——「河北新報」2022年4月10日
「山形　neighbors　2021年」——「文藝」2022年春季号
「宮城　a family　2021年」——「河北新報」2023年2月3日
「宮城　an announcer　2022年」——「河北新報」2023年2月10日
「宮城　a fireman　2022年」——「河北新報」2023年2月7日
「福島　booksellers　2022年」——「文藝」2022年秋季号
「宮城　a man at home　2022年」——「河北新報」2023年2月14日
「岩手　a volunteer　2022年」——「文藝」2022年冬季号
「宮城　a folk tale listener　2022年」——「文藝」2023年春季号
「福島　a folklorist　2023年」——「文藝」2024年春季号
「東京　a journalist　2023年」は書き下ろしです。

いとうせいこう

1961年生まれ。編集者を経て、作家、クリエイターとして、活字・映像・音楽・テレビ・舞台など様々な分野で活躍。1988年、小説『ノーライフキング』で作家デビュー。『ボタニカル・ライフ 植物生活』で第15回講談社エッセイ賞受賞。『想像ラジオ』で第35回野間文芸新人賞を受賞。小説作品に『小説禁止令に賛同する』、『夢七日夜を昼の國』、ノンフィクションの著書に『「国境なき医師団」を見に行く』、『福島モノローグ』などがある。

東北モノローグ

2024年2月18日　初版印刷
2024年2月28日　初版発行

著者　いとうせいこう
装丁　川名潤
発行者　小野寺優
発行所　株式会社河出書房新社
〒151－0051
東京都渋谷区千駄ヶ谷2－32－2
電話　03－3404－1201（営業）
03－3404－8611（編集）
https://www.kawade.co.jp/

組版　KAWADE DTP WORKS
印刷　株式会社亨有堂印刷所
製本　小泉製本株式会社

Printed in Japan
ISBN978-4-309-03169-9

河出文庫

『想像ラジオ』

いとうせいこう

耳を澄ませば、彼らの声が聞こえるはず。深夜2時46分、「想像」という電波を使ってラジオのOAを始めたDJアーク。その理由は——。東日本大震災を背景に、生者と死者の新たな関係を描きベストセラーとなった著者代表作。第35回野間文芸新人賞受賞。

ISBN978-4-309-02172-0

単行本

『福島モノローグ』

いとうせいこう

忘れたいことがある。忘れられないことがある——。福島から語られる「いま」の声は、死者の声を響かせながら、未来へと向かう。東日本大震災から10年、文学とノンフィクションの臨界点に挑んだ21世紀の『苦海浄土』。

ISBN978-4-309-02949-8